Een soort van liefde

ALICJA GESCINSKA

Een soort van liefde

Roman

2016
DE BEZIGE BIJ
AMSTERDAM | ANTWERPEN

Copyright © 2016 Alicja Gescinska
Omslagontwerp Bart van den Tooren
Omslagillustratie © Robert Doisneau/Gamma Rapho
Foto auteur Koen Broos
Vormgeving binnenwerk Aard Bakker
Druk Bariet, Steenwijk
ISBN 978 90 234 9658 8
NUR 301

debezigebij.nl

Liefde is als het leven – louter langer

Emily Dickinson

1

Het geheugengevecht

De kamers ruiken muf, zoals alle ruimtes waarin te lang, maar te weinig is geleefd. De geur van een sleets leven, van het stof dat zich langzaam opstapelt in de kieren en spleten van een klein bestaan. De geur van niets meer te verwachten hebben, buiten dat niets zelf. Een geur die alle andere in de kiem smoort en onaangekondigd, van de ene dag op de andere, intrek in deze ruimtes had genomen. Vijf jaar geleden. Of misschien wel tien. Een geur die zelfs de kamers van Elisabeths jeugdherinneringen was binnengedrongen, want hoezeer ze ook haar best deed, ze kon zich niet meer herinneren dat hier ooit andere geuren hadden rondgewaaid.

Ze wil niet gaan zitten. Niemand zal haar een kopje thee aanbieden, de koektrommel tevoorschijn halen en haar vragen hoe het met haar gaat. Niet meer. Ze besluit haar beige, tot net boven de knie reikende trenchcoat aan te houden en schudt afwijzend met haar hoofd naar de staande kapstok, alsof die had aangeboden om haar jas aan te nemen en haar had uitgenodigd om in de zetel plaats te nemen.

Voor het eerst is ze alleen in dit huis. Ze kwam er niet vaak meer. Negen maanden was het geleden. Het moet enkele dagen na Kerstmis zijn geweest en nog voor het begin van het nieuwe jaar. Preciezer zou ze het niet meer kunnen zeggen. In die schemerzone tussen die twee te snel op elkaar volgende feesten om het einde van alweer een jaar te bezegelen en de illusie van een nieuw begin hoog te houden, probeerde ze altijd wat tijd voor hem vrij te maken. Ook toen had ze haar jas aangehouden.

Ze draait zich weg van de kapstok en van het schilderij dat naast de kapstok hangt. Een landelijk tafereel met een jachthond, een erfstuk dat al drie generaties in het bezit van de familie is en dat een centrale plaats had in het huis waar haar vader was geboren en opgegroeid. Elisabeth houdt niet van de jacht, ook niet van honden. Nu ze erbij stilstaat, beseft ze dat ze ook niet echt van schilderijen houdt. De muren in haar eigen woning zijn kaal en haast klinisch wit.

Haar vader hield erg van dat schilderij. Hij hoefde er maar kort naar te kijken om tot rust te komen en zich weer thuis te wanen in deze wereld. Ze had nooit diezelfde rust en dat gevoel helemaal thuis te zijn in zijn blik gelezen wanneer zijn ogen op haar waren gericht. Misschien heeft ze juist daarom zo'n hekel aan die hond.

Ze verlaat de hal om te ontsnappen aan dat nare gevoel waarmee die hond van olieverf haar opzadelt. Traag en bijna geluidloos begeeft ze zich van de ene kamer naar de andere. Van de woonkamer naar de keuken, van de keuken naar zijn werkkamer. Af en toe raakt ze een meubelstuk aan, tokkelt er lichtjes met haar vingertoppen op, zonder te weten waarom ze dat nu precies doet. Ze ontwijkt haar gedachten. Of dat probeert ze toch. Haar gedachten kunnen haar nu enkel terugvoeren tot haar kindertijd. Ze wil niet herinneren in dit huis waar haar niets rest dan herinneringen en de restanten van een leven waaruit die zijn opgebouwd.

Ze is zich ervan bewust dat ze haar best doet om niet te veel aandacht te schenken aan wat ze rondom ziet, wat ze ruikt en voelt. Maar door het besef dat ze zo min mogelijk wil beseffen, beseft ze zoveel meer. Ze kijkt rond met de wazige ogen van een treinreiziger die door het raam naar de voortschrijdende landschappen staart en amper registreert wat hij ziet. Het enige wat uit die ogen op te maken valt, is het verlangen dat de rit toch maar zo snel mogelijk voorbij zou zijn. Als haar blik dan toch iets langer op een meubelstuk blijft kleven, blijft het waas in de ogen onveranderd. Het geheugengevecht is ze stilaan aan het verliezen. Bij elke herinnering die haar bewustzijn dreigt binnen te dringen, gaat haar hart een tik sneller slaan, uit angst om door het verleden opgeslorpt te worden. Ongewilde herinneringen zijn het drijfzand van onze geest, weet Elisabeth uit ervaring. Ze ziet het bij al haar patiënten, ongeacht waarover ze komen spreken. Hoe meer een mens zich verzet tegen zijn herinneringen, hoe vaster hij erin komt te zitten.

Zijn onze herinneringen wel van ons, of zijn wij van onze herinneringen? Dat heeft ze zich in haar praktijk meermaals afgevraagd. We denken allemaal dat we heer en meester zijn over onze eigen gedachtewereld, maar eigenlijk zijn het onze gedachten die ons beheersen en niet omgekeerd. Onze gedachten doen ons graag geloven dat wij aan de stuurknuppel van ons leven zitten, terwijl zij het zijn die onze koers bepalen. Wie alleen is en te veel tijd heeft om na te denken, zal op een gegeven moment toch in de val van zijn verbeelding lopen en verstrikt raken in zijn eigen hersenspinsels. De losgeslagen gedachten terug in het gelid krijgen, daar komt uiteindelijk het grootste deel van elke therapie op neer.

'Wacht nog en verkoop niet meteen alles. Gun jezelf tijd om te rouwen,' had Sarah, met wie ze een praktijk deelt, de afgelopen dagen nog herhaaldelijk gezegd. Elisabeth kent de zin en onzin van die hele rouwtheorie. Zelfs de meest goedbedoelde woorden kunnen heel slecht advies zijn. Elisabeth wil geen tijd nodig hebben en is niet boos op het leven waaruit haar vader langzaam weggegleden is. Het leven was mild voor hem geweest, te mild. Ze kan niet aan het gevoel ontkomen dat hij te lang had mogen leven. Kun je daar dan nog om rouwen? Zesentachtig jaar. Dat is haast onfatsoenlijk, wanneer zoveel mensen met nog zoveel dromen en nog zoveel plannen het met zoveel jaren minder moeten stellen.

'Ouders gaan altijd te vroeg, hoe oud ze ook zijn. Het verdriet blijft even groot.' Dat was een andere uitspraak van Sarah, waarin Elisabeth weinig waarheid zag om zich aan op te trekken, al had ze iets soortgelijks ook weleens tegen een vriendin gezegd die behoefte had aan in dergelijke woorden verpakte troost. Maar ze heeft het nooit geloofd. Niet toen ze die woorden uitsprak en nu al helemaal niet. Mochten mensen enkel zeggen wat ze echt geloven, zou er ofwel heel weinig gezegd, ofwel heel veel ruzie gemaakt worden.

Wat een onzin, denkt Elisabeth ook nu weer. Was het niet juist beter wat vroeger heen te gaan? Het lijkt haar ongepast om zoiets te denken en ze voelt zich er schuldig bij, maar ze kan het niet verhelpen. Misschien waren de laatste jaren voor haar dan draaglijker geweest, zonder die voortdurende kwelling dat ze een ouder wordende vader heeft die ze niet wil opzoeken. Een vader die haar mist, maar die niets van haar vraagt, buiten een bezoekje van tijd tot tijd, misschien. Als het past in haar agenda. En misschien waren de jaren ook voor hem dan beter te verdragen geweest, zonder het besef dat hij een volwassen dochter heeft die hem niet komt opzoeken, tenzij ze er echt niet meer onderuit kan.

Elisabeths kronkelende gedachtegang wordt onderbroken door gejaagd geblaf. Ze kijkt door het raam en ziet twee honden in de tuin van de overburen lopen. Eén ervan is een nog jonge dobermann met wit verband rond de spitse oren. De honden lopen wild rond hun baasjes, en rond een enorme regenboogvlag die in het gras is geprikt. Daarnaast staat al bijna drie jaar lang een kleiner plakkaat met LGBT *for Obama 2012*. De twee vrouwen lijken de honden niet volledig onder controle te hebben en roepen om de aandacht die ze niet krijgen.

*

Elisabeth wil zich aan de piano zetten maar aarzelt. Ze opent de toetsenklep, maar aarzelt nog steeds. De toetsen zijn minder vergeeld dan ze zich meende te herinneren; eerder een zacht gebroken wit dan verstokt vergeeld, zoals die ongure tint van rokerstanden. Ze vraagt zich af of haar vader de toetsen heeft laten reinigen en witten, maar de gedachte aan die mogelijkheid verdwijnt zodra ze haar aandacht vestigt op de afgebroken uiteinden van enkele toetsen. De uiteinden van vijf achtereenvolgende witte toetsen C, D, E, F en G zien eruit als afgebroken vingernagels. In het midden van het klavier dan nog, daar waar ze het meest worden bespeeld. Vooral tijdens het spelen van Chopins *Prelude in E minor* ondervond haar vader een beetje last aan de pink van de linkerhand; in het bijzonder bij de laatste akkoorden. Zijn duim en pink moesten op de uiteinden van de toetsen gelegd worden om een octaaf te kunnen vormen en zijn kleine handen konden die spreiding van de vingers maar met moeite aan, zodat zijn vingers altijd van de toetsen dreigden te glijden.

Dat was ze vergeten, ook al had ze er zelfs voor in de hoek moeten staan en was het een breukmoment in haar jonge leven dat haar tot enige bezinning noopte over hoe je moet omgaan met andermans spullen. Haar vader zette haar nooit in de hoek. Met het hoofd van haar houten pop had ze op het klavier zitten bonken tot stukjes van de toetsen op de grond belandden. Ze weet niet meer waarom. Slechts weinig mensen kunnen zich nog gebeurtenissen uit hun derde levensjaar herinneren en zelfs wie meent zich iets oorspronkelijks te herinneren, doet niet veel meer dan foto's en verhalen uit tweede hand reconstrueren tot ze een levendige, echte herinnering worden. Een valse, echte herinnering. In gedachten ziet ook Elisabeth zichzelf in de hoek staan, ook al kon ze dat meisje daar nooit hebben zien staan. Ze is dat meisje; een klein meisje met twee vlechtjes dat snotterend 'piano pijn, sorry piano' schreeuwde. Steeds weer opnieuw werd dat verhaal opgedist wanneer een bezoeker vroeg naar de reden waarom hun kostbare Bechstein zo'n schade aan zijn ivoren toetsen had opgelopen. Aanvankelijk werd het verhaal nog met getemperde onvrede verteld, maar uiteindelijk ebde die onvrede uit haar vaders stem weg, en wanneer hij later het verhaal oprakelde, deed hij dat haast minzaam. De woorden die hij sprak legde hij dan als een arm om Elisabeths schouder: 'Ze wilde zien hoe de pop het er als pianiste van af zou brengen, met de afgebroken toetsen als gevolg. Ik vind het toch erg creatief van haar en vind trouwens dat de piano er nu veel beter uitziet. Een beetje een eigen karakter zo.' Dat meende hij. Net zoals mensen een litteken als ereteken kunnen dragen, keek Elisabeths vader met een zekere trots naar die afgebrokkelde toetsen. Een ereteken als herinnering aan een tijd waarin hij Elisabeth nog zo vaak bij zich had.

Elisabeth heeft geen zin om uit te rekenen hoeveel jaren geleden dat precies was. Ze zet zich aan de piano. Ze zit ongemakkelijk op het pianokrukje, een wankel houten onding waarvan de hoogte slechts moeizaam en met een vreselijk snerpend gepiep versteld kan worden en waarvan het oppervlak van links naar rechts lichtjes neerwaarts helt. Je kan er niet anders dan ongemakkelijk op zitten. Waarom haar vader die pianokruk nooit vervangen had door een fatsoenlijke stoel, is haar een raadsel.

De onderkant van Elisabeths jas zit vast tussen haar zitvlak en het krukje. Daardoor spannen de mouwen rond haar bovenarmen en voelt ze zich gehinderd wanneer ze haar handen op de toetsen legt. Spelen zou ze nu niet meer kunnen, niet enkel doordat de mouwen haar bewegingsvrijheid beperken, maar omdat het gewoon te lang geleden is. De partituren die voor haar neus openliggen, lijken op het eerste gezicht te moeilijk. Ze blijft dan maar naar haar handen staren tot langzaam tot haar doordringt dat die handen een specifieke vingerzetting gevormd hebben.

Het is een vreemde gewaarwording, het besef dat je handen iets onthouden hebben wat je hoofd al schijnbaar vergeten is. Een onderdrukte glimlach verschijnt op Elisabeths gelaat, in de vorm van een minuscule opwaartse beweging van haar rechtermondhoek. De laatste tijd glimlacht ze alleen maar onderdrukt.

Welk stuk begon nu ook weer zo? Ze twijfelt of ze de toetsen toch zou indrukken. Zouden haar handen vanzelf het vervolg spelen, zodra ze de eerste klank hoort? Ze durft het niet te proberen. Het lijkt haar om de een of andere reden ongepast. Het zal wel een prelude van Bach zijn, denkt ze. Hij had haar immers hoofdzakelijk met Bach piano leren spelen. Steeds weer Bach.

Ze heft haar zitvlak wat op om haar trenchcoat eronder vandaan te trekken en neemt weer plaats. Toch gaat het beklemmende gevoel daarmee niet helemaal weg. De verleden tijd drukt op haar borstkas. Tenslotte staat ze op het punt het dierbaarste bezit van haar vader te verkopen. Waarom is hij weggegaan? Waarom heeft hij moeder verlaten? Voor wie? Echt niemand? Waarom was hij liever alleen? De vragen die ze zichzelf al meer dan vijftien jaar verboden heeft nog te stellen, lijken allemaal tegelijk in haar hoofd afgevuurd te worden. Ze ademt diep in en uit om die storm te laten overwaaien. Dat simpele trucje geeft ze ook aan haar patiënten mee. Gewoon diep in- en uitademen en je op die ademhaling concentreren. Soms is er niet meer nodig om je stukken beter te voelen.

Er bestaat niets buiten je eigen ademhaling. Die woorden laat ze als een haperende plaat in haar hoofd afspelen. Niets buiten je eigen ademhaling, krast de naald van haar bewustzijn in de groeven van haar gedachten. Met haar vingers gaat ze tussen de zwarte toetsen om het stof er weg te halen. Die bezigheid gecombineerd met de ademhalingsoefening kalmeert haar. Na het stof van tussen de toetsen te hebben weggehaald, doet ze hetzelfde met de kandelaars die links en rechts aan de piano hangen. Tussen de vele kronkels nemen haar vingertoppen het grijze residu van de tand des tijds weg. Er zitten verse kaarsen in, misschien hebben ze één, hoogstens twee uur gebrand. Er is veel veranderd in de wereld sinds haar vader in dit kleine huis in Farview Way was ingetrokken, maar toch is de tijd hier op een vreemde manier stil blijven staan. Meer dan twintig jaar had haar vader zich aan dezelfde rituelen gehouden, zoals het branden van de kaarsen tijdens het uurtje piano spelen. Hij speelde elke avond, tot de dag waarop hij naar het ziekenhuis werd gebracht. Dat weet ze van de buurvrouw, een gepensioneerde lerares wier dagen geheel in het teken van haar stappenteller stonden. De dokter had haar aangeraden om iedere dag vijfduizend stappen te zetten: ze had slechte knieën, maar door stil te zitten zouden die er alleen maar op achteruitgaan. Ongeacht het weer, wandelde ze vier keer per dag de straat op en neer en alle andere mogelijke plannen en activiteiten werden ingepast in dat vaste dagschema.

'Mijn zomeravonden zullen nooit meer dezelfde zijn,' had ze de dag na zijn dood tegen Elisabeth gezegd. 'Altijd begon hij om acht uur te spelen. Hij had geen airco, dus zette hij alle ramen open, waardoor ik de muziek goed kon horen. Wanneer hij begon, ging ik zitten, tot hij klaar was. Ik heb het hem nooit gezegd, maar we hebben zoveel uren samen doorgebracht: hij aan de piano, ik in mijn zetel, enkel van elkaar gescheiden door wat gras en de bomen die tussen onze huizen staan.'

Het was diezelfde buurvrouw die het overlijdensbericht in de krant had laten plaatsen, iets wat Elisabeth doelbewust had vergeten te doen. 'Je hebt nu zoveel aan je hoofd en er zijn vast mensen, oud-collega's en studenten en zo, die graag afscheid willen nemen,' verzekerde ze Elisabeth. De buurvrouw belde met die mededeling de dag dat het in de krant verschenen was. Wat kon Elisabeth nog anders doen dan haar te bedanken voor de moeite? Ze zou nooit uitgelegd krijgen dat het precies dat was, die rouwende mensen, wat ze wilde vermijden.

De dag voor de begrafenis kon ze door de warmte niet in slaap vallen. De vroege septembernacht weigerde de belofte van afkoeling na te komen. Het zou een dag later de warmste dag van het jaar worden. Niemand wenst op zo'n dag begraven te worden en de mensen die afscheid komen nemen tot zwarte kleding te verplichten, tenzij de dode nog een vergeefse revanche wil nemen op hen die nog leven. Elisabeth vreesde dat ze bekneld zou geraken tussen een hoop zweterige mensen die haar vader erg graag hadden gemogen. En die hem misschien zelfs nog beter kenden dan zij zelf. Gelukkig waren het er niet al te veel meer die haar vader nog een laatste groet konden brengen. Daar was hij te oud voor geworden.

'Ach, die buurvrouw.' Elisabeth zucht diep. Sinds de begrafenis denkt ze altijd met een zekere verlegenheid, of zelfs een licht schaamtegevoel, aan haar. Het was erg confronterend om de buurvrouw tijdens de mis te zien huilen, terwijl ze zelf, zijn enige dochter, geen traan uit haar ogen geperst kreeg. Ze had het tijdens de plechtigheid herhaaldelijk geprobeerd, om niet harteloos over te komen op zijn oud-studenten en collega's, van wie ze bijna niemand, op Eric na, kende of herkende. In een mum van tijd had zich een kleine rij van mensen gevormd rond de buurvrouw, die al een heel pakje zakdoeken had vol gesnotterd en volledig overgeleverd aan haar verdriet aan het tweede was begonnen. De mensen in de rij waren geneigd om bij het verlaten van de kerk eerst haar medelevend de hand te drukken om dan pas Elisabeth te condoleren. Dat was een vervelende situatie geweest, niet zozeer doordat Elisabeth haast over het hoofd werd gezien. Elisabeth had geen behoefte aan al die handjes, ze wilde gewoon zo snel mogelijk naar huis gaan en de buurvrouw zorgde door al het medelijden dat ze aantrok voor onnodige vertraging. Tot tweemaal toe. Eerst in de kerk en dan nog eens op het kerkhof. Het scheen Elisabeth ongepast om het kerkhof al te verlaten terwijl andere mensen nog aan het pas gedolven graf de buurvrouw stonden te condoleren.

'De wereld is zoveel stiller nu en ik heb hem niet eens kunnen vragen wat hij speelde. De laatste maanden vaak hetzelfde,' zei de buurvrouw en ze haakte zichzelf vast aan Elisabeths rechterarm, waardoor de indruk nog meer werd gewekt alsof ze als moeder en dochter het kerkhof verlieten. Bij het afscheid nam de buurvrouw Elisabeths beide handen in de hare, en hield ze enkele ogenblikken vast. Niet heel erg lang, maar voor Elisabeth leek het wel een halve dag te duren; een straf die ze moest doorstaan voor het ontbreken van haar tranen op haar vaders begrafenis.

*

Ze neemt de partituren die op de piano openliggen in haar hand. Schuberts liederen. Zouden dat de stukken zijn die hij speelde? Schubert, daar hield hij van. De naam van Schubert roept de herinnering op aan het verjaardagskaartje dat ze vorig jaar voor haar tweeëndertigste verjaardag had ontvangen en waarop haar vader had geschreven: 'Weet dat het aan Schubert niet gegund was ouder dan tweeëndertig te worden. Koester de tijd die God je gegeven heeft.' Verschrikkelijk vond ze dat. En hij maakte het nog erger door er enkele woorden van Dante aan toe te voegen: *De wijzen zijn het meest verveeld door het verstrijken van de tijd.* Ze had het kaartje bij de oude kranten gegooid en de dag erop met het vuilnis meegegeven.

Ze bladert door de partituren. Sommige bladzijden zijn geler dan andere. Boven sommige noten zijn met potlood cijfers geschreven die de vingerzetting moeten aanduiden. Daardoor kan ze zien welke liederen haar vader had geoefend en welke niet, ook al was hij spaarzaam met zijn annotaties. Zijn handen konden met relatief gemak de noten tot klanken vertalen. In haar hoofd hoort ze de *Berceuse* uit de *Dolly Suite* van Fauré beginnen. Een hele zomer lang had ze op haar vaders aandringen op die quatre-mains zitten oefenen. Samen aan de piano. Aanvankelijk had ze het graag gedaan. Ze kende een vreemde hoop dat haar vader weer thuis zou komen wonen als ze maar goed piano speelde, al wist ze nooit waarom het ene uit het andere zou volgen. Misschien omdat haar vader altijd omringd wilde worden door muziek. Ik zal zijn muziek worden, dacht ze toen nog. Zijn thuis van klanken.

Maar toen het stuk te moeilijk bleek en zowel haar interesse als haar geduld oversteeg, en ze bijgevolg traag vorderingen maakten, verminderde haar enthousiasme tot de moed haar helemaal in de schoenen zonk. Ze zocht steeds vaker uitvluchten om toch maar niet naast haar vader te hoeven gaan zitten. Ze kon de teleurstelling van zijn gezicht aflezen, maar verkoos om hem teleur te stellen in plaats van steeds weer een uur met haar eigen onkunde geconfronteerd te worden. Het weegt vaak zwaarder om jezelf teleur te stellen dan een ander en een mens doet liever geen moeite dan vergeefse moeite. Het is een strategie die Elisabeth vandaag nog steeds toepast om vreedzaam door het leven te glijden en elke vorm van frustratie van zich af te schudden.

Na die zomer had haar vader nooit meer aangedrongen

om haar te laten spelen. Hij speelde alleen verder. Nooit had hij zijn avondritueel gewijzigd. Na het avondeten speelde hij piano en voor het slapengaan las hij na wat hij overdag geschreven had. Nadat hij eens uitzonderlijk lang gespeeld had, vroeg Elisabeth, met de milde opstandigheid van een brave tiener, waarom hij daar zoveel tijd voor uitgetrokken had. 'Al die uren die je daarin steekt, een concertpianist ga je heus niet meer worden. Kan je die tijd dan niet beter benutten? De wereld zit echt niet te wachten op jouw interpretatie van een van Schuberts impromptu's. En als mensen al eens wat klassieke muziek willen horen, zetten ze toch gewoon een plaatje op.'

'Waarschijnlijk wel, maar ik speel niet om door anderen gehoord te worden. Ik speel omdat ik dan als mens het dichtst bij de kern kom van wat het is om mens te zijn. Het is een metafysische ervaring, iedere keer wanneer mijn handen het klavier aanraken.' Elisabeth keek hem aan alsof hij zijn antwoord in Voynichtaal had geformuleerd.

'Dan nog, ik begrijp niet waarom je het blijft doen, je weet toch dat je mens bent. Moet je dat elke dag opnieuw aan jezelf bewijzen?'

'Ik kan niet buiten mezelf gaan staan, Lizzie, mijn menselijkheid opgeven. Ik moet spelen. Ook al luistert er niemand.' Na een stilte die aangaf dat Elisabeth niet goed wist wat hij bedoelde, vervolgde hij: 'Zie het als mijn gebed voor het slapengaan. Je stopt toch ook niet met bidden als je naast een ongelovige slaapt.'

Ze heeft nooit begrepen wat hij ook met die laatste vergelijking bedoelde. Nog steeds begrijpt ze het niet en voelt ze niets bij het horen van Schuberts liederen of impromptu's. Of hooguit een onderhuidse afkeer, zowel van Schubert met zijn buitenproportioneel aandeel in talent als van de gedachte dat dan net zij nog het gebrekkige zou moeten koesteren wat ze van God gekregen heeft. Een God waarin ze toch maar met moeite gelooft.

2

Een moeizaam ontwaken

Het begon met een kater en een andere man, zoals in die tijd wel meerdere van mijn dagen. Het was november 1990, ik was tweeëntwintig en ver van huis. Een studiebeurs had me aan de andere kant van de Atlantische Oceaan gebracht. Ik zou nog verder kunnen teruggaan in de tijd, maar ik denk dat alles wat voor die nacht gebeurde geen rechtstreekse invloed had op wat zich daarna afspeelde en wat zich sindsdien onophoudelijk in mijn hoofd lijkt af te spelen. Ik moet mezelf dwingen om alles op te graven en te herinneren opdat ik alles zo accuraat mogelijk zou kunnen vergeten.

   Ik werd wakker en zag hoe dunne straaltjes daglicht tussen de dichtgetrokken gordijnen invielen, net genoeg om de donkere kamer weer van vage contouren te voorzien. Ik kon mijn ogen slechts tot nauwe spleetjes openen, maar zelfs die beperkte lichtinval veroorzaakte een pijn die zich naar mijn hoofd verspreidde en, als de uiteinden van microscopische priemnaalden, in mijn hersenen leek te prikken. Ik bleef in bed liggen, omdat de vermoeidheid nog te diep in mijn lichaam zat genesteld.

Ik probeerde voor me uit te kijken naar het aanrecht dat ik niet kende om te achterhalen in wiens bed ik lag. Ongewoon veel tijd verstreek tussen het opduiken van de eerste kiem van die gedachte en de volle articulatie ervan. Vreemd genoeg twijfelde ik ook weer even aan welke kant van de oceaan ik me bevond. Dat gevoel had me gedurende de eerste weken in de vs achtervolgd, wanneer ik wakker werd en het witte plafond boven me niet meteen prijsgaf waar ik lag. Maar dat had ik na drie maanden ondertussen van me afgeschud.

Mijn ogen raakten slechts langzaam gewend aan het vage licht. Ik herkende de gootsteen, het afwasmiddel en de gestreepte keukendoeken nog steeds niet. Ik was niet thuis in België, niet op mijn kamer op de universiteitscampus en ook niet op een plek waar ik al eerder was geweest. Deze ruimte was me volkomen vreemd. Ik probeerde mijn hoofd iets te draaien zodat ik meer van de kamer kon zien zonder zelf al te veel aan mijn positie te hoeven veranderen. De minste beweging kostte me de grootste moeite.

Een houten stoel met wat kleren erop. Mijn kleren vermengd met die van een ander. Ik bleef naar dit stilleven van een voorbije nacht staren en de volgende gedachten vormden zich al even traag als de eerste. Het was vreemd om mijn kleren op een stoel te zien liggen. Ik smeet die meestal gewoon op de vloer voor ik naakt in bed dook. In pyjama's geloofde ik toen al niet meer. Het was volop zomer en snikheet toen ik in Amherst aankwam en het duurde enkele weken vooraleer ik gewend raakte aan de hoge luchtvochtigheid. Tijdens mijn eerste nacht ter plaatse werd ik wakker van mijn eigen kleverigheid. Ik trok mijn pyjama uit om hem nooit meer aan te doen en naakt sliep ik beter dan ooit voorheen.

Had hij mijn kleren van de vloer opgeraapt en op een stoel gelegd? Dat leek me alleszins aannemelijker dan dat ik zelf de moeite had genomen om mijn kleren op een stoel te leggen, zeker met de hoeveelheid drank die er nog door mijn lichaam had moeten stromen. Hij moet het gedaan hebben, bleef ik met enige verbazing denken. Maar welke man gaat nu voor het vrijen in volle opwinding nog gauw de kleren van de vloer oprapen? Misschien heeft hij het erna gedaan? Hoewel die optie me ook meteen weinig plausibel leek. Dan vallen die stakkers toch meteen in slaap.

Ik herkende mijn bloesje en onderbroek en meende ook een bruine broek die ik niet kende, te kunnen onderscheiden. Of was het een rok? Het was toch een man met wie ik geslapen had? Ik schrok een beetje bij die gedachte, ook al had ik onlangs met een vrouw geslapen. Sinds mijn vertrek uit België had ik mezelf graag de rol van de belichaming van de vrije liefde aangemeten. De jaren voordien was ik een voorbeeldige studente geweest. Te voorbeeldig. Altijd de beste van de klas. Altijd vriendelijk. Altijd behulpzaam. In het laatste jaar van mijn studies germanistiek in Leuven voelde ik dat het me stilaan te veel werd – de dagelijkse druk van een vlekkeloos bestaan. Ik moest weg, loskomen van mijn omgeving om los te komen van mezelf. De goedheid die iedereen in me meende te bespeuren en waarom ik vooral door mijn ouders eindeloos geprezen werd, leek meer een routine en gewoonte dan een bewuste, vrije keuze. En wat is goedheid zonder bewuste keuze? Wat is goedheid die op automatische piloot geschiedt nog waard; het nauwelijkse klatergoud van de menselijke moraliteit, een dun blinkend laagje op de grijze menselijke gebrekkigheid?

Ik wist soms niet meer of ik echt goed was, of me gewoon goed gedroeg, omdat ik nooit anders had gedaan. Ging ik uit goedheid nog steeds op de koffie bij grootmoeder, ook wanneer ze al onzindelijk was en de geur van urine haar als een schaduw volgde; of omdat een wekelijkse koffie met haar nu eenmaal een jarenlange gewoonte was? Op mijn dertiende, terwijl mijn klasgenoten hun eerste sigaretten aanstaken en hun eerste biertjes met verborgen tegenzin leegdronken, begon ik koffie te drinken. Altijd zwart, zonder suiker. Deelde ik mijn notities uit welwillendheid met mijn medestudenten, of omdat het me een schijn van vriendschap opleverde? Misschien was ik gewoon opportunistisch, en is opportunisme wel een mogelijke grond van goedheid? Sommigen zeggen dat de motieven van een mens er niet toe doen, zolang de handelingen of op zijn minst de gevolgen van die handelingen maar goed zijn, maar zo voelde ik het niet aan.

Ik moest weg. Ver weg. De beurs om een jaar aan de University of Massachusetts te studeren, leek me een unieke kans om uit te maken wie ik echt was. Professor Claes, bij wie ik mijn licentiaatsverhandeling over geloofstwijfel in de negentiende-eeuwse Amerikaanse literatuur had geschreven, had een collega in Amerika die me zou kunnen helpen bij de voorbereidingen van het proefschrift dat ik een jaar daarop plande te schrijven. Ik wist toen nog niet precies wat voor onderzoek ik wilde doen, maar wel dat ik verstrikt was geraakt in het web van woorden van Emily Dickinsons dichtkunst. Voor mijn verhandeling had ik me in haar gedichten verdiept. God is een kluizenaar, schreef ze, maar ook dat God een uitvinding van de mens is en niet omgekeerd. Aanvankelijk voelde ik er niet eens veel voor, maar langzaam ontwikkelde ik een voorliefde voor de grillige gedisciplineerdheid van haar gedichten en gedachten. Zonder veel nadenken ging ik in op alle voorstellen die mijn richting uit kwamen en die dat jaar in Amerika mogelijk maakten. Waar kon je beter onderzoek doen dan in Amherst zelf, het stadje waar de mensenschuwe dichteres haar hele leven had gewoond? Misschien was haar eigen kluizenaarsbestaan een poging om iets goddelijks te bereiken.

Zo belandde ik in de pioniersvallei, in Massachusetts, waar zich naast UMass ook nog vier colleges bevonden en waar het begin augustus en de eerste weken na mijn aankomst erg rustig was, omdat het academiejaar nog moest beginnen. Een heerlijk verraderlijke rust ging uit van het ongerepte groen waarmee de universiteit en colleges rijkelijk omgeven waren. 's Ochtends ging ik vaak naar de UMass-bibliotheek en op de drieëntwintigste verdieping van de Dubois-boekentoren genoot ik met een kop koffie van het steeds wisselende uitzicht over de stad. Geen ochtend was dezelfde. Op stralende ochtenden leek er geen einde te komen aan de horizon en de glooiing van de heuvels. Sommige ochtenden stapelde de mist zich op in de vallei en reikte het zicht niet verder dan de rode toren van het stadhuis en de witte toren van de Johnsonkapel. Door de laaghangende wolken leek het dan alsof de wereld bij die twee torens ophield te bestaan, alsof daarachter niets meer was; enkel een grijze, mistige leegte. Langzaam trok de mist op en kwam de wereld vanachter dat wolkengordijn weer tevoorschijn. De enige constante in die steeds wisselende uitzichten was de rust die ervan opsteeg. Het was moeilijk voor te stellen dat in dat weelderige en serene groen, waartussen het zoeken was naar gebouwen en mensen, een hele wereld tot leven kwam wanneer de studenten de stad binnenstroomden en het studeren begon.

Mensen die in een vallei leven zijn geoefend in zelfvoorzienendheid, en de studenten van de five college area waren bijzonder zelfvoorzienend in hun eigen plezier. Ik liet me graag meesleuren in het nachtelijke studentenleven, en geloofde gewillig in de illusie dat ik in die stroom dichter naar mezelf toe zou vloeien, omdat het me verder van mijn vroegere zelf leek af te drijven. De schoonheid van die dagen bestond uit het gemak waarmee je je benen rond een nieuw warm lichaam kon krullen om de overgave van een man te voelen en zelf voor heel even de controle over jezelf te verliezen, zonder daarna verantwoording te hoeven afleggen. Net als een misdadiger op vrije voeten kon je bij het ochtendgloren zonder omkijken de kamer verlaten, wetend dat je buiten vervolging gesteld bent voor de kreten in zijn oor, de van verrukking vertrokken gezichten en de sporen van je nagels die je in zijn vel hebt gekerfd.

*

Ik probeerde iemands ademhaling te ontwaren, maar de stilte hield haar lippen stijf op elkaar om zichzelf niet te breken. Ik draaide me langzaam om en strekte daarbij mijn hand uit naar het andere deel van het bed. Het voelde koud en leeg aan. Ik wist niet hoelang ik al alleen lag. Heel even dacht ik dat hij me misschien enkel in bed had gelegd en daarna weer was weggegaan, maar zijn kleren op de stoel deden me vermoeden dat hij toch nog in de buurt moest zijn.

Ik probeerde me de vorige avond en nacht voor de geest te halen, maar er kwam geen enkele herinnering naar boven. Het nadenken werd bemoeilijkt door de pijnlijke steken in mijn hoofd die verhevigd werden door het nadenken zelf. Ik sloot mijn ogen en probeerde mijn hoofd leeg te maken. De geur van sigaretten vermengd met mijn vervluchtigde parfum hing in mijn haren. Daaruit kon ik opmaken dat ik naar een van de lokale pubs geweest moest zijn – ik rookte alleen maar als ik naar een pub ging. Het feit dat ik rookte was ook zo'n kleine rebellie tegen mijn oude zelf. Maar ik wist vooralsnog niet over welke pub het ging, tot hoe laat ik daar was gebleven en wie me vergezeld had.

In mijn gedachten zag ik mezelf het parfum van mijn dressoir pakken en volgens het vaste ritueel verspreiden over mijn lichaam en kleren. Dat was altijd de laatste stap voor ik mijn studentenkamer verliet. Vijf keer spuiten: een keer achter elk oor, dan centraal tussen de borsten, tussen mijn benen als ik een broek droeg en anders ergens daaromheen, en om af te ronden nog een keer op de binnenzijde van mijn linkerpols, waarna ik de rechterpols op die plaats legde en met kleine roterende bewegingen het parfum opwarmde en over beide polsen verspreidde.

Ik had gelezen dat je je moest parfumeren op de plaatsen waar je graag gekust zou willen worden. Sindsdien verbruikte ik gemiddeld om de twee maanden een flesje. Om toch maar geld te kunnen hebben voor een flesje L' Air du Temps zag ik af van het dagelijks nuttigen van een ontbijt en liet ik soms zelfs het avondeten aan me voorbijgaan, vooral in de weken dat ik erg krap bij kas dreigde te zitten. Ik zag die grote hap in mijn karige studentenbudget als een investering in mijn toekomst: niet lekker ruikende mensen staan hun eigen succes in de weg, meende ik ter rechtvaardiging wanneer ik al glimlachend de parfumerie verliet. THE PERFUME THAT MADE THE BOTTLE FAMOUS blokletterde een oude reclame van dat parfum, maar het maakte mij eerder *famous* dan de fles. Niet dat ik bekend was, dat bedoel ik niet, maar wel dat ik herkend werd door de geur en er gauw vereenzelvigd mee leek. Mijn vrienden wisten dat ik gearriveerd was op een feestje omdat ze me al roken voor ze me zagen. De geur deed het verleiden voor me, vele malen werd de geur de gespreksopening, ik hoefde me amper te bewegen om te genieten van wat mijn lokaas tot me had gebracht.

Ik was me al verschillende jaren bewust van de kracht van die geur – mijn geur, maar nu pas deed ik er mijn voordeel mee. Tijdens mijn eerste examenperiode aan de Universiteit van Leuven stapte een student haast radeloos op me af om me te vragen of ik wilde stoppen met me te parfumeren wanneer ik in de centrale bibliotheek kwam studeren. Hij meende dat heel de bibliotheek tot aan het Ladeuzeplein buiten naar me rook en het belette hem om zich te concentreren op de nog te verwerken studiestof. Ik deed wat de jongen vroeg en wanneer we elkaar nog tegen het lijf liepen knikte hij verlegen, haast beschaamd, maar we wisselden geen woord meer uit. Het flesje parfum was het eerste wat ik in mijn koffer naar de vs smeet.

Terwijl ik daar in een leeg bed in die onbekende ruimte lag, dacht ik aan het flesje op mijn dressoir, de dop van matglas in de vorm van een witte duif met gespreide vleugels. Een vogel in vrije val. En precies zo voelde ik me: in vrije val. Het draaide in mijn hoofd. Ik zag heen en weer zwevende zwarte plekken en de trap van het huis waar ik een kamer huurde als ik aan de vorige nacht dacht. En dan niets meer.

Rillend van de kou probeerde ik de deken omhoog te trekken zodat enkel nog mijn neus erboven uitstak en mijn voeten toch nog volledig bedekt bleven. Ik wilde weer in slaap vallen, niet denken aan gisteren, vandaag of morgen, maar het gedraai in mijn hoofd en de kou beletten me om tot rust te komen. Ik hoorde iemand een wc doorspoelen en probeerde mijn hoofd op te heffen om te zien waar het geluid precies vandaan kwam. Door de kieren van de deur zag ik het licht van een andere kamer binnenschijnen. Meteen daarop ging de deur open en een jongeman stapte mijn richting uit. Doordat het licht achter hem vandaan kwam en het donker bleef in de rest van de kamer, kon ik zijn gezicht niet goed zien. Ik hoopte dat hij niet te jong zou zijn, ik wilde niet meer met een *freshman* naar bed.

'Heb ik je wakker gemaakt? Je hoeft nog niet op te staan, ik maak me gewoon klaar om naar een hoorcollege te gaan,' zei hij op zachte toon.

Ik schraapte mijn keel nadat een eerste poging tot spreken in enkele slechts amper hoorbare klanken was gestrand.

'Ik ben al weg, sorry. Ik zal ook opstaan.' En ik voelde hoe moeilijk het zou zijn om uit te voeren wat mijn woorden beloofden.

'Maar dat hoeft helemaal nog niet. Het is nog heel vroeg en we lagen er pas laat in. Ik heb les van halfnegen tot tien, en zal rond elf uur terug zijn met ontbijt. Slaap nog maar wat.'

Ik voelde een opluchting bij het vooruitzicht dat ik mocht blijven liggen – een ongewilde opluchting, omdat ik liever in mijn eigen bed had gelegen. Mijn lichaam trilde nu zichtbaar en ik klappertandde zachtjes. Ik vroeg om een extra deken.

'Heb je het echt zo koud? Misschien ben je ziek aan het worden.' Terwijl hij dat zei, legde hij zijn hand op mijn voorhoofd.

Het was sinds mijn kindertijd niet meer voorgekomen dat iemand een bekommerde hand op mijn voorhoofd had gelegd. Mijn moeder deed dat altijd met een strenge blik. De diepe rimpel die dan tussen haar wenkbrauwen ontstond, liet me met een schuldgevoel achter, alsof ik zelf de oorzaak van mijn ziekte was. Maar de jongeman fronste niet en zijn rimpelloze, egale gelaat vertoonde geen enkel teken waarin ik een verwijt had kunnen lezen. Hij haalde zacht adem, drukte zijn lippen op elkaar en knikte instemmend. Hij had gevonden wat hij verwacht had te vinden.

'Je hebt koorts. Ik zal zien of ik koortsremmers heb, maar ik vrees van niet. De deken kan ik dubbelvouwen, als je wilt, een extra heb ik niet.' Hij stond op, nam de deken van het bed, wapperde ermee in de lucht om de deken vervolgens dubbelgevouwen over me heen te leggen. Ik kreunde even van de koude wind die dat veroorzaakte. De jongeman bloosde een beetje bij het zien van mijn naakte lichaam. 'Sorry,' zei hij met timide stem. 'Je zal het nu veel warmer hebben.'

Ik zei niets, ik glimlachte slechts een beetje verlegen; niet vanwege mijn naaktheid, maar wel omdat ik me zo hulpeloos voelde.

'Geen koortsremmers meer. Probeer toch maar dit glas water te drinken.' Hij nam onze kleren van de stoel, legde ze op zijn werktafel en schoof de stoel tot bij mij, waarna hij het glas erop zette. 'Vind je het goed als ik nu vertrek? Rond elf uur ben ik terug.'

'Dank je. Ja, ik red me wel.' Ik nam een kleine slok water. 'Hoe heet je eigenlijk?' vroeg ik terwijl hij al in de deuropening stond.

'Bernard,' antwoordde hij met een brede glimlach. 'Probeer nu maar te rusten, Nina', en hij sloot de deur achter zich.

Nina? Typisch iets voor mij. Met die gedachte legde ik mijn hoofd op zijn hoofdkussen en dommelde in een diepe slaap.

*

Het gerinkel van het servies en bestek maakte me wakker. Bernard probeerde zo geluidloos mogelijk de tafel te dekken, maar juist doordat hij zich daar zo op concentreerde, maakte hij meer lawaai dan mocht hij het achteloos gedaan hebben. Ik rook koffie en opende mijn ogen. Ik zag het glas water onaangeroerd op de stoel staan. In de kamer was het nu volledig licht. Ik kwam overeind, maar bleef in bed en onder de deken zitten. Ik bekeek Bernard grondig: hij was groot en gespierd. Je zag de golving van zijn borstkasspieren door zijn hemd en ook zijn bovenarmen waren mooi gevormd, zonder hun rankheid te verliezen. Hij leek een prototypische *college guy*, voor wie een uurtje per dag sporten slechts een minimale inspanning was. De jongens in Leuven waren anders, met ingevallen borstkassen en bovenarmen die evengoed van een veertienjarige konden zijn.

'Goeiemorgen, Nina. Of beter: goeiemiddag,' zei Bernard opgewekt, waarna hij geconcentreerd verderging met het dekken van de ontbijttafel.

Ik leunde met mijn rug tegen de muur en bleef met enige verbazing kijken naar de ruimte waarin ik me bevond en wat er gebeurde. Mijn hoofd bonsde nog pijnlijk, deels door de drank van de avond ervoor, deels door de koorts.

'Ik heb koortsremmers gekocht in de CVS. Misschien moet je daar maar mee beginnen, of wil je eerst een kop koffie?'

'Allebei graag.' Mijn mond was droog. Ik was niet in staat om iets te eten dus ik stelde voor dat hij alvast zonder mij zou beginnen en dronk het glas water en het kopje koffie leeg. De vermoeidheid maakte zich opnieuw van me meester en tegen mijn zin in wilde ik niets liever dan meteen weer in slaap vallen. Ik voelde me onwennig en vroeg, niet uit interesse maar louter om die onwennigheid te verjagen, hoe zijn les was verlopen.

Mijn ogen draaiden toen weg of ik maakte op de een of andere manier duidelijk dat zijn verhaal niet echt tot me doordrong, want Bernard stond op, nam het glas en het kopje uit mijn handen en beval me vriendelijk om nog wat te rusten. Hij nam een T-shirt uit zijn kast zodat ik warmer zou slapen en zonder te protesteren nam ik het aan en vond nog een laatste beetje kracht om het over mijn hoofd te trekken en mijn armen door de mouwen te steken.

Na een dutje waarvan de duur me volstrekt was ontgaan, kwam Bernard weer naast me op het bed zitten. 'Tijd voor een nieuwe koortsremmer. En nu moet je echt iets eten, anders word je niet beter.' Op zijn schoot lag een bord met twee halve bagels waarop een dun laagje roomkaas was gesmeerd en in zijn rechterhand hield hij een glas water. Hij zette alles op de stoel die naast het bed stond en nog steeds als nachtkastje fungeerde. Ik voelde me niet veel sterker, maar de honger knaagde zo aan mijn maag dat ik me toch overeind liet helpen. 'Alles komt goed, je moet nu gewoon iets eten en dan weer wat rusten. Morgen zul je het verschil voelen. Ik denk dat je griep hebt. Het is niet ongewoon om de griep te krijgen deze tijd van het jaar.'

Ik at dankbaar en traag de beide stukken bagel op. 'Is er nog meer?' vroeg ik, met kleine, weke puppyoogjes. Bernard glimlachte om die blik. 'Ah, je wordt al beter. Eetlust is het begin van elk herstel. En ik zie dat je ogen al kunnen kijken zoals gisteren. Je hebt een blik waar een mens onmogelijk nee tegen kan zeggen. Je zou een heel leger met die ogen kunnen aanvoeren. Maar misschien kan ik dat maar beter niet hardop zeggen. Ik zou president Bush niet op ideeën willen brengen, hij heeft al genoeg soldaten naar de Golf gestuurd. Ik ben een overtuigd pacifist, zie je. Natuurlijk is wat die Hoessein daar doet verschrikkelijk en natuurlijk moeten we ingrijpen en kunnen we dat niet zomaar laten gebeuren. Maar ik ben altijd tegen geweld, ook als ik ervoor ben.'

Bernard stond op om nog extra bagels te smeren, ook voor zichzelf. 'Misschien wil je er wat soep bij? Ik heb tomatensoep gemaakt. Vers.'

Tomatensoep? Na zo'n korte nacht en zo'n vroeg ochtendcollege? Bernard bleef me verbazen ondanks de weinige woorden die we tot dusver hadden gewisseld. Je hoefde maar enkele minuten in zijn gezelschap te vertoeven om te beseffen dat hij een uitzonderlijke jongen was. Mocht ik hem op eender welk ander moment in mijn leven tegengekomen zijn, dan was alles waarschijnlijk anders gelopen. Goede mensen worden zelden goed behandeld, zeker in de liefde. Bernard verdiende beter van me. Of beter dan me.

*

Ik keek naar Bernard, die zich klaarmaakte om naar bed te gaan. Wat aan het duizelige ontwaken in zijn bed voorafgegaan was, was in de nevelen van mijn herinnering zoekgeraakt. Hoezeer ik me ook probeerde te herinneren wat er zich precies tussen ons had afgespeeld, het lukte me niet om het me voor de geest te halen. Hoe ik in zijn bed was beland en wat daarin was gebeurd; ik wist het niet en wilde het weten, maar ik durfde het niet te vragen.

'Ik ga gewoon naast jou liggen om te slapen. We hoeven deze keer echt niet te vrijen,' zei hij, alsof hij mijn weifelende gedachtegang had kunnen horen. Bernard reikte me een schoon T-shirt aan. Het was paars waar in trotse witte letters Amherst College op gedrukt stond.

'Zit je daar?' vroeg ik terwijl ik het T-shirt uittrok dat klam was door het koortszweet. Bernard knikte.

'Hoor je dat dan niet?'

'Wat moet ik dan horen, dat je aan Amherst College studeert? Nee, niet echt.'

'Ja. Aan mijn Californische accent horen de meesten meteen dat ik een student van Amherst College ben. In het begin vond ik het ook vreemd als mensen daar een opmerking over maakten, maar het klopt wel een beetje, vrees ik.'

'Ik snap het niet. Wat heeft jouw accent nu te maken met of je aan Amherst College of aan UMass zit?'

'UMass is een staatsuniversiteit en het merendeel van de studenten komt uit Massachusetts zelf. Amherst College trekt studenten van over heel Amerika aan. We onderscheiden ons dus van de anderen door onze afkomst en de manier waarop we spreken.'

Dat verschil in accenten bij de studenten was me nog niet eerder opgevallen, wel dat de studenten van Amherst College zich over het algemeen beter voelden dan die van UMass. En die indruk wekte ook Bernard nu, door de manier waarop hij over ons en de anderen sprak. Op de een of andere wijze moet hij dat ook aangevoeld hebben.

'Niet dat ik wil zeggen dat ik ook vind dat de studenten van Amherst College per definitie beter zijn dan die van UMass. Het heeft misschien meer met geld dan met verstand te maken waar je uiteindelijk in het leven belandt.' Bernard zat duidelijk in over de indruk die hij gewekt had.

'Morgen zul je je echt beter voelen,' verzekerde hij me

nogmaals en hij nam onder de deken mijn hand vast. Ik durfde mijn hand niet weg te nemen. Ik wilde hem niet kwetsen, maar ik wilde ook niet de indruk wekken dat ons meer bond dan slechts een verlopen nacht. Dat mocht hij echt niet denken. Relaties waren niets voor mij of ik was niets voor relaties. Niet dit academiejaar, in ieder geval. Na een lange stilte liet ik zijn hand los en draaide me op mijn rechterzij en zei: 'Welterusten, Bernard. En nogmaals dank voor alles.'

3

Alles is alles

De herfst heeft net zijn jaarlijkse roofoverval op de natuur gepleegd. Ieder jaar staat Elisabeth versteld van de snelheid waarmee dat gebeurt – ook nu weer. Twee dagen geleden nog leek aan de nazomer geen einde te komen; iedereen liep nog in korte broek of rok, de kruin van iedere boom was even vol en groen als drie maanden geleden. Ze kijkt naar de bomen in de straat en in de tuin en kan niet geloven dat dit groen in twee nachten tijd is overschilderd met verschillende, verse herfstkleuren en dat de eerste bladeren reeds gevallen zijn.

Ze draait met de sleutelbos rond haar middelvinger en terwijl ze het tekoopbordje passeert dat de vastgoedmakelaar in de voortuin heeft geplant, bedenkt ze dat ze binnenkort van drie sleutels verlost zal zijn. Je kon het kleine huis van haar vader via drie deuren binnengaan: de voordeur, de achterdeur en dan de deur van de overdekte porch aan de zijkant van het huis waarlangs je het huis via de keuken binnen kon komen.

Elke deur moest een aparte sleutel hebben, dat was veiliger, vond hij. Ze legt de sleutelbos op zijn keukentafel en stapt via de porch weer naar buiten, de tuin in die het huis omringt. Dertien overdreven grote stappen zijn nodig om van de voordeur de straat te bereiken. Dat weet Elisabeth heel precies, omdat ze al tellend naar het einde van de oprit stapt. De buurvrouw, die net naar buiten komt om aan een van haar routineuze wandelingen te beginnen, ziet Elisabeth en zwaait. Waarom worden we toch altijd gezien op het moment dat we denken alleen te zijn en ons vreemd gedragen? gromt Elisabeth in zichzelf. Ze knikt en zonder een gesprek aan te knopen gaat ze weer naar binnen.

Nog tien minuten, anders hoeft hij niet meer te komen. Dan ziet ze een wagen de straat in draaien en de oprit op rijden.

Zweetdruppels glijden langs de slapen van de antiquair naar beneden. Hij heeft zich duidelijk moeten haasten of is om een onbekende reden erg zenuwachtig. Elisabeth ziet nog net hoe hij een verkreukte zakdoek, waarmee hij voor het uitstappen gauw zijn voorhoofd had gedept, in zijn broekzak steekt.

'Mijn excuses, maar Route 9 was weer een stuk geasfalteerde hel. Van de brug in Northampton tot Hadley – niets dan file.' Elisabeth probeert haar ergernis te verbergen, op de wijze waarop ze dat altijd doet. Ze knijpt haar ogen tot rechte lijntjes samen, drukt haar lippen op elkaar en trekt haar mondhoeken een beetje zijwaarts. Het gaat gepaard met een schijnbaar begripvol geknik. Eén kordaat knikje. Niets meer. Ze dwingt zichzelf tot de woorden: 'Het geeft niet, kom binnen.' De bezwete man strekt nog voor hij binnenstapt zijn hand naar haar uit: 'Bill Frenzel.' Ze perst er een krampachtige glimlach uit en antwoordt: 'Elisabeth.'

De antiquair is niet bijzonder spraakzaam. Dat hoeft ook niet. Elisabeth heeft geen zin in een gesprek en hoe zakelijker de transactie verloopt, hoe beter. Ze heeft altijd al een hekel gehad aan mensen die familiaal of overdreven gemoedelijk doen waar zakelijkheid geboden is. Ook als er geen sprake is van een zakelijke overeenkomst heeft Elisabeth moeite met al te vriendelijke mensen. Enkel vrienden en collega's hebben het recht om vriendelijk tegen haar te zijn. Maar vrienden van vrienden, collega's van collega's – en al zeker volstrekte vreemden – moeten afstand houden. Doen ze dat niet dan komt Elisabeth in de problemen. Ze weet simpelweg niet hoe ze om moet gaan met vriendelijke mensen.

Meestal voelt ze niets voor een gesprek in de bus met de oude dame die over haar kleinkinderen begint, of over het slechte weer klaagt alsof ze in heel haar oude leven geen groter onrecht meegemaakt heeft. Elisabeth weet niet of ze in de lift de man en het meisje dat zijn hand vasthoudt met een woord moet begroeten, of een knikje zou volstaan, of een glimlach er misschien te veel aan is, of ze oogcontact moet vermijden en doen alsof de man en het meisje onzichtbaar zijn, om toch maar niet in een gesprek verzeild te raken.

Ze kampt met hetzelfde probleem in de wachtkamer bij de dokter. Ze heeft geen zin in het aanhoren van iemands redenen waarom die net toevallig samen met haar in de wachtkamer is beland. Via lichaamstaal probeert ze dan een teken te geven dat ze eigenlijk liever met rust gelaten wil worden, maar dat lukt haar maar zelden. Hoe meer ze haar best doet om haar verveling te tonen, hoe meer die mensen opgaan in hun woorden. Waarschijnlijk omdat ze denken dat ze nog meer hun best moeten doen om hun verhaal interessant te maken.

Elisabeth heeft er een verklaring voor: ik straal gewoon uit dat ik in de hulpverlening zit. Mensen lezen dat van mijn gezicht af en spreken me aan. Dat is misschien de verklaring die ze Sarah makkelijk kan doen geloven, die op haar beurt ook meent vaker dan anderen aangesproken te worden door oude vrouwtjes en andere eenzame zielen. Toch weet Elisabeth dat het probleem in haar eigen geval diepere oorzaken kent. Ze kan in het algemeen tegen niemand goed nee zeggen, haar stem laten gelden en zeggen waar het op staat.

Nee zeggen wanneer het moet en ja wanneer het kan, dat is de sleutel die de deur naar heel wat geluk in het leven opent. Maar het is een kunde die Elisabeth niet goed beheerst. Het heeft haar inderdaad heel wat ongeluk veroorzaakt, zoals anderhalf jaar geleden met Didier. Hij was haar derde en laatste relatie, de *en passants* niet meegerekend. Ze hadden elkaar op de groenteafdeling van Trader Joe's leren kennen. Ze nam een zak rode spinazie, zowel voor de winkel als voor haar een nieuw product, en legde die in haar winkelmandje waarna iemand vriendelijk maar gehaast zei: 'Die is heerlijk, maar niet te lang in de koelkast bewaren. Verlept snel.' Ze keek verbaasd op en zag hoe een man van rond de dertig met kortgeknipt licht rossig haar al van haar wegstapte om een moeder in nood te helpen. Die had haar winkelkar te dicht bij de schappen gezet en de peuter die in de kar zat, had daardoor zijn kans schoon gezien om een fles appelcider aan diggelen te doen vallen.

Aan de kassa vroeg de man haar enkele minuten later of ze alles gevonden had. Een standaardvraag die ze meestal met een onverschillige ja beantwoordde, ongeacht of ze had gevonden wat ze zocht. Deze keer antwoordde ze: 'Eigenlijk niet.'

Ze waren al bijna zes maanden samen toen hij haar had uitgenodigd naar een chic restaurant waarvan de reputatie en prijzenlijst disproportioneel veel groter waren dan de porties die er geserveerd werden. Stiekem was een in angst geklede hoop gegroeid dat hij haar misschien zou vragen om bij hem in te trekken. Van een ring had ze nooit durven te dromen, maar wel van samenwonen.

Die avond maakte ze zich mooi en deed het ondergoed en de jurk aan die Didier het liefst zag. Ze stond klaar om te vertrekken.

'Denkt u soms na over de zin van het leven?'

Nog voor het goed en wel tot haar doordrong dat ze met Jehova's getuigen in gesprek was, had ze de fatale fout begaan om hen binnen te laten en hun iets te drinken aan te bieden. De twee jonge vrouwen bleven meer dan een uur praten en toen Elisabeth het gevoel had dat ze helemaal ingelijfd werd, kon ze nog net de boot afhouden. 'Het is allemaal heel interessant wat jullie vertellen. Maar het is zo overweldigend dat ik het graag eerst tot me zou laten doordringen.' Deze woorden vormden de aanzet om het tweetal naar buiten te kunnen loodsen. Ze kwamen nog wel terug in de daaropvolgende weken, maar Elisabeth deed dan of ze niet thuis was.

Ze kwam veel te laat in het restaurant aan.

'Ik begrijp niet dat je die mensen hebt binnengelaten. En waar mijn verstand al helemaal niet bij kan, is dat je niet kon zeggen dat je een afspraak had? Je hoefde niet eens een uitvlucht te verzinnen,' snauwde Didier, die in zijn eentje een uur aan tafel had zitten duimendraaien en toen maar een hele fles meursault had leeggedronken om de tijd iets aangenamer door te komen.

'Je moet niet zoveel drinken. Te veel drank doet je geen goed.'

'Jij moet niet zoveel te laat komen. En durf meursault geen drank te noemen. Dat is een understatement.'

Het was de eerste keer dat ze Didier zo geërgerd zag. 'Je had dus niet door dat het Jehova's getuigen waren. Mooi zo, en dat voor een psychologe!' Die woorden van Didier waren een doodsteek. Ze voelde zich niet enkel een falende vriendin, maar ook nog eens een mislukte psychologe. Die avond luidde het einde van hun relatie in.

*

'Meubels van jouw vader?' Elisabeth knikt, maar omdat de antiquair naar een meubelstuk blijft staren en haar geknik niet waarneemt, voegt hij eraan toe: 'Was het niet?' Ze knikt nogmaals, ditmaal vergezeld van een instemmend gemompel.

'Mijn innige deelneming trouwens,' zegt de antiquair, terwijl hij de luttele, bezwete haren die nog op zijn hoofd staan met zijn handpalm platstrijkt. Elisabeth merkt zijn lange nagels op. Twee ervan zijn afgebroken, maar de overige acht zijn lang, te lang voor een man. Zeker de pinknagels.

Zonder dat ze er vat op heeft, duiken twee beelden bijna simultaan in haar hoofd op. Eerst ziet ze een heks die met haar lange nagels de ingewanden uit een dood vogeltje peutert. Een klein hartje dat door de nagel wordt doorboord en in de mond van de heks verdwijnt. Dat heeft ze als kind ooit in een tekenfilm gezien en het heeft haar de stuipen op het lijf gejaagd. Angstig wordt ze er niet meer van, maar gruwelijk vindt ze het nog steeds. Ook ziet ze de antiquair die met behulp van zijn pinknagel een schroef uit een kast losdraait. Het tweede beeld is minder luguber maar veroorzaakt een grotere afkeer. Elisabeth probeert de beide beelden van zich af te schudden, terwijl ze de antiquair van kamer tot kamer volgt. Ze neemt waar hoe hij de lades van de houten keukenkast, die met enkele kleine Delfts blauwe tegels afgewerkt zijn, opentrekt en weer dicht duwt. Hij buigt zich een beetje voorover, en met de knokkel van zijn rechtermiddelvinger tikt hij op de blauw geschilderde deurtjes van de gootsteenkast. 'Nog een authentieke keuken van halverwege de vorige eeuw. Prachtig, die metalen keukenkabinetten. Ik groeide zelf ook op in een huis als dit, een ranch-stylehuis uit de jaren vijftig.'

Ze slaagt er niet in om haar ogen van zijn handen te houden. Haar gezicht vertoont een beginnende uitdrukking van walging. Ze beseft het en probeert iets vriendelijker naar hem te kijken, maar krijgt haar negatieve gevoelens niet onder controle. Gelukkig schenkt hij toch geen aandacht aan haar.

Kleine zwarte en grijze haartjes krullen zijn neusgaten uit. Hij is vast weduwnaar, denkt ze. Als hij al ooit een vrouw heeft gehad. Tussen de haartjes die uit zijn oren groeien, en die Elisabeth doen denken aan de fijne takken van kale treurwilgen, ziet ze schilfers. Overal schilfers, vooral op zijn schouders, die op zijn donkere hemd erg zichtbaar zijn. Ze denkt onwillekeurig terug aan haar vader, die nooit onverzorgd het huis verliet, en zelfs binnenshuis meestal een das droeg, zeker als hij aan zijn schrijftafel zat. 'Dat is een teken van respect voor de materie waarmee ik werk,' legde hij haar ooit uit, terwijl hij zorgvuldig zijn das met dubbele windsor knoopte, om zich vervolgens in zijn werkruimte terug te trekken.

'Zou je het niet gek vinden als een concertpianist thuis in een hawaïhemd, bermudabroek en op teenslippers de nocturnes van Chopin oefent?' Hij liet een kleine stilte vallen en besloot een van zijn kortste betogen. 'Precies.' En alles was duidelijk.

Drieëntwintig jaar lang leven zonder de verzorgende hand van een vrouw, het had schijnbaar geen uitwerking op Elisabeths vader. De hand die je kan bijsturen als je je vergeet te scheren, als je twee dagen in hetzelfde ondergoed loopt, of als er gaten in je sokken zitten. Als je man bent dus. De hand die de gave heeft om met een aanraking, of zelfs zonder aanraking, louter door de aanwezigheid van die hand, te zuiveren en te helen wat gezuiverd en geheeld moet worden.

Elisabeth ontleent die efemere woorden en gedachten aan een van haar patiënten. Niets was zo erg voor die man als de leegte die de zachte handen van zijn overleden echtgenote in zijn bestaan achterlieten. 'Enkel een toegewijde moeder en de vrouw van je leven kunnen zulke zachte handen hebben dat ze je als kreupele terug kunnen doen lopen. Een goede moeder en een goede vrouw; ze zijn net als de heilige die een zieke aanraakt en geneest.'

Elisabeth heeft lak aan die omschrijving en verwijzingen naar heiligen. Zelf vindt ze niets heiligs aan de mens of zijn gedrag. Ook ziet ze niets bovennatuurlijks aan de handen van haar eigen moeder. En niemand heeft ooit tegen haar gezegd dat haar handen genezende krachten bezitten, wat volgens de patiënt zou betekenen dat ze nooit echt graag gezien is geweest. Een gedachte die ze weigert aan te nemen. Met elke volgende sessie gleed de man verder weg in zijn eigen wereld, die gedomineerd werd door handen. 'Handen zijn de poorten van de ziel. Toon mij je handen en ik zal je zeggen wie je bent.'

Na enkele weken fixeerde hij zijn ogen ook steeds vaker en langer op Elisabeths handen. Haar droge huid, dat was een teken van eenzaamheid. Het hielp niet dat ze hem probeerde uit te leggen dat ze in de winter altijd last had van droge handen, of dat de antibacteriële zeep die ze in haar praktijk had staan en die ze na elk afscheid van een patiënt gebruikte voor nog meer uitdroging zorgde. Hij bleef bij zijn standpunt: zij was eenzaam en de winterkou en de zeep waren louter uitvluchten.

'Het geeft niet. Ik begrijp dat het moeilijk ligt voor jou om eerlijk aan mij toe te geven dat je eenzaam bent. Waarom zou je je zo kwetsbaar opstellen als ik al wekenlang doe? Tenslotte ben ik de patiënt en niet jij, nietwaar?' ging de man door. 'Of zijn we niet allemaal patiënten in het leven? En staat niet in elke handpalm een klein of groot verdriet geschreven? Het is misschien slechts door toeval bepaald wie betaald wordt voor een therapeutisch gesprek en wie ervoor betaalt.'

Het waren moeilijke gesprekken, omdat Elisabeth in die periode ook echt eenzaam was en Didier niets meer van zich liet horen en ze voortaan haar wekelijkse boodschappen in andere winkels deed. Ze slaagde er niet in om de fixatie van de man te doorbreken, waardoor hij zijn ex-vrouw, met de ongetwijfeld heel mooie handen, met elk gesprek mooier, onrealistischer en heiliger voorstelde. Toen ze eindelijk begreep dat hij over haar als over een engel uit een andere wereld sprak, en hij dat letterlijk en niet metaforisch bedoelde, wist ze dat hij ofwel behoefte had aan pillen, ofwel reeds aan de pillen zat. Dat onderscheid is bij mensen niet altijd duidelijk te maken. Ze verwees hem kort daarop door naar een collega.

*

Door al die gedachten slaagt Elisabeth er niet in om op sympathiekere wijze te kijken naar de man die nu de kap van de staande lamp in de woonkamer bestudeert. Meestal kost het haar weinig moeite om haar ware gevoelens en gedachten te verbergen. Na jaren praktijkervaring is ze geoefend in het opzetten van een masker, in het zich eigen maken van een gelaat dat van de meest persoonlijke expressies ontdaan is en toch nog empathisch en sympathiek lijkt; een gelaat als een blanco blad waarvan de witte leegte degene die ernaar kijkt niet afschrikt, maar juist tot spreken uitnodigt. Het is een subtiel maar substantieel verschil tussen die twee witte leegtes en een verschil dat vaak samenvalt met dat tussen een geslaagde en een mislukte therapie.

Hoe meer ze haar patiënten het gevoel kan geven dat ze begrepen worden en dat hun problemen niet helemaal imaginair of onoverkomelijk zijn, hoe groter de kans op succes. Toch vindt ze hun problemen vaak overtrokken en is ze in veel gevallen verveeld met hun verhalen. Meermaals heeft ze een patiënt met wie ze graag van leven en problemen wil wisselen, al probeert ze dat gevoel en de gedachte daaraan meteen in de kiem te smoren. Jaloezie is een parasiet; jaloers zijn op het succes en geluk van een ander is niet fraai, maar jaloers zijn op andermans misère schijnt haar al helemaal naar.

Toch zou ze soms graag in de schoenen van haar patiënten staan, zoals in die van Svetlana, de Wit-Russische die op onregelmatige tijdstippen langskomt. Ze was voor de vierde keer getrouwd, maar er diende zich een vijfde man aan. Wat moest ze doen? Ze had al zo vaak voor het geld gekozen en dacht het nu wat rustiger aan te doen. Ze had het niet slecht, een mooi huis in het centrum van Springfield, geen geldzorgen, maar misschien zou ze het nog beter kunnen hebben. Het ging hier tenslotte om een bankdirecteur.

'Het is misschien mijn laatste kans om mijn sociale positie te verbeteren. Snap je? Ik heb zoveel leed gekend in de Sovjettijden. In Wit-Rusland hadden we zelfs geen stromend warm water. Ik verdien toch een mooie oude dag? Ik word er ook niet jonger op.'

En zo ging de vrouw maar door. Ze had de knoop al doorgehakt nog voor ze naar de psycholoog ging. Op dat vlak was ze een doorsneepatiënte. Velen kwamen niet om raad te vragen over hoe ze hun leven weer op orde moesten krijgen, maar eerder om te leren leven met het schuldgevoel dat de ingeslagen weg met zich meebracht.

Svetlana voelde zich niet geheel onterecht schuldig en met dat schuldgevoel moest ze leren leven, alsook met de angst dat de bankdirecteur er misschien op een dag vandoor zou gaan met zijn jongere secretaresse. Daar hadden ze immers al eens ruzie over gemaakt. Deze en nog andere angsten besprak de vrouw uitvoerig met Elisabeth. 'Het leven is nu eenmaal een Russische roulette.' Toen Elisabeth dat zei, vond ze het zelf een beetje ongepast. Ze wilde haar eigen wantrouwen jegens mannelijke trouw, die ze ook probeerde te onderdrukken wanneer ze hoopte op meer met Didier, graag ruilen voor de bindingsangst van Svetlana. Soms komt bindingsangst voort uit het gevoel dat er iets anders en beters in het verschiet ligt. Elisabeths bindingsangst komt voort uit het omgekeerde gevoel; dat er toch iets slechts te gebeuren staat, wanneer ze zich toelaat een man echt graag te zien. Mannen gaan weg.

*

'Wie te sentimenteel is, gaat onderuit in dit vak,' heeft Bill Frenzel jaren geleden zelf aan Elisabeths vader toevertrouwd. 'In plaats van zich op de winst te concentreren, trachten ze de kostbare stukken in de juiste handen over te brengen. Zo hopen ze tevergeefs de oude meubels van een nieuwe toekomst te voorzien. Maar in mijn antiquariaat geldt enkel de regel van de hoogste bieder. Wat die bieder met het meubelstuk doet, kan mij niet veel schelen.'

Ze zaten in The Green Dragon, een zeventiende-eeuwse pub in het centrum van Boston. Nooit eerder hadden ze met elkaar gesproken, al waren ze vertrouwd met elkaars gezichten, omdat Elisabeths vader geregeld door de etalage naar binnen tuurde. Ze kenden elkaar niet, maar herkenden elkaar wel en toen ze beiden toevallig in Boston waren, kilometers van huis, wisselden ze hun eerste woorden uit. In hun thuisstad waren ze vreemden voor elkaar, maar ver weg van thuis waren ze plots vertrouwde gezichten. Net zoals toeristen uit hetzelfde land, wier wegen toevallig kruisen op een verre vakantiebestemming. In gewone omstandigheden zouden ze elkaar geen blik waardig keuren, maar op vakantie is de gedeelde taal en afkomst plots voldoende reden om gezellig te doen.

De antiquair zag Elisabeths vader aan de bar een whisky drinken en ging er doodgewoon naast zitten alsof hij op hem zat te wachten.

'Dag buurman. Ik heb de verkoop van mijn leven gedaan, wat drink je? Ik trakteer.' De antiquair had enkele kostbare meubelstukken verkocht aan een New Yorkse kunstenaar die zich in Londen had gevestigd om aan – wat hij zelf noemde – 'De geboorte van de nieuwe architectuur' te werken. Een korte film waarin hij het aangeschafte antiek zou stukslaan en daarna omvormen tot strakke moderne kunstwerken.

Nog voor de man was beginnen te filmen, was het plan naar de kranten doorgespeeld, waardoor de happening steeds meer aandacht kreeg: voldoende aandacht om de waarde van de antieke meubels te laten stijgen. Er waren enkele conservatieven die de weerloze culturele nalatenschap wilden redden uit de handen van de kunstenaar, maar de New Yorker bood uiteindelijk meer.

Haar vader had wel iets over die commotie vernomen,

maar toen zijn zelfverklaarde buurman het hele gebeuren nogmaals aan hem uitlegde, vond hij dat de eigenaar van de pub het recht had om hem stante pede de deur te wijzen. Hoe perfide is het niet om trots aan de bar van een zeventiende-eeuwse pub te verkondigen dat je uit winstbejag al de geschiedenis van de wereld zou laten vernietigen om de aan stukken geslagen geschiedenis voor grof geld te verkopen?

Een dag voor haar dertigste verjaardag stond ze nog met haar vader in zijn antiquariaat. Hij wilde een juwelenkistje voor haar kopen dat hij in de etalage had zien staan, ook al wilde hij die vlerk van een verkoper geen cent geven. Het juwelenkistje deed denken aan het exemplaar dat nog op zijn moeders nachtkastje gestaan had. Ze hoefde niets voor haar verjaardag, had ze haar vader nog gezegd. Ze had er geen zin in, maar ze kon er niet meer onderuit.

'Dit is niet zomaar een oud juwelenkistje dat je koopt. Je koopt geschiedenis!' zei de antiquair, waarop haar vader zachtjes met zijn hoofd knikte en bijna onopgemerkt met zijn ogen draaide. Elisabeth, die het verhaal van The Green Dragon kende, begreep dat het verkooppraatje ergernis opwekte. Bill Frenzel meende dus wel degelijk geschiedenis te verkopen, maar voor zijn part mocht er een abrupt einde aan die geschiedenis komen, als zijn kassa maar rinkelde.

Toen Elisabeths vader, nog in The Green Dragon, te kennen gaf dat hij het niet helemaal vond kunnen dat antiek aan diggelen werd geslagen, reageerde de antiquair onverstoord. 'Ieder mens heeft zijn prioriteiten en principes. Maar principes zijn pas leefbaar als je ze opzij kan schuiven. En hoe makkelijker je dat doet, hoe makkelijker het leven wordt. Nooit krampachtig vasthouden aan principes, dat is het enige principe waar ik nooit van afwijk.'

*

'Ik zie,' zegt de antiquair, en hij ademt diep in, duidelijk aarzelend om zijn boodschap hardop uit te spreken. 'Ik zie dat alle spullen nog op hun plaats liggen. Meestal kom ik pas binnen in grotendeels leeggehaalde appartementen en huizen en bekijk ik enkel de meubels.'

'Ik heb er nog geen tijd voor gehad.'

'Dat begrijp ik.' Hij kijkt naar de wand, die helemaal met boeken bedekt is. 'Al die boeken. Sommige daarvan zullen ook nog wel wat waard zijn.'

'Dat weet ik.'

'Mijn broer heeft daar meer verstand van dan ik, van oude boeken. Anders stuur ik hem ook eens langs? We zitten al meer dan dertig jaar in het vak en weten wat we doen. We zullen je een correcte prijs geven. Je moet daarmee opletten tegenwoordig. Zeker bij boeken durven sommigen een veel te lage prijs voor te stellen. Mijn broer is te vertrouwen.'

De antiquair haalt het visitekaartje van zijn broer tevoorschijn – Steve Frenzel. Elisabeth neemt het zonder ernaar te kijken aan. Ze wil zich liever geen voorstelling van zijn broer maken, maar doet het toch en vraagt zich af of het ook zo'n viezerd is. Het zijn tenslotte broers. Interesse om de boeken aan hem te verkopen heeft ze toch niet, die hebben al een andere bestemming.

De antiquair, duidelijk niet in staat om haar gedachten te lezen, vervolgt: 'Zelf ben ik wel geïnteresseerd in de schilderijen en tekeningen aan de muur, alsook in de spullen die op de werktafel liggen.' Terwijl hij het zegt, neemt hij de briefopener van tafel.

'Dat is nog een souvenir van zijn vader, mijn grootvader

dus. Uit Polen. Echt zilver met een mug gestold in het amber.'

'Grootouders uit Polen?'

'Nee, de briefopener. Meer niet.'

Elisabeth vindt die persoonlijke vragen vervelend. Maakt het uit waar mijn grootouders vandaan komen, in godsnaam? De briefopener verkoop ik, volstaat dat niet? denkt ze zonder een spier te vertrekken. Waarom ben ik er ook zelf over begonnen?

'Goed. Ik maak nu nog enkele foto's van de meubels en de schilderijen en tekeningen.'

'Ja.'

'In de loop van de week stuur ik je een e-mail met de prijzen die ik voor elk stuk bereid ben te betalen.'

'Oké.'

'Ik neem aan dat je al deze kleine spullen ook van de hand wilt doen?'

'Alles mag weg,' antwoordt Elisabeth op een iets te defensieve toon. Op dat moment springt de verwarmingsketel in de berging aan. Elisabeth heeft het ronkende geluid van die zich op gang trekkende verwarmingsketel al jaren niet meer gehoord. Toch ligt de klank ervan even vers in haar geheugen als de popsong die ze daarnet in de wagen heeft gehoord. Toen ze kind was en hier nog vaak logeerde, werd ze 's nachts soms wakker van dat lawaai. Dat was onaangenaam maar prettig tegelijk, omdat het geluid van de startende ketel verse warmte aankondigde. Het duurde een kleine vijf minuten voordat er ook daadwerkelijk warme lucht via verschillende roostertjes in het plafond de kamers van het huis in geblazen werd. Als kind hield Elisabeth van die vijf minuten durende momenten, en daardoor ook van de ronkende ketel; die anticipatie zacht als dons, het nog even koud hebben, maar het zich al kunnen warmen aan het vooruitzicht van de nakende warmte.

'Als alles weg mag, dan ook de piano?'

Elisabeth merkt de hoopvolle toon in zijn stem op. Toen Elisabeth enkele dagen geleden de afspraak met de antiquair telefonisch had gemaakt, somde ze de meubels op die ze te koop aanbood. Ze vermeldde de piano, maar meteen daarop zei ze dat ze die naar alle waarschijnlijkheid toch zelf zou houden. De gedachte aan het verkopen van haar vaders dierbaarste bezit riep schuldgevoelens op. Schuldgevoelens die van een volstrekt andere orde waren dan die van de Wit-Russische die uiteindelijk een zeker bestaan met een degelijke man inruilde voor een onzeker maar rijk bestaan met een bankdirecteur. Toch lijken ze op elkaar. Ook Elisabeth had eigenlijk al aan de telefoon de knoop doorgehakt en wist dat ze de piano niet zou houden. Ze hield enkel de schijn van twijfel op om met het schuldgevoel te leren leven.

'Alles is alles, ook de piano.' Elisabeth draait haar gezicht weg van de antiquair alsof hij er anders gedachten van zou kunnen aflezen die ze liever verborgen wil houden.

4

Tegen mezelf

De nacht die volgde was lang. Koortsrillingen werden afgewisseld met vlagen van opwellende warmte en uitbrekend zweet. Ik kon me niet meer herinneren wanneer ik nog zó ziek was geweest. Mijn gedachten bewogen zich nog steeds even moeizaam als mijn lichaam en leken door een ondoordringbaar waas omgeven. De pijn die mijn volle blaas veroorzaakte, had ik pas na enige tijd, en amper op tijd, kunnen decoderen als een lichamelijk bevel om op te staan en naar het toilet te gaan.

Het rechtop staan bezorgde me hevige hoofdpijn, juist aan de onderkant van de schedel. Het leek wel of mijn hersenen door een neerwaartse druk via mijn oogkassen probeerden te ontsnappen. Zonder het licht aan te doen, probeerde ik stilletjes de wc te bereiken.

'Heb je iets nodig?' vroeg Bernard, die wakker was geworden nadat ik tegen de tafel was gebotst.

'Ik moet gewoon plassen. Het gaat. Echt, slaap maar verder', en ik hoorde hoe hij zich weer in bed liet vallen. Waarom was hij toch zo verdomd vriendelijk? Hij kende me niet eens, althans niet goed. Ik kon me niet herinneren wat ik wel of niet over mezelf had verteld, maar vast niet de waarheid.

Slaapdronken stapte ik naar het toilet, plaste en kroop weer in bed. De tweede nacht op rij met dezelfde jongen, dat was nieuw. Die gedachte bleef in mijn hoofd hangen, maar door de rillingen en de kou kon ik er geen emotie of betekenis aan verbinden. Het maakte me gelukkig noch ongelukkig. Het was gewoon wat het was. Twee opeenvolgende nachten met Bernard.

Nergens kon ik een klok vinden om te zien hoe laat het was. Het moest wel diep in de nacht geweest zijn, maar hoe diep viel moeilijk in te schatten met een door koorts verstoord bioritme. Het was donker, maar ik wist nog half op de tast waar het glas water en de koortsremmers zich op de stoel naast me bevonden. Ik nam een koortsremmer en keek naar het plafond. Twee nachten met Bernard. Ik hoorde hem ademhalen. Zo erg was dat eigenlijk toch niet? En hij hoefde zelfs geen seks.

Mijn gedachten marcheerden moeizaam naar het nog verse verleden en ik realiseerde me dat ik nooit eerder naast een jongen in slaap was gevallen zonder voorafgaande vrijpartij. Velen hadden ook nog de onhebbelijke gewoonte om 's nachts door een hernieuwd verlangen wakker te worden. Dan voelde ik plots hun vingers over mijn kleine borsten glijden in een poging om zowel mij als het verlangen in me te wekken. Dat lukte nooit. Ik had niet veel slaap nodig, maar als ik sliep, wilde ik met rust gelaten worden. Ik keek naar Bernard en ook al zag ik hem amper, ik zag genoeg om te weten dat hij als een blok lag te slapen.

Mijn eigen slapen verliep moeizaam. Ik hoorde de kleine geluiden van het huis die overdag in het geruis van de dag verloren gingen. ''s Nachts kun je een huis horen ademen,' zei mijn grootvader weleens. Als kind boezemde me dat ontzettend veel angst in, omdat ik dacht dat een huis leefde en dat we het iets vreselijks aandeden door erin te wonen. En al zeker als we een spijker in de muur sloegen om een schilderijtje op te hangen. Later hoorde ik het zelf, ons huis in Huldenberg kon je na middernacht horen kraken onder zijn eigen gewicht, en het was het heerlijkste geluid. Ik zette mijn wekker soms speciaal om halfvier om nog voor het kraaien van de hanen van dat laatste kraken en de raspende ademhaling van het oude huis te kunnen genieten. In Bernards kamer was dat kraken nog vertroebeld door het nachtelijke lawaai van studenten die na een avondje stappen huiswaarts keerden. Eerst achter het raam, dan bij het gerammel aan het slot van de voordeur, klonken de stemmen van een opgehitste student en studente. Ik hoorde de moeite waarmee de voordeur geopend werd, het vallen van de sleutels, gelach, weer gemorrel aan het slot, tot uiteindelijk de deur opening en gelach precies uit Bernards toilet leek te komen. Zo dichtbij en hoorbaar dat ik de gesprekken kon volgen.

'Ssst, iedereen slaapt al,' zei de studente. Ze lachten. Ik kon ze zelfs horen kussen. Het koppeltje deed pogingen om de trap op te gaan, maar ze bleven steken. Ik hoorde iemand vallen. 'Gaat het? Ssst, stil toch, straks maak je mijn huisgenoten wakker.' De student lachte en zei: 'Ik probeer me alvast uit te kleden. Kom hier of ik pak je.'

'Is dat dan niet juist de bedoeling?' En ze strompelden verder in elkaar.

Ik hoorde de jongen weer pogingen ondernemen om de

trap op te lopen en ook wat de nabootsing van tijgergegrom leek te zijn. Die twee moesten goed dronken zijn en ik dacht aan hoe ik zelf door die voordeur binnen moest zijn gestrompeld. Of misschien had ik het wel heel elegant gedaan en in een vlaag van dronken overmoed en op goed geluk als een ballerina mijn weg naar binnen gebaand met sierlijke bewegingen. Ik herinnerde me er niets meer van en moest mezelf niets proberen wijs te maken. Ik wist zelfs niet in welke straat het bed stond waarin ik lag, laat staan dat ik me herinnerde hoe de voordeur of het trappenhuis eruitzag. Ik had geen enkele reden om aan te nemen dat ik niet minder elegant mijn intrede in dat huis had gemaakt. 'Ik moet minder drinken,' fluisterde ik tegen mezelf.

Dat voornemen dook meestal op na een black-out of nadat ik een blauwe plek op mijn lichaam vond waarvan ik de oorzaak niet kon achterhalen. Wanneer mijn gedachten een mogelijke reconstructie van een opgelopen blauwe plek aan mijn bewustzijn voorschotelden, huiverde ik ervan. Ik stopte met drinken zolang de blauwe plek zichtbaar was. Maar als de sporen van mijn excessen vervaagden, vervaagde ook de moed om niet meer zoveel te drinken.

Dat drinken en met te veel jongens slapen was misschien toch een beetje een uit de hand gelopen vrijheid die ik in Amerika probeerde mee te pikken, maar ik suste me met de gedachte dat ik tenminste goed studeerde. Dat hielp altijd. Zo was ik opgevoed: zolang ik het goed deed op school en met mijn studies, zou de rest wel volgen. Ik moest er enkel over waken dat mijn toewijding aan mannen niet groter werd dan die aan boeken. Begon het besef te dagen dat mijn Amerikaanse studentenleven toch niet zo bevrijdend was als ik zelf graag geloofde?

Eenmaal terug in België zou ik me herpakken en weer serieus worden, dat had ik me al op het vliegtuig naar New York voorgenomen. Ik gunde me een jaar licht vertier in *the land of the free*, en na dat jaar zou ik me openstellen voor een vaste relatie en alles wat daarbij komt kijken. Na dat jaar zou ik niet meer het gevoel hebben dat ik iets gemist had, dat ik iets moest inhalen. Net als de heilige Augustinus, over wie mijn vader altijd met veel bewondering sprak, zou ik eerst losbandig leven, om vervolgens weer voorbeeldig te zijn. Mijn vader was een enigszins eigenaardige man, die tegelijk eerbied en angst inboezemde. Niet dat ik ooit bang was voor hem, daarvoor leken we te veel op elkaar, maar zijn leerlingen en zelfs collega-leerkrachten wisten meestal geen andere houding in zijn nabijheid en tegenover hem aan te nemen dan die van een ondergeschikte jegens zijn meerdere.

Als er op school een probleem was, werd hij er steevast bij gehaald om als ombudsman op te treden. Zijn woorden en mening werden belangrijker gevonden dan die van de directeur zelf. Op de speelplaats van de school werd het stil waar hij passeerde om van de ene klas naar de andere te gaan. De leerlingen gingen stilletjes praten alsof ze zijn gedachten niet wilden verstoren met hun oververhitte stemmen. Mijn vader leek dan ook altijd diep in gedachten verzonken. Soms prevelde hij iets, lachte om die nauwelijks uitgesproken woorden of keek juist diep geconcentreerd. Niemand durfde dan te vragen wat er was. Men zette meestal gewoon een stap naar achteren om maar niet in zijn blikveld te komen en hem uit zijn denktrance te halen. En het merkwaardige was dat niemand hem ooit boos had gezien, of zich kon herinneren dat hij ooit zijn stem had verheven, een oorveeg had gegeven of leerlingen had moeten straffen. Hoe hij dat ontzag afdwong, wist niemand, maar waar hij kwam, werd het als vanzelf stil.

Elke zondag zonderde hij zich na de mis af om wat in de Bijbel te lezen. Een gewoonte die hij aan zijn tijd op het jezuïetencollege te danken had. Toen hij na zes jaar integraal de Bijbel had uitgelezen, voor de tweede keer in zijn leven, begon hij aan de werken van Augustinus. Vaak vertelde hij er 's avonds over tijdens het eten. Van enkele vriendinnen had ik gehoord dat ze aan tafel moesten zwijgen, maar bij ons was het precies omgekeerd. Er moest volgens mijn vader aan tafel gesproken worden: veel en druk door elkaar. Het avondeten was het familiale en sociale bindmiddel bij uitstek. Niets bindt mensen beter dan het delen van woorden en eten.

Tijdens het eerste jaar van mijn studies in Leuven bespraken we in een algemeen vak de filosofie van Augustinus. Ik haalde mijn breinaalden tevoorschijn om verder aan een dikke sjaal te werken, omdat ik dacht reeds alles over de man te weten, tot Augustinus' minnaressen en buitenechtelijke kinderen ter sprake kwamen. Achteraf sprak ik er mijn vader over aan, met het gevoel dat ik iets van zijn heilige huisjes omver had getrapt. 'Dat ik er niets over verteld heb, wil nog niet zeggen dat ik er geen weet van had. En wanneer ga jij nog een keer mee naar de kerk? Misschien kun je beter bidden in plaats van de zonden van anderen te tellen.' Van kinds af aan ging ik met lichte tegenzin naar de kerk. Het enige wat ik er leuk aan vond was de muziek op hoogdagen en het gebouw zelf. Ik kon wel een uur naar boven blijven turen en voelde hoe ik als het ware door de hoogte mee omhoog gezogen werd. Dichter bij God kwam ik niet, maar mijn vader leek gedurende de mis volledig met Hem in gesprek te zijn. Hoe hij bad en hoe zijn lippen bijna onwaarneembaar maar toch onmiskenbaar bewogen, zelfs wanneer niet eens van hem verwacht werd te bidden;

dat overreedde me altijd om toch mee te gaan. Zijn biddende gezicht was dat van een heilige en tegen heiligen zeg je geen nee. Dan begon ik te studeren en mijn lessen en het verwerken van de leerstof werden een zodanige prioriteit dat ik naar de kerk gaan een niet te verantwoorden verlies van tijd vond, zelfs wanneer mijn vader meerdere malen expliciet vroeg om hem te vergezellen. Ik miste het niet zo erg, en ik dacht zelfs het punt bereikt te hebben dat ik het niet meer zou doen, op huwelijken en doopfeesten in de familie na. Maar in Amerika werd ik als vanzelf terug naar de kerk getrokken.

'Zullen we voor of na de mis ontbijten, zoetje,' vroeg mijn kamergenote Julia – die iedereen met 'zoetje' aansprak – me de eerste week al. Het scheen haar de evidentie zelve dat ik met haar naar de mis zou gaan. Meer nog, het scheen haar een evidentie dat heel de wereld naar de kerk ging. Nog nooit had ze iemand ontmoet die niet naar de kerk ging, buiten de Joden dan, want die gingen naar de synagoge, maar dat was volgens haar ook niet meer dan een kerk met een gewichtig klinkende naam die je vrijdags in plaats van 's zondags bezoekt. Het kwam voor haar uiteindelijk allemaal op hetzelfde neer: iedereen had een God om tot te bidden en een gebouw om in te bidden. Uit nieuwsgierigheid ging ik die week met haar mee, omdat ze naar de Methodist Church ging. Daarna ging ik elke week naar een andere kerk, min of meer als antropologische excursie, omdat je niet kan begrijpen hoe het er in Amerika aan toegaat als je niet begrijpt hoe het er in zijn kerken aan toegaat. Ik sloot in kerken sneller en vaker vriendschap dan in pubs of in studentenhuizen. Ik leerde Amerika pas in zijn kerken kennen, zijn verscheidenheid en de eenheid in die verscheidenheid, de oppervlakkige openheid die meer te benijden is dan de oprechte beslotenheid van de meeste Europeanen.

De koorts zakte geleidelijk en ik kreeg het warmer. Te warm zelfs en Bernards lichaamswarmte die naar mij uitstraalde, ergerde me. Ik wilde alleen zijn. Mijn gedachten liepen wanordelijk door elkaar, en ik werd geslingerd van heden naar verleden en terug. Uiteindelijk vonden mijn gedachten hun rustpunt in Augustinus' bekering. Van het feit dat hij het zelfs tot kerkvader had geschopt ging een vreemde geruststelling uit. Sint-Augustinus. Zelfs de grootste ondeugendheid staat niet in de weg dat je voor de katholieke Kerk nog een heilige kunt worden. Het was dus nog niet te laat. Het was nooit te laat. Ik kan me nog bekeren, een nieuwe start maken, en met die gedachte viel ik uiteindelijk weer in slaap.

*

'Goedemorgen, Nina. Goed geslapen? Je hebt al wat meer kleur vandaag,' zei Bernard. Hij was op dezelfde manier als de dag daarvoor de ontbijttafel aan het dekken: met zijn werktafel iets naar voren geschoven, zodat er aan de andere kant een stoel tussen kon en ik op het bed kon blijven zitten.

Ik kwam toch eerst overeind om mijn benen te strekken, opgelucht dat het paars-witte Amherst College-T-shirt dat Bernard me had gegeven lang genoeg was en mijn achterwerk bedekte. Ik vertelde hem over de vreemde droom waaruit ik ontwaakt was. In een gigantische, ijskoude kerk stond in het midden van het altaar een grote, fel schijnende lamp – het soort dat in politiefilms in de verhoorkamer op een reeds toegetakelde verdachte wordt gericht. De priester nam die lamp op en scheen er recht mee in mijn gezicht en hij beval me te biechten. Ik schreeuwde mijn onschuld uit, maar de priester geloofde me niet en dreigde met zware sancties.

Bernard vroeg me of ik soms een slecht geweten had. Enkel een gewetenloos mens heeft niets op zijn geweten, ging door mijn hoofd, maar ik voelde me te zwak om die gedachte uit te spreken. Bernard begon een uitleg over hoe normaal het is om vreemd te dromen als je ziek bent. 'Ik heb er ook vaak last van, zelfs als ik niet ziek ben,' zei hij. 'Laatst nog droomde ik dat ik samen met Enrico Caruso op de trein naar Philadelphia zat. We begonnen samen *Una Furtiva Lagrima* te zingen. De andere passagiers begonnen te applaudisseren, en toen drong tot me door dat iedereen in die trein – behalve ik – al lang dood was, en kreeg ik het benauwd. Ik weet het, het houdt geen steek... Ik kan helemaal niet zingen.'

Bernard had een eigenaardig gevoel voor humor, maar hij had er tenminste een. Vaak wordt gevoel voor humor met moppen tappen verward. Tot je iemand leert kennen met een echt gevoel voor humor, dan besef je dat humor met intelligentie te maken heeft, en niet met lollig zijn.

Ik ging naar het toilet waar zich een kleine wasbak en een spiegel bevonden. Toen ik mijn ziekelijke gezicht in de spiegel zag, vloekte ik hardop.

'Is er iets?' vroeg Bernard bezorgd. Hij loerde naar binnen, omdat hij kon horen dat ik nog niet zat te plassen. Hij wist waarschijnlijk niet of ik het erg zou vinden, mocht hij me zien.

'Ik zie eruit als een pandabeer. Mijn mascara is tot op mijn wangen uitgelopen.' Ik probeerde met wat water de make-up weg te spoelen.

'Dat is nu toch het minste probleem, je ziet er echt al veel beter uit dan gisteren,' zei hij om enige troost te bieden, zich duidelijk niet bewust van het feit dat zijn woorden voor meerdere interpretaties vatbaar waren.

'Beter uit dan gisteren,' mompelde ik ontmoedigd. 'Hoe

erg moet dat dan niet geweest zijn.' De hardnekkige sporen van de uitgelopen mascara lieten zich niet wissen.

'Als je je wilt douchen dan kan dat,' zei Bernard. 'Ik deel de badkamer met het meisje dat hier vlak boven mij woont. Het is er schoon, naar studentennormen tenminste. Ik neem wel altijd mijn eigen zeep en handdoek mee terug naar beneden, want sinds ze een vriend heeft, vertrouw ik het niet meer zo. Mijn zeep veranderde voortdurend van plaats en mijn handdoek was soms vochtig.' Bernard nam een handdoek en wilde zijn zeep uit de kast pakken, maar ik bedankte voor het aanbod en dacht aan het tijgergegrom dat ik de vorige avond op de trap had gehoord. 'Ik was me thuis wel. Laten we nu gewoon ontbijten.'

Ik wilde naar huis gaan, me wassen en in mijn eigen bed liggen. Ik voelde dat ik het nog enkele dagen rustiger aan moest doen. De ziekte zat nog tot aan mijn botten in mijn lichaam, en ik wilde Bernard niet langer tot last zijn. Toch vond ik dat ik niet meteen na het ontbijt kon opstappen om niet ondankbaar over te komen.

Terwijl mijn hoofdpijn met steeds luidere trom een nieuwe intrede duidelijk maakte, begonnen steeds meer gedachten in elkaar te vervloeien. Ik was natuurlijk niet zeker of Bernard hoopte op een relatie of gewoon van nature zo lief en zorgzaam was. Misschien was het wel een combinatie van allebei. Mijn gedachten verloren een duidelijke richting, maar ik bleef naar Bernard kijken en deed of ik aandachtig luisterde naar wat hij zei.

Bernard scheen geen last te hebben van verwarde gedachten. Hij praatte rustig en tegelijkertijd ook opgetogen over van alles en nog wat. De onderwerpen wisselden elkaar snel af. Hij had een gave om de stilte te vullen met woorden die tegelijk overal en nergens heen leidden. In minder dan een halfuur tijd was ik te weten gekomen waarom hij voor deze kamer had gekozen, dat hij een oudere broer had die Oliver heette, dat hij graag eieren at, dat één koffie per dag – bij voorkeur in de vroege ochtend gedronken – volstaat en dat het dan beter is om naar thee over te schakelen. Daarbij zette hij een verse pot thee en schonk die, nadat het theebuiltje exact vijf minuten getrokken had, in. Voor deze hoeveelheid water en thee was dat de benodigde tijd om het optimale aroma en de juiste sterkte uit de thee te kunnen halen. Hij vatte het ochtendcollege van de vorige dag samen en de bewondering die hij voor zijn professor voelde, kon hij niet verbergen. 'Volgende week moet je echt meegaan als je je beter voelt. Je kan niet naar hier zijn gekomen om te studeren, zonder een les van hem te hebben gevolgd.'

'Ik zal zien. Eerst beter worden.'

De thee koelde langzaam af en ik concentreerde me op de nieuwe golf van woorden die uit Bernards mond begonnen te stromen. Veel is me ontgaan van wat hij zei. Pas nadat hij vertelde dat hij het adagio van het *Concerto in C minor* van Marcello aan het oefenen was, herpakte mijn brein zich en kon Bernard op iets van mijn concentratie rekenen.

'Oefen je dan ook op je kamer of maakt een trompet te veel lawaai voor je bovenburen?'

'De meesten denken dat trompet altijd luid klinkt en een agressief instrument is om legers mee aan te voeren. Wat jij, zoals ik eerder al zei, simpelweg met je ogen zou doen dus.'

'Heb je nu net mijn ogen met twee trompetten vergeleken? Dat is ongebruikelijk, maar ik zal het maar als een compliment beschouwen.'

'Dat is het ook... Een trompet kan even krachtig als zacht

zijn en is even bekoorlijk. Een trompet kan de zachtste klanken voortbrengen, subtiel en tegelijk toch expressief zijn. Maar het vergt tijd om dat te kunnen. Een beginnende trompettist maakt meestal de fout om te luid te spelen.'

'Wil je nu wat voor me spelen?' vroeg ik, ook al maakte ik me zorgen over de mogelijke uitwerking ervan op mijn nog steeds aanwezige hoofdpijn.

'Een andere keer misschien. Ik wil eerst nog wat oefenen. Daarbij ligt mijn trompet op een geheime plaats. Ik hou mijn instrument niet altijd bij me op de kamer. Je weet hoe studenten kunnen zijn. Ze zouden er niet voor terugdeinzen om hem te verpatsen voor een kleine voorraad drank, mocht ik hem gewoon laten rondslingeren. Ga je nog iets eten, Nina, of zal ik de tafel afruimen?'

'Ik heet niet zo.'

'Hoe niet?'

'Nina.'

'Nee?'

'Ik weet het, het is stom om over je naam te liegen. Maar ik heb geen instrument dat ik moet beschermen. Ik weet niet of ik iets bezit wat het waard is om beschermd te worden. Dus bescherm ik mijn eigen identiteit maar.'

'Waartegen?' vroeg Bernard. Hij leek niet erg geschokt door mijn onthulling.

Waartegen? Die vraag had ik niet zien aankomen. Inderdaad, tegen wat beschermde ik mijn identiteit nu ook alweer? Ik kon hem wel vertellen waarom ik voor deze, en geen andere naam had gekozen. Dat had alles met mijn parfum te maken. L' Air du Temps van Nina Ricci. Maar de vraag waarom ik voor die naam had gekozen, stelde hij niet. Waartegen?

De lange stilte die volgde, toonde aan hoe moeilijk gemakkelijke vragen kunnen zijn. Ik bleef voor me uit staren en probeerde een antwoord te vinden. Ik moest plots weer aan Augustinus denken, het felle licht van de lamp die de priester op me richtte. Tegen mijn beredeneerde losbandigheid hier in de vs, zou waarschijnlijk het eerlijkste antwoord geweest zijn. Ik wilde niet dat mijn eigen naam, Anna, vereenzelvigd werd met het leven dat ik leidde.

'Tegen mezelf, vrees ik.' Ik keek hem recht in de ogen. Bernard glimlachte, maar scheen niet echt te begrijpen wat ik met het antwoord bedoelde.

'En is het waar dat je hier maar voor één jaar bent en dat je uit België komt, Anna?' Hij benadrukte mijn naam door die luider en langgerekt uit te spreken. Ik knikte en ging weer liggen. Opstaan was nog geen optie.

*

Enkele uren later had ik genoeg energie verzameld en besloot ik om te vertrekken. Bernard wilde dat ik nog wat langer zou blijven om op krachten te komen, maar ik was al bezig met het dichtknopen van de veters van mijn lage laarsjes toen hij een laatste vergeefse poging ondernam om me bij hem te houden. Het had een zweem van smeken, zodat ik me afvroeg of hij nu meer bekommerd was om mijn welzijn dan om zijn eigen gemoed. 'Toe nou, je bent nog te verzwakt. Ik kan nog wat soep voor je maken. Heb je eigenlijk wel eten in huis?' Toen hij zag dat mijn besluit vaststond, pakte hij zijn schoenen vanonder de tafel en begon ze ook aan te doen.

'Wat doe je?'

'Ik doe mijn schoenen aan.'

'Denk je dat ik de weg terug niet zal vinden?'

'Natuurlijk wel. Amherst is klein, je moet eerder je best doen om hier de weg kwijt te raken. Ik ga met je mee, omdat ik niet wil dat je met koorts in je eentje naar huis moet.'

'Het is geen afstand.'

'Het is ook geen moeite.'

De neerwaartse positie van mijn hoofd bij het aantrekken en dichtknopen van mijn schoenen had de hoofdpijn weer doen opflakkeren. Stiekem was ik opgelucht dat hij met me mee naar huis zou lopen en dat ik het hem niet eens had hoeven vragen.

Onderweg vielen er lange stiltes. Bernard haalde daarbij geregeld adem op een manier die deed vermoeden dat hij iets ging zeggen, maar waarop steeds een hernieuwde stilte volgde. Alsof hij met zijn ademhaling de stilte tussen ons nieuw leven inblies. Zijn vermogen om stiltes te vullen liet hem blijkbaar in de steek. Ik wilde wel wat zeggen en hem bedanken voor de goede zorgen, maar ik moest naar de stoep blijven kijken. Ik concentreerde me op elke stap die ik zette, mijn benen bewogen voorwaarts, maar leken niet volledig onder mijn controle te staan. De koorts en het vele uren in bed liggen hadden mijn evenwichtsgevoel in de war gestuurd. Mocht ik voor me uit of naar Bernard kijken dan was de kans groot dat ik zou vallen. Bernard moest het gemerkt hebben en nam me bij de arm.

'Jammer dat je er niet meer zal zijn wanneer ik terugkom,' zei hij zacht.

'Wat ga je nog doen vandaag?'

Ik gaf tegengewicht aan zijn arm als teken om wat langzamer te lopen. De inspanning begon me uit te putten. Bernard hield in en nam me steviger vast. Hij leek blij met die vraag, omdat hij die als kapstok kon gebruiken om nieuwe woorden aan op te hangen. Hij begon nu heel rustig te praten, alsof hij hoopte dat het rustige deinen van zijn woorden me zou afleiden van mijn misselijkheid.

'Overdag niets bijzonders. Wat lezen en studeren. Maar om acht uur 's avonds heb ik een samenkomst met enkele andere studenten. We hebben een clubje opgericht en noemen onszelf de Exiles. Ondanks het feit dat we allen aan de beste instellingen van het land zitten, hebben we nog steeds het gevoel dat er iets ontbreekt in de hedendaagse manier van doceren en onderzoek doen. Ik doe zelf een dubbele master – muziek en fysica – en nog heb ik het gevoel dat er iets ontbreekt in mijn ontwikkeling, iets van een algemene *Bildung*, zoals we het zijn gaan noemen. En ik ben niet de enige die er zo over denkt. Met ons groepje proberen we met onderlinge discussies en debatten die leemte op te vullen. In tijden waarin alles makkelijker en minder moet, mag het voor ons net wat moeilijker en meer zijn.'

'En met z'n hoevelen zijn jullie dan?'

'We zijn maar met z'n zessen, hoor. Meer kunnen er niet in.'

'Waarin?' Ik voelde hoe alle kleur uit mijn gezicht trok.

'In het kantoor van professor Vernon,' en terwijl Bernard die naam uitsprak, gaf ik over in de struik die we net passeerden.

5

De geur van geesten

Ruim een uur is voorbijgegaan en nu pas herinnert Elisabeth zich dat de oude, soms niet meer goed sluitende, thermosbeker met koffie nog steeds in haar handtas zit. Ze maakt een heidens schietgebedje in de hoop dat de beker niet is gaan lekken en de koffie geen vlekken op haar handtas heeft gemaakt. Daar was die te duur voor geweest. Elisabeth geeft niet veel om materiële zaken, maar die handtas is het symbool van de ongewilde vrijheid die ze koestert.

Vier babyshowers in twee maanden tijd waren al veeleisend geweest, maar toen Sarah niet veel later vertelde dat ook zij zwanger was, nam Elisabeth een dag vrij. Onder het mom dat ze met ondragelijke hoofdpijn was opgestaan en niet in staat zou zijn om haar werk – in hoofdzaak luisteren – naar behoren uit te voeren, ging ze shoppen. Dat was toch maar een halve leugen en dus ook een halve waarheid: door het geruis in haar hoofd voelde ze zich echt niet tot luisteren in staat. Ze had behoefte om dingen te doen die haar vriendinnen niet meer konden doen door hun nakende moederschap, zoals in stilte en rust gaan winkelen of zich zorgeloos luxe veroorloven.

Na een autorit van bijna twee uur stapte ze de Chanel-boetiek aan Boston Public Garden binnen, een oase van noodzakelijke rust en overbodige weelde. De donkerblauwe handtas uit zacht lamsleer kostte haar volledige maandloon, maar ze zag geen reden om die te laten liggen en zich schuldig te voelen. Er wachtte thuis geen mondje om gevoed te worden en ook het vooruitzicht op zo'n mondje was er niet. Ze hoefde met niemand rekening te houden en aan niemand verantwoording af te leggen. Maanden later, toen Sarah na de bevalling het ziekenhuis mocht verlaten en thuis opgewacht werd door een groep uitgelaten vriendinnen, werd Elisabeths handtas net zoveel gecomplimenteerd als de lieve mopsneus van de boreling.

Terwijl ze daaraan terugdenkt, neemt ze een slok. Ze fronst als ze slikt, vies van de lauw geworden koffie. Tegelijk is ze opgelucht dat ze in haar handtas geen koffievlekken aangetroffen heeft.

Gisteren was Sarah nog even langsgekomen om Elisabeth moed in te praten. Maar ze kon niet lang blijven vanwege de baby.

'Gaat het een beetje? Je hoeft het hele huis niet in één keer leeg te halen. Mijn moeder heeft er meer dan een jaar over gedaan na de dood van oma. En dan hebben mijn tantes nog meegeholpen.'

'Ik wil het niet uitstellen, uitstel biedt geen soelaas. Hoe langer ik het laat aanslepen, hoe langer het me achtervolgt.'

'Ik vind het zo erg voor je, dat je daar nu doorheen moet.'

'Er zijn ergere dingen. Al bij al moet ik me gelukkig prijzen. Uiteindelijk wordt iedereen in zijn leven met die taak opgezadeld. In het beste geval, als je je ouders niet voorgaat in de dood. Kinderen moeten hun ouders begraven en niet omgekeerd. Dus als het zover is, dan is dat eigenlijk de goede gang van zaken.'

'Dat zal vast wel. Maar het blijft natuurlijk onaangenaam. Het is toch erg wrang dat datgene wat we als de goede gang van zaken zien en waarvoor we ons eigenlijk gelukkig moeten prijzen, zo bitter en oneerlijk is.'

Oneerlijkheid was volgens Elisabeth niet het juiste woord. Integendeel. En beslissen over het lot van haar vaders bezittingen leek haar lang niet zo moeilijk. Voor velen zijn de bezittingen van een dierbare na de dood tot relikwieën geworden. De dood heft de grens tussen wat triviaal en wat van levensbelang is op. De haarborstel van de moeder met nog enkele haren erin. De leesbril van de vader met de afdrukken van zijn vette vingers nog op de brillenglazen. Wegsmijten lijkt haast heiligschennis, maar het minste stofdeeltje als aandenken houden gaat de redelijkheid voorbij.

Toch was Elisabeth ervan overtuigd dat ze geen last zou hebben om het triviale van het noodzakelijke te onderscheiden en ze meende dat ze kordaat met een grote vuilniszak langs alle kasten zou gaan. Hoe moeilijk kon het werkelijk zijn? Eerst de kleerkast. Kleren in zakken stoppen om ze later in een container van The Salvation Army te kieperen. De boeken in dozen stoppen. Documenten vluchtig bekijken en zien wat weg mag en wat bewaard moet worden. Borden en glazen in krantenpapier inpakken en in dozen doen.

Ze opent de rechterdeur van zijn mahoniehouten kleerkast. Het is een vroeg-victoriaans exemplaar met drie gewelfde deuren en een spiegel op de middelste daarvan. Een koude rilling gaat door haar lijf. Ze heeft eens gehoord dat zo'n rilling aangeeft dat er een geest naast je staat. Al gelooft ze niet in het bestaan van geesten, aan de geur van haar vaders aanwezigheid kan ze niet ontkomen. Zijn lichaamsgeur lijkt de kamer weer te vullen. Zijn kleren roken de laatste jaren steeds doordringender naar mottenballen. Het misselijkmakende gevoel dat met die herinnering gepaard gaat, kan ze moeilijk onderdrukken en haar neus raakt vervuld van de geur van verluchtigd kamfer en van oude kleren die zelfs als ze helemaal droog zijn toch nog naar vocht blijven ruiken. Om aan die geur van niet-bestaande geesten te ontsnappen, verlaat ze de slaapkamer. Misschien kan ze toch maar beter eerst zijn werkkamer leegmaken, en dan pas aan zijn kleren beginnen.

Ze gaat terug naar de woonkamer voor een korte rustpauze die haar geen rust verschaft. Ze had het nooit over haar lippen gekregen en nu, na zijn dood, krijgt ze het nauwelijks gedacht, maar ze vindt het allemaal erg mooi. Heel stijlvol, al was het helemaal haar stijl niet. Alle meubelstukken lijken precies bestemd om hier te staan. Haar vader kon er aandoenlijk lang over doen om de juiste ladekast of bijzettafel te vinden. Hij had liever lange tijd een kaal peertje in zijn living hangen dan een verkeerde kroonluchter te kopen die niet bij het geheel van de ruimte zou passen. 'Gelukkig heeft Edison de gloeilamp groot gemaakt, vele decennia voor het modernisme het continent wist te bereiken. Zo is er nog hoop dat ik iets deftigs vind,' zei hij toen hij in dit huis in trok. Het duurde ruim vier jaar voor hij de juiste belichting had gekozen; ondertussen gaf hij er de voorkeur aan om bij vaal licht in zijn woonkamer te leven.

Ze staat op om een geschilderd portret van een onbekende man dat scheef aan de muur hangt weer recht te hangen. Elisabeth heeft geen idee waarom haar vader graag naar een wildvreemde in zijn woonkamer keek. Ze had het hem eens gevraagd en toen antwoordde haar vader dat hij daar al zo lang hangt dat hij nog verre van een vreemde is. Dat is hij ook nu niet meer voor Elisabeth. Toch wil ze niet toegeven dat ook zij al met die vreemde man en zijn blik vertrouwd is geraakt. Ze wil de schilderijen en de meubels niet mooi vinden. Ze wil niet gehecht geraken aan haar vaders spullen. Ze wil ze enkel verkopen, weggeven, vergeten en verdergaan. 'De meubels zouden bij mij enkel gehaat kunnen worden,' sust ze zichzelf. Ze is gekomen om de kasten leeg te maken, de spullen te sorteren, schilderijen van de muren te halen, niet om alles netjes op zijn plaats te zetten en ernaar te kijken. Niet om dingen recht te zetten. Daarvoor is het te laat. Deze spullen hebben hier geen plaats meer en ook niet bij haar. Ze probeert zichzelf ervan te overtuigen dat ze sterk is en klaar om het hoofdstuk 'vader' voorgoed af te sluiten. Ze hangt het schilderij weer scheef en voelt een lichte triomf terwijl ze naar de werkkamer stapt.

*

Haar blik vestigt zich op de briefopener die de antiquair een kleine week geleden zo bezitterig door zijn vingers had laten glijden. Hij was eergisteren nog eens langsgekomen om reeds enkele kleinere meubelstukken op zijn pick-uptruck te laden. Ook de komende dagen zou hij nog een paar keer langskomen.

Ze roteert de briefopener nu zelf traag in haar hand tegen het licht. De barnsteen aan het uiteinde ervan wordt heldergeel. De mug die miljoenen jaren geleden in de hars was blijven kleven en zo haar vergankelijkheid vereeuwigd wist, wordt nu haast teder door Elisabeth bestudeerd. Arm ding, hoe ben je daar nu in verzeild geraakt? Een van de vleugels van de mug was afgebroken. Elisabeth vraagt zich af of de mug juist daardoor niet meer de mogelijkheid had gehad om weg te vliegen toen de hars haar richting uit kwam. Werd ze door de hars gegrepen omdat de vleugel gebroken was, of brak de vleugel toen de mug haar kleverig noodlot poogde te ontvluchten?

Op een vreemde manier ziet Elisabeth haar vaders bestaan in die futiele mug weerspiegeld. Ook hij was onmachtig gebleken om aan zijn noodlot te ontkomen en de toekomst tegemoet te vliegen. Misschien was het geen onmacht, maar onwil. Of een onmacht die uit onwil voortkwam. Had hij sinds de scheiding iets anders gedaan dan langzaam verharden in de hars van de verstreken tijd?

Elisabeth legt de briefopener terug op de werktafel, die er opvallend ordelijk bij ligt. Twee bundeltjes, volgeschreven met citaten, liggen op de linkerzijde van de werktafel. Haar vader was een meester in het uitzoeken van citaten, die hij gebruikte om zijn eigen vertogen geldingskracht te verlenen. Soms was hij zo kwistig met citaten dat Elisabeth helemaal het gevoel verloor dat haar vader aan het woord was. Elk kaartje voor welke gelegenheid dan ook, een verjaardag, een sterfgeval, geboorte of ziekte, ze werden steevast met een citaat versierd. Soms zei ze, tussen grap en verwijt, tegen hem dat hij met een citaat op zijn lippen ging sterven. En zo was het ook, denkt ze. Zijn laatste woorden waren aan een of ander Duits gedicht ontleend. Hij fluisterde ze moeizaam recht voor zich uit, waardoor de woorden niet tot zijn dochter gericht leken en waarna hij insliep zonder zijn ogen te sluiten. Elisabeth gelooft niet in de verhalen, ze weet niet meer precies waar ze die verzinsels gehoord heeft, over de doden die de stervenden komen opwachten, over de overleden vrienden en geliefden die zich rond een sterfbed verzamelen om weldra een nieuwe dode ziel in hun midden te verwelkomen. Toch heeft ze zich afgevraagd of haar vader zijn woorden had gericht tot iemand in de kamer die ze niet kon zien.

Naast de twee bundeltjes citaten ligt op de werktafel nog een boek dat haar vader voor zijn dood aan het lezen was. Precies in het midden van de werktafel staat een groene bureaulamp, met daarvoor een leren vakje waarin haar vader zijn schrijfgerei en stempel bijhield. Elisabeth neemt de stempel en zet een afdruk op de achterkant van het blanco blad dat boven op een van de bundeltjes citaten ligt. Ze drukt de stempel te zacht in, waardoor zijn naam in een sierlijk lettertype maar vaag op het witte oppervlak van het papier verschijnt. Raymond Vernon. Elisabeth kent de afdruk goed. Hij schreef zijn naam nooit op. Op elke brief die hij schreef en op de achterkant van elke envelop, stempelde hij zijn naam. Dat moest volstaan. Ook de als gelukwens verbloemde aanmaning op het verjaardagskaartje met de verwijzingen naar Schubert en Dante werd afgesloten met de stempel.

Ray. Ze herinnert zich nog precies wanneer ze hem bij zijn voornaam begon aan te spreken. De eerste keer niet rechtstreeks, maar aan de telefoon in zijn bijzijn. Haar eerste mobiele telefoon had ze voor haar twintigste verjaardag gekocht. Ze zat op een terras met haar vader, de telefoon rinkelde. 'Nu kan ik even niet praten, ik zit bij Ray. Ik bel je vanavond terug. *Bye.*' Haar vader zette grote ogen op, maar hij zei niets.

Terwijl ze nogmaals de stempel indrukt – ditmaal overdreven hard – denkt Elisabeth aan haar eigen werktafel, die altijd bedolven ligt onder de betaalde en de nog te betalen rekeningen. Allemaal op een grote hoop, met daarnaast nog allerhande boeken en brochures die nauwelijks ingekeken worden, maar toch te belangrijk geacht om weg te gooien. Mocht iemand haar huis moeten leeghalen, hij zou niet weten waar te beginnen. Wanneer ze zich uitkleedt om haar pyjama aan te doen, heeft ze de gewoonte om haar kleren onachtzaam op de fauteuil of op de ladekast in haar slaapkamer te gooien. Daarna kruipt ze meteen in bed en 's morgens is ze altijd gehaast om naar haar werk te vertrekken zodat ze geen tijd heeft om de kleren van de dag ervoor in de wasmand te gooien of, als ze nauwelijks vuil zijn, ergens op te bergen. Daardoor hopen de kleren zich alsmaar op zodat uiteindelijk de minderheid van haar kleren nog in de kleerkast hangt. En de gootsteen in de keuken puilt altijd uit van de vuile borden, glazen en bestek, omdat ze pas aan het afwassen gaat als alles vuil is en ze niets meer heeft om uit te drinken of van te eten.

Orde, of het gebrek eraan, het was een van de grote verschillen tussen hen beiden. En ook al vormde het, zeker in de jaren dat Elisabeth afwisselend bij een van haar ouders woonde, een steeds terugkerend probleem, ze weigerde haar kamer op te ruimen. Iedere keer als ze wegging, liet ze haar spullen rondgeslingerd achter in haar vaders werkkamer en iedere keer maande hij haar minzaam aan om haar rommel op te ruimen. Ze weigerde steeds, meer geprikkeld door de minzaamheid in het verzoek dan door het verzoek zelf. Elk kenmerk dat ze niet met haar vader gemeenschappelijk had, was een kleine triomf over de natuur; een overwinning op de genen, zijn genen. Orde hebben en behouden was iets voor saaie mensen, zoals haar vader. Haar leven was te kostbaar om het al poetsend door te brengen, dat probeerde ze iedereen wijs te maken en vooral zichzelf, wanneer ze 's avonds soms haar huis wilde ontvluchten om maar niet naar haar troep te hoeven kijken.

Zelf heeft ze meermaals aan een patiënt opgebiecht dat ze niet graag poetst. Die eerlijkheid zou hen moeten helpen bij het aanvaarden van hun eigen imperfecties. Of het echt werkt, weet ze niet. Het enige wat ze met zekerheid weet, is dat haar imperfecties schadelijker zijn dan ze iedereen probeert voor te houden. Meer dan eens heeft ze tijdens, en vooral na, een relatie te horen gekregen dat ze ergerlijk slordig is. Ook Didier hield haar een spiegel voor waarin ze zichzelf liever nooit weerspiegeld had gezien.

'Waarom denk je dat ik de laatste maanden geen koffie meer bij je wou drinken?' snauwde hij die keer dat ze veel te laat in het restaurant aankwam.

'Moeten we nu echt over koffie praten? Heb je niets beters te zeggen?'

'Omdat je schimmel in je filter hebt. Je hebt je koffiezetapparaat nooit, maar dan ook nooit gewassen vanaf de dag dat je het gekocht hebt. Dat je je waterfilter niet ontkalkt, tot daaraan toe, maar nooit je koffiefilterhouder en koffiekan schoonmaken is echt vies.'

'Kom zeg, moet dat nu?'

'Ja, het moet, omdat je moet begrijpen waarom de maat vol is. Je vuilniszakken ook. Als ik ze niet buiten mocht zetten, dan stonden er waarschijnlijk vijf in je keuken.'

'Zoveel mannen zetten het vuilnis buiten, daar hoef ik je toch niet dankbaar voor te zijn?'

'Daar gaat het niet om. We wonen niet eens samen en je wacht tot ik kom om je vuilniszak te verwisselen en de volle weg te smijten.'

*

De planken van de boekenkast buigen lichtjes door. Haar vader had de boekenkast op maat laten maken na drie jaar vergeefs zoeken naar een kast die hem zowel esthetisch bevredigend leek als praktisch geschikt en groot genoeg voor al zijn boeken. De hele linkermuur is van de vloer tot aan het plafond met boeken bedekt. Voor een buitenstaander ziet de muur eruit als een chaotisch labyrint van verticaal geordende en horizontaal gestapelde boeken, maar Elisabeths vader kon in één oogopslag het juiste boek lokaliseren. In de chaos kan een enigszins geletterd oog na enige tijd toch een zekere orde ontwaren: links staan de non-fictieboeken, in het midden poëzie en toneel, en rechts de romans. De planken zijn zo volgepakt dat de boeken vastgeklemd zitten en je er amper een boek uit kan nemen zonder vijf andere mee te sleuren.

Deze ochtend heeft ze voor al die boeken, nog voor ze naar haar werk vertrok, tien verhuisdozen gekocht, maar nu ze aandachtig om zich heen kijkt, lijken twintig dozen niet eens voldoende. Elke plank vult net een doos. Er zijn meer dan dertig planken.

Ze begint met het inpakken van de non-fictieboeken, zonder echt te kijken wie de auteurs zijn of waarover ze geschreven hebben. 'Je ziet maar wat je met de rest doet, maar de boeken die links in de boekenkast staan, zijn een schenking voor de bibliotheek van Amherst College,' zei haar vader kort nadat die boekenkast was gebouwd en volgestouwd.

'Het is bijna allemaal cultuurgeschiedenis en kunsttheorie. Tenzij je ze...'

Nog voor hij zijn zin kon afmaken, verzekerde Elisabeth hem al dat het in orde zou komen. Ze ergerde zich eraan dat hij, toen al en zonder dat ze daar reden toe zag, met zijn eigen sterfelijkheid bezig was. Ze wist dat haar vader veel ouder was dan de vaders van haar klasgenoten. Hij hoefde dat niet zo nodig te benadrukken.

'Het is goed. Ik zal ze toch niet lezen, zelfs niet als dat je laatste wil zou zijn.'

Ze is nog niet eens halverwege de non-fictieboeken geraakt wanneer de tien dozen al gevuld zijn. Nu moet ze weer naar Home Depot voor nieuwe verhuisdozen. Zo zal het hier niet opschieten, klaagt ze tegen zichzelf terwijl ze haar autosleutels zoekt die ze ergens tussen de dozen op de grond heeft gelegd. Een klein uur later is Elisabeth terug in het huis, met een McDonald's-meeneemmaaltijd en tien nieuwe dozen die nu nog plat op de porch liggen te wachten om gevouwen en gevuld te worden. Het is hard begonnen te regenen en aan de zijkanten wordt de betonnen vloer van de met muggengaas afgesloten porch nat. Elisabeth schuift de dozen meer naar het midden van de vloer, zodat er geen regendruppels op vallen. Terwijl ze dat doet, denkt ze aan de grote houten schommelstoel die nu vast ergens in het antiquariaat van Bill Frenzel staat. Meer dan twintig jaar had die schommelstoel op de porch gestaan, had haar vader erin gezeten om te lezen of naar de eekhoorns en vogels in de tuin te kijken, of om op zomeravonden naar de vallende nacht te luisteren. De zomernachten vielen met het zacht zoemen en occasioneel knisperen van zingende krekels, het metalig gezaag van cicaden en het tikkende geluid van sabelsprinkhanen die met elkaar in morsecode leken te communiceren. Met het verdwijnen van de schommelstoel is de porch zichzelf kwijt. Dat een stuk oppervlak van twee vierkante meter zo ontzettend leeg kan zijn, merkt Elisabeth op.

Ze gunt zich echter niet veel tijd om daarbij stil te staan. Ze wil ook niet rusten en nog voor ze haar thee heeft opgedronken, gaat ze aan de slag om de dozen te vullen met de rest van de boeken. In het begin had ze het stof nog van de boeken verwijderd en borg ze die een voor een op. Maar toen voor de tweede keer een tekort aan dozen dreigde en alweer een autorit naar Home Depot onontkoombaar leek, verrichtte ze het werk met grotere haast. Ze begon zo veel mogelijk boeken samen, zoveel als haar kleine handen tegelijk konden vasthouden, van de planken te nemen en in dozen te stoppen.

Aan het einde van de dag is ze zo goed als klaar met de klus, al moest ze twee keer terug naar de winkel rijden. De laatste doos is maar tot de helft gevuld. Ze besluit er een halve doos toneel bij te voegen, iets waar de universiteit ook meer aan zou hebben dan zijzelf. Een toneelstuk heeft ze niet meer gelezen sinds de dagen dat ze nog in uniform naar school ging. Voor het eerst begint ze de kaften te bekijken om te zien of ze een titel of naam herkent. De boeken die haar niets zeggen of waarvan ze de kaft te lelijk vindt om naar te kijken, gebruikt ze om de doos verder gevuld te krijgen. Een dik bruin boek, dat als schot diende om toneel van poëzie te scheiden, heeft titel noch auteur. Het is zijn citatenregister. Bijna elke avond had ze hem erin zien schrijven, al was ze nooit geïnteresseerd geweest in welk citaat hij nu precies gevonden had.

Ze neemt het register uit de boekenkast. Het is een thematische, alfabetische index die hoort bij een hele stapel ingebonden delen die haar vader volgeschreven had. Ze slaat het eerste deel open. Het eerste citaat luidt: *Onze ogen zijn blind, we zien alleen met ons hart*, met daaronder de naam van Antoine de Saint-Exupéry. 'Zo melig,' zegt Elisabeth hardop. Dat zal wel nooit op een kaartje beland zijn. Daar acht ze de ogen van haar vader te goed voor.

Ze is benieuwd of ze een citaat kan terugvinden dat ze herkent en dat ooit voor of tegen haar was gebruikt. Ze gaat zitten in de zetel die recht tegenover de werktafel staat. *Gelukkig zijn is een talent* – Herman Hesse. Die woorden was ze vergeten, nochtans had hij dat geschreven op het kaartje toen ze afstudeerde. Ze wil het boek bijna weer dichtslaan en haar vaders ongepaste citaten op nog ongepastere momenten lamenteren, maar er valt haar iets op. Naast het citaat van Hesse staat een datum met de vermelding: 'Lizzie is vandaag afgestudeerd. Ik hoop dat ik haar blik op het moment dat ze haar diploma in handen kreeg voor altijd mag onthouden. Die blik waarin ik kon zien dat mijn kleine meisje een vrouw is geworden, maar het zelf nog niet helemaal beseft.' Elisabeth bladert een beetje verder en het dringt tot haar door dat de citatenboeken eerder dagboeken zijn, vol data en persoonlijke aantekeningen die door een citaat vergezeld zijn.

Ze klapt het boek hard dicht en staat op om het venster open te doen om wat frisse lucht binnen te laten. In de raamhorren hebben stof en pollen zich verzameld. Een blauwe gaai schrikt op en vliegt weg. Elisabeth zag hem nog net voor ze het raam naar boven duwde, maar ze had geen zin om de vogel van dichtbij te bekijken en was blij dat hij wegvloog. Ze had aan die vogel met zijn lavendelblauwe verenkleed een droeve hekel ontwikkeld. Op school leerde ze over de vogelsoorten die in Massachusetts voorkwamen. De rode kardinaal. De roodborstlijster. De donsspecht. De slechtvalk. Elisabeth kwam alles te weten over hun typische kenmerken, hoe ze leefden, hoe ze zich voortplantten, wat ze aten.

'En weten jullie waarom de blauwe gaaien zo uitzonderlijk zijn?' vroeg de juf. 'Omdat ze zoals de mensen samen voor hun nakomelingen zorgen. Papa en mama blauwe gaai bouwen samen een nest en brengen dan de kuikens groot.'

Zoals de mensen. Die drie woorden waren te veel voor de twaalfjarige Elisabeth. Ze wilde de klas uit lopen, maar bleef zitten. Ze wilde huilen, maar slikte haar tranen in. Ze heeft er nooit met iemand op school over willen praten, beschaamd voor de scheiding van haar ouders en het verdriet dat daar een gevolg van was. Ze ging meer gebukt onder haar moeders treurnis dan haar moeder zelf. Een ouder zien huilen, dat maakt onherroepelijk krassen in het koetswerk van een kinderhart en er bestaat geen wax om het verleden weer op te blinken. Ze heeft het ooit tegen haar vader gezegd toen in de voortuin een blauwe gaai was neergestreken: 'Die is meer mens dan jij.'

Ze kijkt naar de olm die in de voortuin staat, *zijn* boom. Zo verwees haar vader er tenminste naar. Hij had er een merkwaardige relatie mee ontwikkeld, alsof die zijn trouwe bondgenoot of metgezel was. Hij kon erover vertellen zoals eenzame mensen vertellen over hun hond of kat, of heel eenzame mensen over de hond of kat van de buren. Elk bezoek, in welk seizoen dan ook, bracht een nieuw verhaal over de boom.

'Heb je mijn boom al bekeken, Lizzie? Kijk dan toch, hij heeft zich voor jouw komst geheel in gouden bladeren gehuld. Kom toch eens kijken, Lizzie,' zei haar vader elke herfst weer opnieuw. Ze dacht aan het begin van een winter vele jaren geleden.

'Er hangt nog maar een handvol bladeren aan mijn boom. Morgen zal hij beslist helemaal kaal zijn,' zei haar vader met verwachtende stem. 'Zullen we nu gaan slapen en morgenochtend zien hoe de boom helemaal kaal in de kou staat te bibberen?'

'Papa, waarom laat hij zijn blaadjes dan vallen? Is het niet beter om dat in de zomer te doen, dan is het toch warmer. In de winter zou hij juist alle blaadjes stevig moeten vasthouden als een sjaal rond zijn nek.'

'Wat ben je toch een slimme meid, Lizzie. Zo had ik het nog niet bekeken. Ik ben er vast van overtuigd dat mijn boom dat een goed idee zou vinden, maar de grond treft schuld. Als de grond bevriest, krijgt de boom niet voldoende sappen binnen en kan hij zijn blaadjes niet voeden, begrijp je.'

'Stoute grond.'

Nadat haar longen en gedachten met verse lucht gevuld zijn, ploft ze weer neer in die grote zetel. De zetel staat in een esthetisch moeilijk te verantwoorden verhouding ten opzichte van de werktafel en verstoort een beetje de harmonie van de ruimte. Dat is een overblijfsel uit de tijd dat ze ieder weekend bij hem kwam logeren. Dat weet ze.

Ze was bang in het donker en durfde niet alleen in slaap te vallen. Ze viel altijd in slaap in de zetel in de woonkamer en vroeg haar vader de kamer niet te verlaten. Hij nam boeken uit zijn studeerkamer en las naast zijn slapende dochter. Op een weekend stond de zetel niet meer in de woonkamer, maar was die verplaatst naar zijn studeerkamer.

Nu, kijkend naar zijn werktafel, begrijpt ze niet waarom hij die zetel al die jaren heeft laten staan. Ze kwam al jaren niet meer logeren en in het donker is ze niet meer bang.

6

Een hand van klanken

Op het laatste moment besloot ik toch te voet te gaan en niet met de fiets. Tijdens het fietsen zou mijn panty kunnen scheuren en de eerste dag dat je weer onder de mensen komt na een week ziek te zijn geweest, wil je niet met ladders in je panty over straat gaan. Zoals een dure handtas je meteen cachet kan geven, degradeert een kapotte panty elke vrouw naar een lagere klasse. Het centrum van de stad was ook zo klein dat een fiets vaak overbodig was, zeker voor mij. Ik kon ondanks mijn bedrieglijk korte lengte sneller lopen dan de meeste, met langere benen behepte, mensen. Dat vermogen behoedde me vaak voor te laat komen als ik te laat vertrok. Maar niet die keer.

Toen ik de hoek van Phillips Street om was en mijn gebruikelijke staptempo wilde inzetten, voelde ik hoe mijn strakke rok me enkel kleine pasjes zou gunnen. Ik beklaagde me al meteen dat ik geen broek had aangedaan, maar terugkeren was geen optie, daar was het al te laat voor, dus zette ik ostentatief mijn kleine pasjes verder. Nog even overwoog ik om mijn rok ietsje op te trekken, tot net boven de knie, zodat ik grotere passen zou kunnen nemen, maar dat zou ook geen gezicht zijn geweest. Mijn laarsjes lieten de klank van kleine snel opeenvolgende pasjes achter op de stoep. Een heerlijk geluid; die kordate, zelfverzekerde tred van iemand die niet talmt en recht op zijn doel afgaat. Ik had altijd geweten dat ik zo'n type vrouw wilde worden, maar ik was te gehaast om van dat geluid te genieten.

Van tijd tot tijd keek ik naar mijn horloge, verbaasd over hoe onrechtvaardig snel de ene minuut na de andere verstreek. Het had eigenlijk niets met onrechtvaardigheid te maken. Meestal staan we niet stil bij de tijd die verstrijkt. Dat zou onleefbaar zijn: je bewust zijn van elke seconde die verstrijkt. Pas wanneer er te veel of te weinig van overblijft, staan we stil bij de tijd en komt ze ons meedogenloos over. Maar de tijd is meedogenloos noch meelevend. Rechtvaardig noch onrechtvaardig. Al lijkt het dat we er soms te veel en soms te weinig van hebben, dat ze soms te snel en soms te traag voorbijgaat, is er niets zo betrouwbaar als de tijd, die onverstoorbaar en volgens een vast ritme wegglijdt en voor altijd in de muil verdwijnt van dat wat we het verleden noemen.

Hier moet het zijn. Een seconde van opluchting ging door mijn lichaam, gevolgd door meerdere seconden van zelfverwijt, want de les was al een halfuur aan de gang. Ik besloot toch binnen te gaan. Bernard rekende op mijn komst. Ik had het gevoel dat ik hem dat verschuldigd was. Twee dagen nadat ik in de struiken van Kendrick Park had overgegeven, kwam hij me op mijn kamer opzoeken om te zien hoe ik het maakte. Hij had zelfs twee donuts mee omdat het geven van een donut voor hem een teken van familiale zorgzaamheid was.

'Mijn moeder kocht altijd donuts als mijn broer en ik het moeilijk hadden, of als we beter waren na een ziekte om te vieren dat het achter de rug was, dus ik dacht...'

'Bernard, waarom ben je zo lief, je bent me toch niets verschuldigd?'

'Hoe bedoel je? Ik ben toch gewoon...'

'Nee, dat is niet gewoon. Je hebt voor me gezorgd alsof ik al jaren je vriendin ben en nu ook, jouw bezoek, die donuts.'

'Ik hoop dat je me niet te opdringerig vindt. Het klinkt misschien gek, maar je betekent echt veel voor me.'

Dat begreep ik niet. Hoe kon ik voor iemand die me amper kende veel betekenen? Hij nam mijn beide handen vast en begon aan een moeizame uitleg waarin hij zijn eigen woorden in de weg leek te staan.

'Herinner je je echt niets meer van onze nacht samen?' Ik pijnigde mijn hersenen, maar er kwam geen enkel beeld naar boven.

'Sorry, ik vrees...' en ik schudde ontkennend mijn hoofd terwijl ik mijn verstand bleef kwellen met een zoektocht naar vergane beelden.

'Dan is het goed dat we niet gevreeën hebben.'

'Hebben we dan niet...? Waarom niet?' Dat maakte het nog merkwaardiger voor me.

'Omdat je te veel gedronken had. Ik ook trouwens. We stonden op het punt te vrijen en ook al wou ik niets liever, ik heb ervoor gekozen om het niet te doen. Kort daarna viel je in slaap.'

'Bernard, ik begrijp het niet zo goed. Ik dacht dat je voor me zorgde omdat, je weet wel, we eerst... En dat ik dan daarna ziek in je bed wakker werd. En dat je je schuldig voelde misschien.'

'Misschien heb ik die schijn ook willen ophouden, dat we daadwerkelijk... Maar nu ben ik gekomen om te vertellen waarom ik niet wou dat je wegging en waarom ik hoop je vaker te zien.' Zijn stem beefde. We gingen op mijn bed zitten, maar hij liet mijn handen niet los.

'Voor ik jou ontmoette, voelde ik nooit echte opwinding bij een vrouw. Ik vroeg me al af of er iets aan me mankeerde. Ik heb wel vriendinnetjes gehad en ook al met twee meisjes geslapen, maar het zei me weinig tot niets. Ik deed het meer om mee te kunnen praten met vrienden en hoopte dat ik het na verloop van tijd allemaal ook leuk zou vinden. Maar dat punt kwam nooit, het werd enkel erger. Ik begon ervan overtuigd te raken dat er iets aan me mankeerde, dat ik me altijd zo zou blijven voelen. Dat ik misschien zelfs aseksueel was of zo, maar dan zag ik jou en alles was anders. Het leek alsof de wereld stilstond, echt letterlijk, en dat alleen jij nog bewoog.'

'Bedankt Bernard. Dat we niet...'

'Maar ik wou het wel, hoor. Ik kon het gewoon niet. Niet zo, tenminste. Omdat ik zelf meermaals met een meisje in bed heb gelegen, waarbij ik het gevoel had niet echt deel uit te maken van wat er zich afspeelde, alsof ik een toeschouwer van mijn eigen leven was, kon ik de gedachte niet verdragen met jou iets te doen, terwijl ik niet zeker wist in hoeverre je er echt bij was. Ik wou het bewuster doen, van beide kanten dan.'

Over het algemeen waren de mensen die ik had ontmoet erg vriendelijk en behulpzaam geweest, maar toch had niemand zich zo om me bekommerd als Bernard. Toen hij mijn kamer had verlaten nadat hij me naar huis had gebracht, en me had verzekerd dat ik er niet over hoefde in te zitten dat ik had overgegeven, had hij me nog extra koortsremmers gegeven. Het scheen me dat er in zijn woorden en dat laatste gebaar meer familiale gevoelens scholen dan ik – duizenden kilometers van mijn thuis vandaan – de afgelopen weken en maanden had ervaren. Misschien was het toen pas voor het eerst dat ik ook in mezelf opmerkte dat ik dat miste: iets van een naaste familie.

Bernard vervulde die rol op dat moment, en waarschijnlijk nam ik hem daarom op dat moment in mijn armen. Julia zou nog zeker twee uur wegblijven. De kamer was leeg en deze keer was ik degene die niet alleen gelaten wilde worden. We waren allebei aanwezig in het moment, bewust. Van beide kanten, zoals hij het had verwoord.

We lagen niet meer in bed toen Julia terugkwam, maar doordat het de eerste keer was dat ik mannelijk bezoek op onze kamer had ontvangen, wist ze meteen dat er meer aan de hand was. Bernard merkte het op, en sneed meteen een onderwerp aan om Julia's aandacht af te leiden.

'Ik zal je dan maar wat verder laten rusten,' zei hij tegen me, maar eerder met de bedoeling dat Julia het hoorde. 'Wil je dat ik mijn walkman achterlaat? Je moet nog veel in bed blijven liggen, dus je zal er meer aan hebben dan ik nu voorlopig.' Ik protesteerde even, maar hij had zijn walkman al op mijn hoofdkussen gelegd.

Hij was nog niet eens de deur uit of Julia vroeg of hij mijn vriendje was. 'En ik die dacht dat je je niet zou binden dit jaar?'

'Nee, hij is mijn vriendje niet. Gewoon, een vriend.'

'Ik zou niet twijfelen, hoor, zoetje. Zo'n lieve jongen kom je niet snel meer tegen en hij is nog knap ook. Niet dat uiterlijk belangrijk is, maar toch.'

'Ik zeg toch: dit jaar wil ik geen lief. Bernard is enkel een goede vriend.'

'En ik zeg: je slaapt beter met een goede vriend dan iedere keer weer met een vreemde.'

'Misschien wel, maar ik wil dit jaar niet van iemand gaan houden. Begrijp je?'

'Nee, ik snap niet hoe je een knop in je lichaam kunt hebben waarmee je je gevoelens kan aan- en weer uitzetten, en op jaarbasis nog wel: "ik ga houden van" / "ik ga niet houden van". Misschien is het iets Europees. Wij Amerikanen, als wij van iets of van iemand willen houden, dan doen we dat gewoon.'

*

De enige twee plaatsen die nog onbezet waren, bevonden zich helemaal vooraan. 'Shit.' Ik vloekte iets luider dan ik had gewild en op mijn tenen liep ik zo stilletjes mogelijk om in een van die zitjes plaats te nemen. Geen aandacht trekken was echter een onmogelijke opgave. Ik hoorde iemand mijn naam fluisteren, en nog wat andere dingen, maar ik begreep niet wat.

Pas toen ik op mijn plaats zat en mijn ademhaling tot rust was gekomen, durfde ik mijn hoofd op te richten. Met de kleur van mijn wangen hoopte ik de woorden van verontschuldiging te kunnen vervangen die ik toch niet zou kunnen uitspreken zonder de les nog meer te verstoren. Daar stond hij dan, professor Vernon, Bernards grote voorbeeld, onverstoord les te geven, rustig en gedistingeerd sprekend. Onze blikken kruisten elkaar. Het was alsof er niet náár me maar voor heel even ín me gekeken werd. Dat gevoel deed me nog meer blozen, dus ik wendde mijn ogen van hem af.

Hij was een man van rond de zestig, ook al maakte hij een jongere indruk doordat hij al zijn haar nog had. Hij moest als jongeman donkerbruin haar gehad hebben, een kleur die grotendeels behouden was gebleven ondanks de sporadisch doorkomende grijze haren. Hij droeg een opvallende bril met dikke glazen en een erg groot plastic montuur dat vanaf de neusbrug doorzichtig was, maar geleidelijk overging in een licht- en donkerbruine kleur. Tien jaar geleden was dat vast in de mode geweest, maar nu wekte hij een wat stoffige indruk, hoezeer die bril ook op zijn grote hoofd paste. Misschien was dat hoofd niet eens zo groot, maar door zijn haar, dat stug en licht verwilderd was, maar eigenaardig genoeg toch verzorgd, naar alle kanten leek uit te dijen, kon ik me niet aan die indruk onttrekken.

Ik wist niet waar Bernard zat, maar durfde me ook niet om te draaien. Ik nam pen en papier en probeerde me te concentreren op de woorden die vanachter de katheder tot bij mij kwamen en gedragen werden door een opmerkelijke stem. Ik was altijd bijzonder gevoelig voor stemmen geweest. Het juiste stemgeluid, het juist timbre, het juiste accent en ik kon probleemloos geboeid blijven luisteren, zelfs al was datgene wat die persoon zei misschien niet eens zo interessant. Maar een te hoge of te kinderlijke stem, en mijn gedachten haakten snel af. Vooral dat kinderlijke in een stem ergerde me, alsof de spreker nooit volwassen was geworden, of niet ten volle achter zijn boodschap stond. Het was oneerlijk voor de spreker, omdat er zo goed als geen verdienste of schuld mee gemoeid is met welke stem je geboren bent.

De stem van professor Vernon was zacht en warm en leidde me af van wat hij zei. Het eerste kwartier dat ik op mijn stoel zat, noteerde ik niets. Ik mijmerde weg bij de gedachte hoe heerlijk het zou zijn om dagelijks in zo'n stem te mogen baden, maar dwong mezelf uiteindelijk toch om notities te maken. Eerst te laat binnenkomen en dan niets noteren, dat zou geen goede indruk maken. Ik wist dat Bernard speciaal toestemming had gevraagd zodat ik die les zou kunnen bijwonen. Mijn aandacht richtte zich weer op de woorden die gesproken werden en niet op de stem die de woorden de wereld in stuurde.

De oorsprong van muziek, daar ging de les over.

'De stelling dat muziek maken een adaptieve vaardigheid is van de mens – iets wat we nodig hebben om te overleven – wint vandaag de dag aan populariteit. De mens is begonnen te zingen, omdat het sociaal-evolutionair voordelig is. Sommigen wijzen op de sociaal verbindende rol van muziek. Muziek is deel van de sociale lijm die een gemeenschap bijeenhoudt. Mensen verbinden zich via gedeelde gebruiken en tradities, vaste rites voor de breekpunten in een mensenleven: iets wat gedeeld wordt bij geboorte, sterfte en alle mijlpalen daartussenin. Muziek komt dus de sociale cohesie ten goede en een gemeenschap die goed samenhangt en goed samenwerkt heeft een evolutionair voordeel. Vanuit die gedachte wordt dan gekeken naar de neuriënde moeder, die zachtjes zingend haar pasgeboren baby stil krijgt. Stilte is soms een evolutionaire noodzaak, als je je moet schuilhouden bijvoorbeeld. Ook militaire marsmuziek wordt vanuit evolutionair perspectief geïnterpreteerd. De troepen worden opgezweept door de klanken, de adrenaline giert door het lijf. Adrenaline is een belangrijk wapen. Je hebt er in een gevecht soms meer aan dan aan een speer of zwaard. Muziek dus ten dienste van de menselijke overleving; de survival of the fittest. Maar nu is de vraag: is dát de oorsprong en de betekenis van muziek?'

Professor Vernon liet na die woorden een stilte vallen waarin nog enkel het zachte geruis hoorbaar was van de balpennen en potloden die over het papier gleden. Toen volgde iets wat zelfs dat geruis verstomde. Hij liep naar het raam, en met zijn blik naar buiten gericht en zijn hand die de maat aangaf, begon hij te zingen: 'Jam pam pam pam, jam pam pam pam, jabada tidi dam dam. Jam pam pam pam, jam pam pam pam, jabada tidi dam dam.'

De studenten probeerden subtiel, maar het was erg opvallend, blikken met elkaar uit te wisselen, om in elkaars gelaat te lezen wat ze er zelf van moesten denken. Niemand durfde te lachen, ook al zou iedereen erom gelachen hebben, als eender welke andere professor zo zonder waarschuwing tijdens de les begon te zingen. Misschien zouden ze ook om hem gelachen hebben, als hij het niet met zo'n ernst gedaan had. Zijn stem vulde de ruimte en zijn gezicht straalde meer warmte en licht uit dan de herfstzon die haar stralen door een dun wolkendek heen prikte. Het viel moeilijk te zeggen of het zijn gelaatsuitdrukking of zijn stem was die ons een moment deed stilvallen.

'Wat is hiervan nu de betekenis?' Hij richtte zijn blik op alle studenten tegelijk en hernam het zingen, deze keer ons aankijkend.

'Wat hebben jullie gehoord?'

Niemand durfde de vraag te beantwoorden. Professor Vernon lachte, haast verlegen. 'Sommigen denken nu misschien dat het een reeks klanken is, of gewoon dat ik gek ben geworden. Dat valt niet uit te sluiten.'

Hij zei dat al glimlachend, waardoor de studenten durfden te reageren met een haast georkestreerde gemeenschappelijke lach.

'Anderen denken misschien dat het een lied is dat ik probeer te zingen, waarvan ik de woorden ben vergeten. Maar Martha Schlamme, de zangeres die mij vertrouwd maakte met wat jullie nu net gehoord hebben, beweerde dat het de klanken waren die haar grootvader, een chassidische Jood, zong om dichter bij God te komen. Klanken die een hand vormen om naar de hemel te reiken. Schlamme zong om precies diezelfde reden. Luister maar. De klanken zijn schijnbaar zinloos. Er corresponderen geen objecten uit de werkelijkheid mee. Schijnbaar zinloos, en toch vol van betekenis.'

Professor Vernon stapte naar het houten, oude muziekmeubel dat rechts van de katheder stond en nam een plaat uit de hoes en legde die op de platenspeler. Schlamme zong hetzelfde lied als professor Vernon daarnet had ingezet. De twee minuten die volgden, bleven we allemaal als versteend op onze stoel zitten. Niemand durfde te bewegen. Wie nu moest hoesten, onderdrukte dat, wie eigenlijk vroeger de les wilde verlaten, bleef zitten, want het kwam ons allen voor dat het haast heiligschennis zou zijn om het zingen te verstoren.

'Tegen volgende week wil ik dat jullie hebben nagedacht over wat de betekenis is van deze *chants*. Welk evolutionair voordeel er met die klankenketting gemoeid zou zijn? Denk daar goed over na, en als je denkt dat je het antwoord hebt gevonden, luister dan naar Bachs *Erbarme Dich* of Pergolesi's *Stabat Mater*. En als je dan geen antwoord meer hebt, dan heb je de opdracht volbracht.'

Muziek was voor professor Vernon geen fysische maar een metafysische ervaring. Dat had ik op het einde van de les als laatste zin in mijn notitieboekje geschreven en nog terwijl ik dat opschreef, was Bernard al naast me komen staan.

'Ik was al bang dat je niet zou komen.' Hij gaf me een knuffel zoals mensen dat op een treinstation doen bij iemand die na een lange reis is teruggekeerd.

'Je bedoelt: dat ik me niet aan mijn woord zou houden.' Ik was ook blij Bernard terug te zien.

'Nee, helemaal niet. Maar je was zo ziek dat ik dacht dat je het misschien vergeten was. Ik had het moeten opschrijven voor ik wegging.'

'Blijkbaar niet, want ik ben hier toch.'

Bernards vrienden stonden hem op te wachten in de gang. Hij stelde me aan hen voor als een vriendin uit België, gespecialiseerd in de romantische literatuur.

Professor Vernon passeerde ons groepje en wisselde wat woorden en groeten uit met Bernard en zijn vrienden. Terwijl hij ook naar mij knikte, zei hij: 'Iemand was deze ochtend blijkbaar liever in bed blijven liggen.' De hele groep lachte, behalve ik. De blos op mijn wangen overmande me weer en ik kreeg mijn woorden moeilijk in de juiste volgorde gerangschikt.

'Dit is Anna, professor, voor wie ik u toestemming had gevraagd om uw les bij te wonen,' sprong Bernard me te hulp.

'Ah ja, Anna, het UMass-meisje uit België?'

Bernard en ik antwoordden gelijktijdig: 'Ja.'

'En van welke kant ben je afkomstig, de Waalse of Vlaamse?'

'Uit Vlaanderen. Ik spreek dus Vlaams, of Nederlands met een Vlaams accent, zoals sommigen het zien.'

Je kon de verbazing op de gezichten van iedereen rondom ons zien. Het enige wat ze in het beste geval van België wisten, was dat het een pietluttig klein land was, en ze hadden zich niet kunnen inbeelden dat een land dat amper groter was dan Massachusetts en met haast evenveel inwoners als New York uit verschillende taalgemeenschappen bestond.

'Maar je spreekt waarschijnlijk ook Frans?'

'Oui, bien sûr.'

'En toevallig ook Duits?'

'Selbstverständlich, Herr Professor.'

In het bijzijn van de anderen zetten we ons korte gesprek voort in het Duits.

'De Duitse taal is mijn tweede thuis. Ik geef ook muziekgeschiedenis en algemene esthetica, maar Duitse cultuurgeschiedenis is mijn onderzoeksgebied. Vooral de negentiende eeuw. Het is zo'n prachtige taal. Mijn leven was zoveel armer geweest als ik geen Duits had gekend.'

'Hoe meer talen je kent, hoe meer mens je bent.'

'Dat je dat voor een groep Amerikanen durft te zeggen, we zijn hardnekkig eentalig.'

'Het was niet als een verwijt bedoeld, Herr Professor. Anders had ik het wel in het Engels gezegd, zodat ze het konden verstaan.'

Hij glimlachte even. Hij leek te twijfelen of hij het gesprek wel in het Duits voort zou zetten en zo de andere studenten buiten ons gesprek houden. Het leek hem gepaster om naar het Engels over te schakelen.

'En wat brengt je dan hier?'

'Bernard zei dat ik per se moest komen. Dat ik niet hier kon komen studeren, zonder een les van u bij te wonen.' Bernard knikte om mijn woorden te bekrachtigen.

'En wat doe je aan UMass, je masters in Engelse literatuur?'

'Nee, ik ben al afgestudeerd. Maar mijn beurs om in België aan mijn proefschrift te beginnen, start pas volgend jaar. Daarom ben ik hier, om al wat voorbereidend werk te doen. Zo ben ik nu veel aan het lezen over de spanning tussen objectieve schoonheid en de subjectieve ervaring ervan. Bernard vertelde me dat u over Kants esthetiek en zijn befaamde paradox doceert, dus ik hoopte daar in uw lessen meer over te weten te komen.'

Mijn mond was op dreef gekomen en leek voor even een eigen bestaan te leiden en woorden te spuien nog voor ik ze goed en wel overdacht had, om te verbergen dat ik me niet helemaal op mijn gemak voelde. Ik wist niet waarom professor Vernon zo'n uitwerking op me had, waarschijnlijk omdat hij volgens Bernard niet minder dan geniaal was, maar voor ik het goed en wel besefte had ik de belofte gedaan om de lessen te blijven volgen.

'Die paradox zal niet echt meer aan bod komen, vrees ik. Het semester loopt al op zijn einde,' was het antwoord. 'Maar volgende les kan ik je er wat artikelen over geven of je kan ook morgen naar mijn spreekuur komen in Converse Hall. Laten we het zo doen, kom morgen even langs, want nu moet ik gaan. Mijn dochter van school ophalen – ze heeft maar een halve dag vandaag.'

'Zullen we nu alvast langs Converse Hall lopen,' stelde Bernard voor. 'Dan weet je meteen waar het is. Het is hier vlakbij.'

'Alles op jullie college is vlakbij.'

'Toch erg aardig van professor Vernon. Als je hem om raad vraagt, dan heeft hij altijd een antwoord klaar.'

'Aardig is hij wel, hij heeft me meteen met extra werk opgezadeld!'

De groep lachte, iedereen was het erover eens dat ze een vijfvoud aan leeswerk hadden sinds ze zijn les volgden. Daar klaagden ze graag over, want het was precies dat wat ze wilden.

'Je zal er geen spijt van hebben. Je zal meer van hem leren dan van alle andere professoren samen. En ik ben Eric, trouwens, en net als de anderen hier een Exile.'

'Exiles?' Ik volgde het even niet, maar Bernard herinnerde me aan het groepje waarmee hij een week geleden was samengekomen.

'En is dit de voltallige groep?'

'Nee, er zijn nog twee leden. Sophia zit aan Smith College, in Northampton. Daar waar Sylvia Plath studeerde en waar ze zogezegd haar moed om zelfmoord te plegen testte door haar benen met een mes te bewerken. Of het verhaal waar is, weet ik niet, maar waarschijnlijk wel, want er was van meet af aan wat mis met dat mens. Altijd al medelijden gehad met Ted Hughes. Hoe dan ook, Rupert komt van nog verder. Hij doet nu in Harvard zijn master, dus die legt iedere keer de meeste kilometers af om hier te geraken. Jij komt toch ook, volgende keer?' Eric nodigde me uit en knipoogde daarbij zo onopvallend mogelijk, maar niet subtiel genoeg, naar Bernard. Ze hadden daar duidelijk al over gepraat.

'Kan dat zomaar?' vroeg ik.

'Eigenlijk niet. Het is een kwestie van vertrouwen en we willen de groep besloten houden.'

Bernard viel Eric in de rede en begon daarbij niet te fluisteren, maar toch wat zachter te praten: 'Inderdaad, mocht uitlekken dat professor Vernon een of twee keer per maand een groep studenten op zijn kantoor ontvangt met wie hij enkele flessen wijn soldaat maakt, zou hij weleens in de problemen kunnen komen. En wij misschien ook.'

'Maar Bernard heeft zoveel positiefs over je verteld, dat ik ons het plezier van jouw gezelschap niet wil ontzeggen. En binnen enkele maanden neem je het geheim van onze bijeenkomsten maar mee terug naar de andere kant van de oceaan. We zullen je tot tijdelijke visiting Exile aanstellen.'

*

Bernard verontschuldigde zich dat hij zich nu moest haasten en me niet kon vergezellen op weg naar mijn kamer. Hij moest zijn trompet nog ophalen en meteen door naar een repetitie. Ik vond het niet erg, omdat ik behoefte had aan alleen zijn. Ik nam de bus tot Puffer's Pond om daar aan het water wat uit te waaien. De ziekte had mijn brein loom gemaakt en de frisse lucht deed me goed. De bomen waren druk bezig hun bladeren te verliezen, maar nog lang niet kaal. Tot een uur of twee geleden had het nog onophoudelijk geregend, en van de natte bladeren op de grond steeg een heerlijke herfstgeur op. In elke molecuul die me omgaf zat heel de kleurrijke en geurrijke essentie van de New England Fall vervat.

Toch besloot ik niet het hele meer rond te gaan, mijn lijf was nog niet gewend aan grote inspanningen en ik was bang dat de koude zich op mijn keel zou zetten.

Langs het water had ik mijn ideeën laten verwaaien en terug op mijn kamer voelde ik me tot niet veel nuttigs meer in staat. Ik sloeg mijn avondmaal over en kroop om zeven uur al onder de dekens.

Ik viel snel maar ondiep in slaap en iets na middernacht werd ik wakker. Dikke regendruppels tokkelden op het schuine afdak net onder mijn raam. Ze waren de voorbode van een hevige bui die uiteindelijk niet uitbrak. Minutenlang bleef het zachtjes dikke druppels regenen. Ik probeerde nog opnieuw in slaap te vallen en draaide me enkele malen op mijn andere zij. Ik werd onrustig omdat het me niet lukte om verder te slapen. Het was niet de regen die me uit mijn slaap hield of het geluid van enkele voorbijgaande studenten die een nachtje stappen met nat wordende kleren bekochten en dat blijkbaar erg vermakelijk vonden. Ik zag zijn hand die de maat aangaf, zijn gezicht dat straalde, en in het druppelen van de regen hoorde ik zijn stem en de muziek die op de onzichtbare tape van mijn gedachten afgespeeld werd. 'Jam pam pam pam, jam pam pam pam, jabada tidi dam dam.'

7

Semantiek van zuchten

Meer dan een maand lang had Elisabeth haar telefoon niet opgenomen als ze aan de beltoon kon herkennen dat haar moeder haar probeerde te bereiken. Terugbellen zag ze niet zitten, de tekstberichtjes die ze ontving liet ze onbeantwoord en de ingesproken berichten op haar voicemail werden gewist nog voor ze goed en wel beluisterd waren. Haar moeder was niet te spreken over die lange stilte. Zowat iedere dag sprak ze een bericht in nadat ze voor de tiende maal dezelfde woorden hoorde: 'Hi, Elisabeth hier, ik ben er even niet, spreek iets in na de biep.' Elk ingesproken bericht begon met een diepe zucht, alsof die zucht eerst het puin van de alsmaar aanslepende stilte moest ruimen voor de woorden vrij baan hadden en konden passeren: 'Je moeder hier. Ik probeer je al...'

Elisabeth wist waarom haar moeder belde, de ingesproken berichten verschilden nauwelijks van elkaar; steeds gelijkaardige woorden, hooguit de aard van de zucht die eraan voorafging verschilde. Ze was zich al langer bewust van de rijkdom aan expressie en schakeringen die in zuchten schuilt. Ze had er nooit in handboeken over gelezen, maar kende uit de praktijk het bestaan en de betekenis van een hele semantiek van zuchten. Bovendien had haar moeder er een talent voor. Verwijtend of zacht verschonend, machteloos of stilaan moedeloos, geërgerd of gespeeld verontwaardigd, ontdaan en soms zelfs haast oprecht bezorgd – haar gemoed werd met een enkele zucht gezegd. Met haar zuchten maakte Elisabeths moeder haar eigen woorden vaak overbodig en juist daarom kon Elisabeth die woorden zonder al te veel gewetensbezwaar de verdere toegang tot haar bewustzijn ontzeggen.

Af en toe had Elisabeth zich wel voorgenomen om terug te bellen. 'Als ik met alles al wat opgeschoten ben. Morgen misschien,' zei ze tot zichzelf. Maar de dag nadien stelde ze het terugbellen met weer een dag of twee uit, en dat vijf weken lang.

Nu die vijf weken achter de rug zijn en ze van Dan Siwacki, de vastgoedmakelaar, te horen heeft gekregen dat twee mensen serieuze interesse in het huis hebben, kan Elisabeth haar gewoonte weer opnemen om op donderdag na het werk bij haar moeder langs te gaan voor het avondeten. Ze had het haar pas gisteren laten weten, kort voor ze rond middernacht in bed was gekropen. Nog binnen een minuut ontving ze een tegenbericht. 'Oké.' Dat was nooit een goed teken: zo'n snel en laat antwoord, een teken dat haar moeder zich de slapeloosheid in weeklaagde.

Het doet Elisabeth goed om in de auto te stappen, het vooruitzicht tegemoet rijdend dat ze na haar werk eindelijk niet door de steeds leger wordende ruimtes van haar vader omringd zal worden, maar dat het huis van haar kinderjaren op haar wacht, waar het altijd naar eten ruikt en waar de verwarming op koude dagen op zijn minst een graad of twee te hoog staat, omdat haar moeder een kamertemperatuur van eenentwintig graden voor de lage middenklasse vindt.

Dat kost jaarlijks altijd een enorme hoop geld. De olietank moet 's winters minstens vier keer gevuld worden. Het huis was midden jaren tachtig gebouwd en volgens Elisabeths vader veel te groot voor hen. Twee verdiepingen, vier reusachtige slaapkamers, drie badkamers ook, een hele hoop inloopkasten die volwaardige kamers op zich waren, een open keuken aan de eet- en woonkamer, met verschillende openslaande deuren die toegang boden tot het terras, dat zich over heel de zuidelijke en nog een stuk van de westelijke zijde van het huis uitstrekte.

Ze hadden het huis eerst niet kunnen vinden en reden steeds verkeerd. Het grensde aan dichtbebost openbaar terrein en bevond zich voorbij het einde van een *cul de sac*, waarna een smalle, kronkelende en steile grindweg tot het huis voerde. Nog voor ze uit de wagen was gestapt, was Susan verkocht. Dit moest het zijn. Er was geen discussie meer mogelijk.

Terwijl Elisabeth in de auto zit, glijden haar gedachten over de afgelopen dagen en weken. Ze had er misschien beter aan gedaan enkele dagen verlof te nemen om aan één stuk door de spullen van haar vader te sorteren, zijn kasten leeg te maken en alles klaar te krijgen voor de verkoop. Toch had ze verkozen om elke dag na het werk voor een uur of drie naar het huis te rijden, zodat de behoefte om daarna telkens weer snel thuis te zijn haar hielp om de focus niet te verliezen. Bovendien school in enkele dagen vrijaf nemen het gevaar dat ze trager te werk zou gaan en dat ze er gek genoeg langer over zou doen dan wanneer ze er elke dag heen moest rijden.

De verkoop van de piano had ze tot het laatste moment

uitgesteld om de illusie dat ze nog onbeslist was over het lot ervan enige waarachtigheid te verlenen. Maar nu was ook die door een door de antiquair ingeschakelde gespecialiseerde verhuisfirma weggehaald. Dat was nog de grootste kwelling gebleken, de onbillijke aanblik van die verweesde, langzaam weer stof vergarende piano in het voorts zo goed als lege huis. Zelfs de kaarsen waren er niet meer bij. Elisabeth had zich de voorbije weken nog enkele keren aan de piano gezet, elke keer zonder te spelen. Ze durfde het nog steeds niet en hoe leger het huis werd, hoe minder ze de toetsen durfde in te drukken.

Ze maakt een korte tussenstop in de supermarkt – de dichtstbijzijnde bloemist heeft zijn zaak al gesloten – om nog gauw een goedkope bos bloemen te kopen. Ze heeft tenslotte een heleboel onbeantwoorde telefoontjes goed te maken. Daarenboven is haar moeder iemand die altijd op excuses wacht; heb je niets misdaan, ook dan kun je je maar beter excuseren – al is het maar voor het slechte weer, of vanwege het feit dat de kousen en de broek die je draagt niet tot eenzelfde kleurenfamilie behoren.

'Dag mama.' Elisabeth houdt de bloemen voor haar gezicht, deels uit schaamte om die ruime maand stilte, en deels om daar de aandacht van af te leiden.

'Elisabeth, eindelijk! Kom toch binnen, doe niet onnozel. Die bloemen zijn voor mij, neem ik aan.' Susan neemt de bloemen met een lichte ruk uit haar hand. Elisabeth stapt naar binnen en trekt haar winterjas uit. Ze hoort haar moeder in zichzelf, maar met de bedoeling om gehoord te worden, 'supermarktrozen' mompelen, terwijl ze het etiket leest dat op de folie rond de bloemen kleeft. Ze legt de bloemen op het kastje in de hal en richt haar blik op haar dochter.

'Ik dacht dat je van de aardbol verdwenen was, je pa achterna.'

'Kom zeg.'

'Wat? Mag ik dat niet zeggen?'

'Dat is niet gepast. Ik had het erg druk met alles. Je weet hoe dat gaat, je had bijna een jaar nodig om oma's huis leeg te halen.'

'Niet gepast? Maar het is wel gepast om wekenlang niets van je te laten horen? Je kon net zo goed ergens diep in de rimboe of de tropen zitten. Ik had geen verschil gemerkt. En vraag je je die tijd niet één keer af waar ik zit, hoe je mama zich voelt? Met mij kan ook iets gebeuren.'

'Mocht er iets ergs gebeurd zijn, dan had je me niet iedere dag kunnen bellen. Maar je hebt gelijk, ik had iets moeten laten weten. Het was gewoon moeilijk. Elke dag na mijn werk daarheen, dan naar huis, slapen, werken en dan weer daarnaartoe. Het was zwaarder dan gedacht, maar nogmaals: je hebt gelijk. Ik had iets moeten laten weten. Sorry daarvoor.'

'Moeilijk? Wat kon daar nu moeilijk aan geweest zijn? Ray had zo'n klein huisje. Wat ga je doen als ik dood ben, ons huis is vijf keer zo groot als het zijne: vijf maanden van de aardbol verdwijnen?'

'Ik heb toch sorry gezegd. Ik had het anders moeten aanpakken.'

'Ja, inderdaad. Een beetje meer aan je mama denken om te beginnen. Heb ik dan geen recht om mijn dochter te horen als je bij hem bent?'

*

Die laatste zin sprak ze op identieke toon uit als vroeger, toen Elisabeth een tiener was en ze in het weekend bij haar vader logeerde. Iedere keer dat Elisabeth bij haar vader was, had haar moeder de onhebbelijke gewoonte om op het verkeerde moment te controleren of ze het wel goed maakte. Vaak in de namiddag, terwijl Ray met zijn dochter een wandeling maakte of naar het Prattmuseum op de campus reed om naar fossielen en de skeletten van dinosaurussen te kijken, stond zijn Western Electric 302 tevergeefs te rinkelen.

'Waar waren jullie, ik heb wel tien keer gebeld?' Het maakte niet uit dat Ray zijn ex-vrouw probeerde uit te leggen dat ze niet thuis waren en dat hij zijn telefoon niet tot in het museum hoorde rinkelen; het onrecht was geschied. 'Misschien moet je zo'n mobiele telefoon kopen! Heb ik dan geen recht om mijn dochter te horen als ze bij jou is?'

'Jij hebt toch ook geen mobiele telefoon, en ik zeg toch ook niet dat jij er een moet kopen.'

'Dat komt omdat ik opneem als ik word gebeld.'

'Dat komt omdat jij altijd thuiszit.'

'Gaan we zo beginnen? Misschien moet ik je nog bedanken dat je Lizzie wat onnozele skeletten en fossielen hebt getoond. Bij deze: dankjewel.' En Susan smeet de deur voor Rays neus dicht. Elisabeth vond het altijd een kwelling om naar die onvermijdelijke ruzies te luisteren. Het leek alsof haar ouders niet anders dan in woordwisselingen konden vervallen wanneer ze hun dochter bij de ander kwamen ophalen of moesten achterlaten. Uiteindelijk vroeg ze hen om gewoon voor het huis te parkeren en driemaal kort te claxonneren. Dan pakte ze haar spullen, gaf een vluchtige afscheidskus en ze was weg.

Hoeveel jaren zouden er verstreken zijn: twintig, of zelfs een beetje meer dan dat? En nog steeds slaagt Elisabeths moeder erin om die negatieve sfeer weer op te roepen die toen bij elke samenkomst tussen hen drieën hing. Daar heeft Elisabeth geen zin in, niet na weken als deze. Ze loopt met de bloemen naar de keuken op zoek naar een vaas in de hoop dat het humeur van haar moeder opgeklaard is als ze terugkomt en de rozen op tafel zet.

'En heb je alles verkocht of ook dingen voor jezelf gehouden? De Bechstein heb je gehouden, neem ik aan.' De bloemen hebben hun uitwerking gemist.

'Nee, ik heb alles weggedaan. Ook de piano. Kunnen we het er straks over hebben? Ik wil je trouwens nog wat vragen.'

'Mij moet je niets aanbieden. Ik wil niets van Ray. Nu niet meer.' Door nadruk te leggen op dat laatste woord en haar dochter eraan te herinneren dat ze vroeger wel dingen van hem wou, wordt de spanning opgedreven naar een nieuwe stilte.

Elisabeth aarzelt of het wel nog zin heeft om er verder over te praten, ze is er tenslotte nooit in geslaagd om met haar een rustig gesprek over Ray te voeren. 'Het gaat om de boeken, maar het is niet dringend. Wat heb je gekookt vandaag? In de keuken rook het heerlijk, maar ik heb mijn neus niet in de potten gestoken. Is het kalkoen?'

Haar moeder klaart volledig op. Altijd als het over eten gaat, verzachten de diepe denkrimpels op haar voorhoofd, alsof onzichtbare handen haar schouders beginnen te masseren. 'Natuurlijk is het bio-kalkoen, maar dan wel op grootmoeders wijze met veenbessensaus. Als ik mijn dochter maar één keer in het halve jaar mag zien, dan is het feest als ze er is.' Ze zegt het plagend, dat stelt Elisabeth gerust.

*

'Je mag nu afruimen.' Elisabeths moeder weet een verzoek vaak zo te formuleren dat ze schijnbaar niet om een gunst vraagt, maar een gunst verleent; alsof het een voorrecht is om iets voor haar te doen. Te mogen doen.

Elisabeth buigt zich voorover om het bord dat aan de andere kant van de tafel staat te pakken, schraapt met een mes de restjes van het ene bord op het andere, legt het bestek op de twee opeengestapelde borden en verlaat de kamer. 'Thee?' roept ze vanuit de keuken haar moeder toe.

'We hebben nog een halve fles rode, we drinken die eerst op. Thee kan straks nog wel', en haar moeder giet beide glazen weer vol. 'Een dag zonder wijn is een dag niet geleefd.' Bij wijze van proost heft ze het glas op naar haar dochter, die weer aan tafel gaat zitten. Elisabeth lacht: 'Dat is nou precies iets wat Ray altijd zei.' Ze houdt haar hart vast, niet zeker of het wel verstandig was om weer over haar vader te beginnen.

'Soms zei hij ook goede dingen, Ray. Anders was ik nooit met hem getrouwd geweest.' Ze neemt een grote slok wijn, bijna een half glas. Het lijkt wel of ze zich moed indrinkt om het volgende te zeggen: 'Ik ben altijd van hem blijven houden, weet je. Daarom haat ik hem zo.'

Ze neemt nog een slok om het verleden dat zich aan haar opdringt te verdringen, of beter gezegd te verdrinken. 'Genoeg sentimentaliteit. Ik heb me sterk gehouden toen hij nog leefde. Ik heb me sterk gehouden toen hij overleed. Ik heb me sterk gehouden toen hij ons als tweede keus afserveerde. Nu wil ik ook niet huilen. Maar zijn dood, jouw lange stilte daarna... Ik heb er veel aan moeten denken. Ik begrijp het nog steeds niet.'

In de herfst van 1991 besloot Ray voorgoed weg te gaan na een zomer die ondanks de aanhoudende hitte kil was. Susan en Lizzie telden de dagen af naar de vakantie in Cape Cod waar ze naar jaarlijkse gewoonte twee weken in hun huis met zicht op zee verbleven. Ray besloot voor het eerst niet mee te gaan. 'Gezamenlijke vakanties zijn niets meer voor me.' Dat hij er de voorkeur aan gaf om twee weken alleen thuis te zitten in plaats van op een plek waar vrouw en dochter de hele dag naar zonnecrème roken en van 's morgens tot 's avonds op het strand lagen, scheen Susan niet eens zo vreemd. Ray had nooit iets met het strand gehad, en al helemaal niets met de mensen die er in groten getale naar afzakten zodra het weer en hun werk dat toelieten. Pas toen ze na twee weken terugkwamen en hij een dag later besloot om meteen naar Vermont te gaan, omdat hij enkele dagen rust nodig had om na te denken, begon Susan zich zorgen te maken. Na enkele dagen belde hij om te zeggen dat enkele dagen niet volstonden, dat hij nog niet klaar was met nadenken, voor zover een mens daar ooit klaar mee kan zijn, en dat hij zou terugkeren zodra hij uitgedacht was. Susan vermoedde dat Ray aan een ietwat verlate midlifecrisis leed. Ze grapte tegenover enkele vriendinnen dat er tegen Thanksgiving waarschijnlijk een Harley Davidson in de garage zou staan; de grap lag als een dikke laag vernis op haar groeiende ongerustheid.

 Uiteindelijk kwam hij thuis, na zich meer dan een maand in de bossen van Vermont te hebben verscholen. Susan begroette hem alsof hij slechts enkele uren was weggeweest en ging meteen over tot de orde van de dag.

 'Je mag binnenkort naar Cape Cod. Ik heb net de buren gehoord. Verschillende huizen zijn beschadigd geraakt, het onze ook. Wat dakpannen, niets heel ergs, maar toch. We hebben geluk gehad, de rukwinden waren naar het schijnt verschrikkelijk.'

 Ray was in Vermont zo in zichzelf teruggetrokken, dat de

ernst van de doortocht van orkaan Bob aan hem was voorbijgegaan. Hij reageerde ook niet op wat Susan zei. Hij opende een dure fles wijn, schonk twee glazen in, een voor hem, een voor Susan, ging aan de eettafel zitten en zei vervolgens op zijn als altijd rustige toon: 'We moeten scheiden.'

'Je hebt een ander... Ik hoop dat ik haar niet ken, het is toch niet...'

'Ik heb niemand anders.'

'Waarom wil je dan weg?'

'Omdat ik het niet meer verdien. En jullie verdienen ook beter.'

'Spreek niet in raadsels. Raymond, dat mag je niet doen. Wat moet er met Elisabeth gebeuren, met het huis, onze auto's, het leven dat we hebben opgebouwd. We hebben misschien geen spetterend huwelijk, maar toch ook geen sputterend.'

'Lizzie... ik weet het. Ik wil haar zo vaak mogelijk blijven zien en zal er altijd voor haar zijn. Maar niet in dit huis.'

Susan leunde met een hand op de rug van een stoel en nam met de andere hand en theatraal haar glas van de tafel.

'Dit is absurd! Zeg gewoon wie ze is, ik kom er uiteindelijk toch wel achter. Dit is Amherst, hier kan je geen geheimen hebben, dat weet je.'

'Er is geen geheim dat Amherst je kan vertellen. Ik kan dit leven met jou gewoon niet meer verder leiden. Niemand verdient het om een tweede keuze te zijn.'

'Dus er is toch iemand, als ik de tweede keuze ben!'

'Er is niemand meer, ik wil gewoon alleen zijn nu.'

'Ik geloof je niet, Raymond. Ik geloof je niet!'

En dat heeft ze de eerste tien jaar na de scheiding niet gedaan. Langzaam, met elk jaar dat verstreek, leek ze meer en meer te begrijpen dat zijn eerste keuze niet in een andere vrouw, maar in zijn werk te zoeken was. Hij voelde meer voor de Duitse romantiek dan voor de romantiek van hun huwelijk. Hij kende meer anekdotes uit het leven van de keizerin naar wie hij zijn dochter had vernoemd, dan uit het hele leven van zijn dochter zelf. Hij spendeerde meer tijd met zijn neus in de boeken, luisterde vaker naar de woorden van anderen, dan naar die van zijn eigen vrouw of dochter. Hij gaf hun vervolgens alles: het huis in Cape Cod, waarvan hij het dak zelf was gaan herstellen, het huis aan Country Corners Road, Susan mocht zelfs zijn achternaam houden; ze wilde niet weer Kondick heten, een naam die ze meer verfoeide dan de smart die ze voelde bij het uitspreken van de letters van zijn naam, haar naam, Elisabeths naam. Vernon. Letters die hen voortaan alleen maar in schijn verbonden.

*

De alcohol doet langzaam zijn werking – nog een grote slok en de herinnering, die drenkeling van haar gedachten, gaat kopje-onder. Met een vastberaden hand zet Susan het lege glas terug op tafel: 'Je mag theezetten!' Het was meer een bevel aan zichzelf om na de wijn wat thee te drinken, dan aan Elisabeth om water op te zetten. Toch haast Elisabeth zich naar de keuken om enkele minuten en onderdrukte tranen later met een pot tisane en twee kopjes naar de woonkamer terug te keren.

'Ik had liever Darjeeling,' zegt haar moeder terwijl ze de kleur van haar thee bekijkt.

'Het is te laat voor zwarte thee. Je zou moeite hebben om in slaap te vallen.'

'Ik slaap sowieso slecht.' Na een korte stilte voegt ze eraan toe: 'Meer dan twintig jaar al.' Die twintig slaat niet op het slapen, maar op het voor even verdronken verleden. Twintig jaar al leeft ze met de vraag waarom en probeert ze te begrijpen, te vergeten en verder te gaan. En twintig jaar staat ze stil.

Susan was net veertig geworden toen hij wegging. 'Het zal een gelukkig jaar worden,' vertelde ze iedereen de dagen voor en na haar verjaardag. Veertig, het was haar geluksgetal – of dat zou het in ieder geval moeten worden, daar was ze van overtuigd. Nochtans begon het met een slecht voorteken en een doodgereden kat enkele weken voor haar verjaardag. Minka – hun tweejarige huisdier – zomaar verderop in hun eigen straat doodgereden. De bestuurder had de kat niet opgemerkt: het regende hard, en je had weinig zicht op de weg, maar hij voelde dat hij tegen iets aangereden was. Een kat met een halsbandje met medaillon, waarop aan de ene kant 'Minka' gegraveerd stond en aan de andere kant Country Corners Road 75, Amherst. De bestuurder raakte in paniek. Hij stond op het kruispunt van Country Corners Road en Rambling Road. Waar was nummer 75? Wat moest hij doen? De kat oppakken en naar de dierenarts gaan? De kat laten liggen en naar nummer 75 lopen? Misschien moeten de eigenaars beslissen, misschien moet hij nu snel handelen? Nee, zeker moet hij nu snel handelen.

Hij raapte het zwaar ademende dier op, de achterpootjes waren geplet. Na enige tijd en moeite vond hij het huis en belde aan. Ray deed meteen de deur open, hij stond op het punt te vertrekken, en stond al bij de deur op de oppas te wachten, maar in plaats daarvan trof hij een kletsnatte man aan, met bloed aan zijn mouwen en met een doorweekte, hijgende kat in zijn armen.

'Is Viv daar?' klonk een kinderstem.

'Nee, Lizzie, blijf boven. Vlug. Vivianne komt zo wel.' Terwijl hij zijn dochter het beeld van de stervende kat wilde besparen, liet hij de man binnen. Het zag er niet goed uit. Hij zocht het nummer van de dierenarts, nam de telefoon en begon te bellen, maar de bestuurder gaf een teken dat het te laat was. De kat had de strijd opgegeven en het hevige hijgen had plaatsgemaakt voor een stilte die nog amechtiger klonk dan het hijgen. 'Het spijt me heel erg, meneer. Ik zag de kat niet komen. Ik zag hem echt niet.'

'Het is een zij.'

Ray bleef rustig en kalmeerde de man. Waar bleef Vivianne nu? dacht hij terwijl hij zijn dochter uit haar kamer hoorde komen en de trappen aflopen. Ze mocht de kat zo niet zien, niet met al het bloed er nog aan. 'Lizzie, boven blijven heb ik gezegd,' beval hij zijn dochter, zacht maar kordaat. 'Vivianne is er nog niet.' Toen keek hij op zijn horloge, hij moest nu vertrekken, anders zou hij te laat komen. Waar bleef de oppas? Hoe dan ook, hij moest eerst de man met de kat helpen. 'U moet uw handen wassen, u zit onder het bloed. Wacht hier even, ik zoek iets om de kat in te leggen.' Ray zocht in de garage naar een kartonnen doos en hoorde dat Vivianne haar fiets tegen de gevel zette. Hij liet haar binnen. Nog voor ze de kans had om Ray te begroeten, zag ze de onbekende man, met bloed op zijn handen en vest en de dode kat nog in zijn armen.

'Minka, Minka, Minka toch. Minkaatje, het is niet waar. Het is niet waar.' Vivianne barstte meteen in tranen uit alsof haar kat was doodgereden, of alsof ze de kat zelf overreden had. Minka werd in de doos gelegd. Ondertussen was Elisabeth naar beneden gekomen omdat ze had gehoord dat Vivianne er was en dat er iets ergs gebeurd moest zijn.

'Wat is er met Minka?' Ze keek de vreemde man in de hal angstig aan. Op dat moment hield die het ook niet langer droog. Hij besefte dat hij niet enkel een kat had doodgereden, maar wel de kat van een klein meisje: een huisgenoot. Ray was de enige die kalm bleef en de situatie overzag. Drie huilende mensen, en een dode kat in een doos op de schoot van zijn dochter. En nu was het tijd om te gaan. Hij moest gaan, maar kon niet. Hij durfde het amper te zeggen, maar deed het toch: 'Ik moet nog weg straks. Nu eigenlijk. Eigenlijk zou ik nú moeten vertrekken.' Elisabeth schreeuwde het uit. 'Papa, hoe kan je dat nu zeggen? Minka is dood.'

'Kan je de afspraak niet afzeggen?' vroeg Viv.

'Ja, papa, blijf, alsjeblieft, blijf. Ik wil niet dat je weggaat.'

'Ik kan het niet afzeggen. Ik kan niet bellen, ik... Deze afspraak is erg belangrijk. Ik moet echt weg nu.'

Viv, die normaal altijd respectvol jegens Ray was, liet hem deze keer niet uitspreken: 'Vertrek dan alsjeblieft later, kom voor die ene keer te laat. Je kan ons toch nu niet alleen achterlaten. Wat moet ik ondertussen met die dode kat doen? Susan komt pas over drie uur terug.'

Elisabeth rende naar haar vader, sloeg haar armen rond zijn nek: 'Toe papa, blijf. Laat ons nu niet alleen. Doe het alsjeblieft voor mij.'

'Lizzie, ik ben al te laat, ik moet naar de Evergreens... een studente...' In die woorden klonk een radeloze berusting, maar hij kon zich niet aan zijn dochters blik onttrekken. Hij hield zijn dochter stevig vast tot ze bedaarde. Hij beloofde wat langer te blijven, speciaal voor haar. Daarna toonde hij de bestuurder de weg naar de badkamer zodat die zijn handen kon wassen. Ray dankte hem met de woorden dat vele automobilisten gewoon doorgereden zouden zijn en liet hem vervolgens uit. Daarna kwam hij terug in de woonkamer bij Elisabeth en Vivianne die beiden gekalmeerd waren. Elisabeth had zo hard zitten huilen dat ze begon in te dommelen, in de sofa naast de doos waar de kat vredig in leek te slapen. Nadien verliet hij het huis, meer dan een uur te laat.

8

Anagnorisis

Het was een dag waarvan ik al bij het opstaan wist dat hij goed zou eindigen. Soms kon zo'n voorgevoel zich al van me meester maken nog voor ik goed en wel wakker was. Dan lag ik in bed, halfbewust denkend aan de gedroomde beelden van de afgelopen nacht, terwijl ik het gevoel dat ze uit de diepte van mijn gemoed naar boven haalden van me trachtte af te schudden vooraleer ik aan de dag begon. Op de een of andere manier had ik aanleg om de lichtheid of de zwaarte van de aanbrekende dag te voorvoelen. Misschien was het helemaal geen bijzondere voorspellende gave – misschien werd de dag gewoon bepaald door het gevoel waarmee ik ontwaakte, eerder dan dat de nog komende dag het gevoel vormde waarmee ik opstond. Ongeveer één keer per week had ik zo'n voorgevoel en meestal was het een negatief gevoel waarin onzichtbare donderwolken zich boven mijn hoofd samenpakten en elke gebeurtenis die me die dag overkwam overschaduwden. Heel af en toe was dat voorgevoel positief, en dan wist ik dat ik gelukkig zou zijn, ongeacht wat er zou gebeuren. Ik zou simpelweg gelukkig zijn, al is er niets moeilijker dan simpelweg gelukkig zijn. De dag dat ik bij professor Vernon langs zou gaan om de boeken op te halen die hij me na de les beloofd had, was zo'n dag.

Ik nam een douche en maakte me klaar om naar Converse Hall te vertrekken. Ik besloot te voet te gaan; een wandeling van meer dan een halfuur van de campus van UMass tot het centrum van de stad. Het vooruitzicht om professor Vernon terug te zien, maakte me een beetje zenuwachtig, al wist ik niet goed waarom ik zenuwachtig zou moeten zijn. Hij was niet eens mijn professor, maar die van Bernard. Het deed er volstrekt niet toe wat hij van mij zou denken en ik moest evenmin een examen bij hem afleggen aan het eind van het semester.

Zijn kantoor bevond zich op de bovenste verdieping. Er was een lift, maar ik besloot de trap te nemen waardoor ik licht buiten adem op zijn deur klopte. Ik had beter de lift genomen, zeker omdat ik dan meteen bij zijn kantoor uitkwam, maar ook omdat ik dan niet recht voor hem zou staan met een borstkas die al te zichtbaar op en neer bewoog. Pas later vroeg ik me af waarom hij niet gewoon achter zijn schrijftafel was blijven zitten en me al zittend naar binnen had geroepen, en waarom de deur voor me openging terwijl de hand waarmee ik aanklopte nog in de lucht hing. Het wekte de indruk dat hij achter de deur op mij had gewacht. Misschien had hij de vastberaden tred van mijn laarsjes op de gang gehoord en wist hij zo dat ik aangekomen was.

We stonden elkaar verbaasd aan te kijken – hij aan de ene kant van de deur in zijn kantoor, ik aan de andere kant, nog in de gang staande. 'Anna...' was zijn inadequate begroeting. Hij sprak mijn naam haast als een zucht uit – niet bijzonder hartelijk, maar ook niet onsympathiek. Hij legde een betekenis in de vier letters van mijn naam die ik niet kende, en die me niet onwelkom, maar wel onwennig deed voelen. Daardoor wist ik ook niet meteen wat te zeggen en kwam ik niet verder dan: 'Professor.' Onbewust en onwetend had ik dezelfde toon overgenomen als die waarmee hij mijn naam had uitgezucht.

Om de daaropvolgende stilte te doorbreken dankte ik hem dat ik mocht langskomen, maar het kwam er ook niet echt uit hoe ik het wilde. Hij zag er wel een teken in om de deuropening vrij te maken en me binnen te vragen.

'Zeg eens, Anna, wat brengt je hier precies?'

'Euh, dat weet ik niet zeker. U... U hebt me gevraagd om langs te komen.'

'Ja. En weet je toevallig nog waarom?'

'We hadden het over Kant, Kant en...'

'De objectiviteit van de esthetische ervaring. Ja, dat was het. Uiteraard. Je moet het me vergeven, maar ik ben het helemaal uit het oog verloren. Ik had je vast enkele artikelen beloofd. Je ging toch een proefschrift schrijven over...'

'Emily Dickinson, en ik wil ook verdergaan met wat ik al gedaan heb voor mijn scriptie in België: de geloofstwijfel bij negentiende-eeuwse Amerikaanse dichters. Misschien verbind ik er nu ook de tragische schoonheid aan, zoals in het werk van Byron en Keats, omdat we die volgens mij ook terug kunnen vinden in Dickinsons gedichten.'

'Wat is tragisch en wat is schoon?' Hij liet een lange stilte vallen, maar doordat ik beide vragen verstond als vragen die op geen echt antwoord wachtten, bleef ik naar hem kijken bij wijze van antwoord.

'Juist ja,' vervolgde hij. 'Alleen al met een analyse van elk van die begrippen afzonderlijk kan je hele bibliotheekkasten vullen. Als je iets over tragedies wil begrijpen, moet je natuurlijk Nietzsche lezen. En als je wat over het schone te weten wil komen, is Kant onvermijdelijk. Het is zo'n flagrante misvatting dat Kant gemeend zou hebben dat schoonheid subjectief is, alsof er door de kieren van onze esthetische oordelen geen universeel en transcendent licht naar binnen schijnt. Een goddelijk licht.'

'Sommige esthetische oordelen lijken me toch potdicht te zitten. Als je ziet wat er vandaag voor schoon wordt gehouden en wat voor een lelijkheid verafgood wordt; ik kan me niet indenken dat daar nog een straaltje transcendente waarheid doorheen raakt.'

'Precies, juist omdat niet alles wat mensen mooi menen te vinden, wordt voorafgegaan door een esthetisch oordeel. Een oordeel vergt immers een nadenken, een inspanning dus. En daar is duidelijk niet iedereen toe in staat, al meent iedereen wel iets mooi te vinden. Voor velen is het een puur zinnelijke in plaats van een zintuiglijke ervaring. Waar die eerste ervaring de weg naar iets hogers afsluit, opent die tweede ervaring de mens voor iets wat hem overstijgt. Het schone opent de mens voor het goede, en dus het goddelijke.'

'Als je het zo stelt... Dan zouden geestelijken de beste minnaars van schoonheid zijn.'

'Minnaars van schoonheid... Ben je toevallig een fan van Augustinus, dat je hem citeert?'

'Nee, mijn vader.'

'Ben je fan van je vader?'

'Nee, ik bedoel dat mijn vader een fan is van Augustinus. En wat u zegt, deed me daaraan denken. Als er zo'n nauwe band is tussen het schone en het goddelijke, dan zouden monniken en kloosternonnen toch bij uitstek kunstexperts moeten zijn, en priesters en pausen het meeste verstand hebben van wat echt schoon is. Maar als je naar de geschiedenis kijkt, hebben die pausen en geestelijken toch heel wat schoonheid en kunst de vernieling in geholpen.'

'Iedereen kan dolen, vooral zij die menen op de juiste weg te zijn.'

'De geschiedenis staat bol van slechte mensen die het schone waarderen en van goede mensen zonder smaak. Ik las vorig jaar een boek van Vladimir Jankélévitch...'

'Een Russische schrijver?'

'Eerder een Franse filosoof. Enkele jaren geleden gestorven.'

'Ik lees geen moderne Franse filosofen, die praten te veel en zeggen te weinig.'

'Jankélévitch is een speciaal geval. Misschien moet je hem toch een kans geven. Hij schreef een boek over Fauré en sluit dat boek af met de woorden dat muziek inderdaad iets in de mens wakker maakt, iets in het hart van de mens. Op voorwaarde natuurlijk dat die mens in de eerste plaats een hart heeft.'

'Op een harteloos mens mist het schone uiteindelijk zijn ultieme uitwerking.'

'Inderdaad, al kan hij het schone als dusdanig erkennen en herkennen. Zoals de nazi's die na een dag in vernietigingskampen te hebben gewerkt, 's avonds naar de opera gingen om van de mooiste muziek te genieten.'

'Misschien moet ik mijn oordeel over Franse filosofen wat nuanceren.'

'Eén zwaluw maakt nog geen lente, maar ze maakt de winter misschien wel wat zachter.'

Ik weet niet precies hoelang ik daarna nog in zijn kantoor zat, maar vooral de stuntelige begroeting en het einde zijn me bijgebleven. Hij liep mee naar de deur. En we stonden net als in het begin recht tegenover elkaar. Ook nu begon ik zwaarder te ademen, zelfs al was ik ditmaal geen trappen op gelopen. En dan streelde hij mijn kaak met zijn kaak of misschien was ik het die met mijn kaak de zijne streelde vooraleer mijn lippen de zijne raakten en er zachtjes tegenaan drukten zonder meteen los te laten, maar ook zonder onze lippen te tuiten. Dat was het: een streling van twee gezichten, twee monden die wilden kussen en ook niet, lippen die kusten en toch weer niet.

*

In plaats van rechtstreeks naar mijn kamer terug te keren, liep ik in de richting van het oorlogsmonument dat uitkeek op de dichtbeboste heuvels van Holyoke. Wandelen was door de jaren heen een beproefd recept geworden om orde in mijn hoofd te krijgen, maar ditmaal bleef ik over mijn eigen gedachten struikelen. Ik ging zitten bij het monument in de hoop rust te vinden in het panorama voor me – de bomen die glooiend tot aan de horizon reikten – en door de namen die in het monument waren gegraveerd van alumni die in het leger hadden gediend. Een rust die voortvloeide uit het besef van mijn eigen nietigheid, het besef dat mijn dagelijkse beslommeringen nauwelijks wat voorstelden in het aanschijn van de geschiedenis en de grootsheid van een stukje natuur waarop de mens nog geen beslag had gelegd. Maar ditmaal bleken de heuvels en het Memorial Monument weinig heilzaam en kreeg ik de hartslag van mijn denken niet onder controle. Had hij mij nu gekust of ik hem? Hadden we überhaupt gekust? Al wist ik dat het waar was, het leek of ik het me ingebeeld had. Wie kust nu een professor die wat leeftijd betreft haar vader, of misschien zelfs nog enkele jaartjes ouder, had kunnen zijn? Wie wordt er door uitgerekend zo iemand gekust op een manier waarop je ruggengraat een geleiding van elektriciteit lijkt. Tot in mijn staartbeentje voelde ik de zachtheid van zijn lippen en wang. Ik wilde het aan iemand vertellen en keerde huiswaarts. Ik had niet zozeer de behoefte om het met iemand te delen, maar wel om het hardop te horen. Mocht ik het aan iemand vertellen, dan zou ik misschien geloven dat het echt gebeurd was; dat zijn zachte kaken en lippen nog geen uur geleden mijn huid hadden aangeraakt. Maar doordat er niemand was aan wie ik het kon vertellen, vertelde ik het steeds weer opnieuw aan mezelf. Ik kon het nog steeds niet geloven, maar ik was gelukkig, simpelweg gelukkig, of ik het nu geloven kon of niet.

*

Bernard stelde voor om iets te gaan eten voor de samenkomst met de Exiles. Die startte zoals gewoonlijk om acht uur en je kon er – door de hoeveelheid wijn die er gedronken werd – beter niet met een lege maag aankomen. Soms bracht iemand in plaats van een fles wijn een stuk kaas mee, maar uit vrees dat er een tekort aan wijn zou zijn, namen sommigen zelfs twee flessen mee. Professor Vernon had een kleine koelkast in zijn kantoor staan waarin hij altijd twee flessen witte wijn uit de Bourgogne koel hield. 'Een dag zonder Franse wijn is een dag niet geleefd,' zou een van zijn standaardzinnen zijn, wanneer iemand misprijzend of vragend naar de inhoud van zijn kleine koelkast keek.

'Kijk je ernaar uit? Je zal nooit een samenkomst willen missen na vanavond.'

'Daar ga ik van uit, anders had ik niet ingestemd. De lat ligt natuurlijk wel hoog nu. Zingt hij soms op die avonden?'

'Nee, het was voor mij ook een verrassing dat hij begon te zingen vorige week in de les. Hij neuriede weleens een melodie of zo maar je kon niet opmaken of hij een goede zanger is.'

'Ik heb er nog lang mee in mijn hoofd gezeten.' Op hetzelfde moment en spontaan begonnen we 'Jam, pam, pam, pam' te zingen waarna we allebei in de lach schoten. Het was zeker geen uitlachen. Onze toon en manier van doen waren lichtvoetig, maar de herinnering aan de les van vorige week was ons daarom niet minder genegen. Dat we tegelijk luchtig en ernstig konden zijn, zonder elkaar mis te verstaan, bevestigde de band en het begrip dat tussen Bernard en mij was gegroeid.

De voorbije maanden had ik een handvol onenightstands gehad waarvan bij het ontwaken meestal niets meer van de nachtelijke intimiteit overbleef. Maar met Bernard was het anders geweest, misschien doordat ik ziek was geworden bij hem, misschien omdat hij me verzorgd had. Hij gedroeg zich als een vriend die ik al uit mijn kindertijd zou kennen, en met wie ik niet zomaar in bed wilde kruipen omdat het vrijen ons niet dichter bij maar juist verder uit elkaar kon brengen.

De fles die Bernard onder zijn arm droeg deed me eraan denken dat het beleefd zou zijn om ook iets mee te brengen. 'Onderweg wil ik ook nog ergens een fles wijn kopen,' zei ik. 'Of kaas.'

'Dat hoeft niet, hoor. Het is de eerste keer dat je komt, niemand zal verwachten dat je meteen drank meeneemt. Er zal genoeg zijn.'

'Juist omdat het de eerste keer is, wil ik iets meebrengen. Vind je niet dat...'

'Hier, geef die fles dan maar. Er zijn geen regels over wie wat brengt en aangezien iedereen daar lijdt aan *nowineophobia* is er altijd wijn genoeg.'

Hij drukte al lachend de fles in mijn hand. Ik was opgelucht dat ik iets in mijn handen houden kon als ik straks professor Vernon zou terugzien. De fles zou me een zeker houvast geven en ik zou iets te doen hebben bij het binnenkomen, al was het maar de fles openen of bij de andere op tafel zetten. Ik zou zo professor Vernons blik kunnen ontwijken, mocht het nodig zijn.

'Bedankt Bernard, dat ik deze mag geven. Dat is lief van je. Ik zou me niet goed voelen als ik met lege handen zou aankomen.'

'Ik vind je ook erg lief, Anna.' En hij nam mijn hand vast. Ik keek naar hem en hij zei met bittere ernst: 'Ik heb je erg graag.'

'Ik heb jou ook graag,' zei ik terug, meer op de automatische piloot dan dat ik het gebeuren en de gevolgen van deze dialoog overzag. Maar opeens liepen we hand in hand door de straten van Amherst op weg naar de Exiles-bijeenkomst. Ik kon niet anders dan aan professor Vernon denken. Wat zou hij ervan vinden als hij ons zo ziet aankomen? Hadden we nu gekust vorige week, en zo ja, hoe kwam ik nu over? Met de ene kus ik, met de andere loop ik hand in hand.

We waren de laatsten die aankwamen. Ik zette mijn fles bij de zes andere die al op de vensterbank stonden. 'Zoveel wijn,' zei ik hardop, terwijl ik het liever gewoon gedacht zou hebben.

'Vertrouw nooit iemand die geen wijn drinkt, Anna,' zei professor Vernon.

Ik keek hem even aan, maar uit vrees dat ik zou beginnen

te blozen, draaide ik me snel om en zocht oogcontact met Bernard die altijd glimlachte als ik naar hem keek. Misschien zou hij iets zeggen, zodat er geen stilte hoefde te vallen. 'Ha, dat was ook de eerste raad die hij aan mij gaf!' zei Bernard vrolijk, terwijl hij zijn hand minzaam op mijn schouder legde. Hij deed me met die woorden een grotere dienst dan hij besefte. 'De tweede raad: heb altijd een fles goeie wijn in huis, je weet nooit wanneer er problemen komen.'

'Dat zeg ik inderdaad soms,' gaf professor Vernon toe. 'Maar het is ook waar. Er is geen enkel probleem dat niet draaglijker wordt met een glas in de hand.'

'Behalve alcoholisme,' floepte ik eruit. Alle Exiles proestten het uit. Professor Vernon lachte niet en dat kneep even in mijn hart, maar meteen nadat de eerste lachgolf weggestorven was, zei hij: 'Iemand weet meer dan ik', waarna hij glimlachte. 'Als je me niet gelooft, luister dan naar de raad van Benjamin Franklin. Die zei: *Daar waar je niet goed kan drinken, daar kan je niet goed leven.*'

Tijdens een bijeenkomst werd er – nadat iedereen elkaar begroet had en de glazen volgeschonken waren – eerst geluisterd naar degene die een kleine voordracht voorbereid had. Meestal deelde een van de Exiles een essay dat hij aan het schrijven was met de rest van de groep door het voor te lezen, daarna kreeg hij feedback in de vorm van een discussie die geleid werd door professor Vernon.

Deze keer had Eric iets voorbereid over de opkomst van het nationalisme in negentiende-eeuws Italië en de rol die de romantiek daarin speelde. Het was de tweede keer dat Eric dit semester de hoofdspreker was. Bernard was normaal aan de beurt, maar Eric ambieerde een academische carrière. De feedback en reacties zouden hem meer van pas komen, waardoor Bernard zijn plaats graag aan hem afstond. De discussies waren nooit chaotisch, al werd er stevig door elkaar gepraat, maar als professor Vernon het woord nam, hing iedereen aan zijn lippen en stemden sommigen iets te gretig in. Eric nam zijn pen en maakte notities zoals hij tijdens een hoorcollege zou doen: knikkend, met het puntje van zijn tong uit zijn mond terwijl hij schreef.

De bijeenkomsten duurden meestal hooguit twee tot drie uur. Professor Vernon wilde vermijden dat de conversatie in luid rumoer zou ontaarden door het teveel aan leeggedronken wijnglazen. Zodra hij in de ogen van de Exiles een dofheid opmerkte als eerste teken van prille dronkenschap, raadde hij hen aan om naar huis te gaan en in bed te kruipen, een raad waarvan hij wist dat die vergeefs was. De Exiles gingen rechtstreeks naar de pub om de concentratie alcohol in hun bloed op peil te houden. Er leek zelfs haast mee gemoeid, want zo gauw professor Vernon opstond om de avond af te ronden, waren de Exiles al aan het voortmaken en werd er nooit getreuzeld.

We waren de deur al uit en hadden daarbij op vluchtige wijze afscheid genomen van professor Vernon, die nog de restjes van de kaas in zijn koelkast zette, de vuile wijnglazen in een kartonnen doos met tussenschotjes plaatste en de lege wijnflessen in een plastic zak gooide. Pas beneden bij de hoofdingang van het gebouw merkte ik op dat ik mijn sjaal boven had laten liggen.

'Moet ik even teruggaan,' stelde Bernard voor. Maar Eric, die de fase van de vage dofheid in de ogen al voorbij was, sloeg een arm om hem heen, zonder naar zijn vriend te luisteren, en begon een dronkemansgesprek vol achteraf vergeten wijsheid. 'Laat maar,' zei ik tegen Bernard, terwijl ik al naar de lift liep. 'Ik haal jullie wel in op weg naar de pub.'

De deur stond nog open, dus ik hoefde niet aan te kloppen. Professor Vernon knoopte zijn vest dicht en ik liep naar binnen: 'Mijn sjaal,' zei ik, maar in plaats van naar de stoel te gaan waar de sjaal nog over hing, liep ik zijn richting uit, omdat ik het gevoel had dat hij op me toe stapte. We kusten, al stond de deur van zijn kantoor wagenwijd open en hoorden we de stemmen van de Exiles beneden door het venster heen. Niemand kon ons zien, maar zowel hun nabijheid in tijd – dat ze hier in die kamer nog geen vijf minuten geleden allemaal hadden gestaan – als hun fysieke nabijheid – doordat we hen buiten konden horen – verhevigde de intensiteit van de kus. Het was snel, zacht, ingehouden en tegelijk vol overgave. De kus wilde meer. Ik voelde hoe professor Vernon zijn knie tussen mijn benen naar boven liet glijden, maar er werd op mij gewacht, ik moest voortmaken. Ik wikkelde de sjaal om mijn nek, glimlachte nog eens en verliet zijn kantoor. We hadden geen woord gewisseld en toch was alles gezegd. Mijn mond versmolt met de zijne op een manier die ik niet eerder had meegemaakt, alsof onze monden hun bestemming in elkaar hadden gevonden.

Daarna verliep het kussen met Bernard zoveel moeilijker. Ik was me te bewust van zijn tong, van de duur van de kus en van mijn lichaam dat weerstand bood om niet verder dan kussen te gaan. Het werd opeens het meest intieme dat ik geven kon, het was zoveel meer dan louter een kus. Het middel waarmee de ziel spreekt wanneer onze lippen verzegeld zijn.

Ik wist dat ik iets tegen Bernard moest zeggen zodat hij geen hoop op een relatie met mij zou koesteren, maar die hoop had zich al helemaal in zijn hoofd en hart verankerd. In de pub zei Eric die avond nog tegen me: 'Ik weet niet wat je met hem gedaan hebt, Anna, maar Bernard is eindelijk gelukkig. Ik begon me al zorgen te maken om hem, omdat hij er dit jaar uitzonderlijk triest bij liep, maar dat heb je zomaar allemaal opgelost. Bedankt.'

Na Erics woorden wist ik dat wat ik ook zeggen zou, Bernard altijd zou blijven hopen. En voor wie zich vastklampt aan valse hoop, is alle hoop verloren.

*

De dagen na de tweede kus met professor Vernon wilde ik zo snel mogelijk weer een reden hebben om de trappen van Converse Hall op te lopen, recht naar hem toe. Ik nam de teksten door die hij me had meegegeven, wat me veel moeite kostte want ik kon niet anders dan steeds met enige opwinding denken aan zijn zachte lippen en wangen en aan zijn knie die langs de binnenkant van mijn benen een taal zocht om in te spreken. De teksten waren netjes samengevat en ik was voorbereid om op spreekuur te gaan, maar ik durfde niet. Wat als er nu een andere student bij hem was? Wat als zijn vrouw zomaar eens gedag kwam zeggen? Ik kreeg het niet uit mijn hoofd. Tijdens de lessen droomde ik weg, 's avonds kon ik me moeilijk concentreren op wat ik aan het lezen was, in het café met vrienden, bij het lachen om een flauwe mop, bij het kijken naar hoe de barman mijn biertje tapte, bij het haastig eten van een broodje, bij het fietsen, het stappen, het nietsdoen, wat ik ook deed, dacht ik aan zijn lieflijke mond.

Al die gedachten – het was niet meer gezond. Julia bonkte op de badkamerdeur om duidelijk te maken dat ik veel te lang onder de douche stond: 'Zoetje, straks heb ik geen warm water meer!' Toen pas besefte ik dat ik het koude water enkel over me heen liet lopen om afkoeling te zoeken in de herinnering van zijn lippen. Dit kon zo niet verder. Niemand mocht zo'n uitwerking hebben op mij. Bernard was een veiligere keuze in alle aspecten. Waarom concentreerde ik me niet wat meer op hem? Ik moest een punt achter professor Vernon zetten, ook al wist ik niet goed achter wat precies, er was eigenlijk zo goed als niets gebeurd. Ik stapte zonder afspraak naar zijn kantoor. Het kon me niet meer schelen of er iemand zou zijn of niet.

'Anna, jou had ik hier niet verwacht, maar ik ben blij je te zien.'

'Waarom?' zei ik. Ik vloekte in mezelf, omdat ik niet bij mijn ingeoefende zinnen was gebleven.

'Spreekt het niet voor zich waarom ik blij ben je te zien?'

Hij stond op, strekte zijn hand uit en streelde de linkerzijde van mijn gezicht. Het was nu dat ik het moest zeggen: 'U mag me niet kussen.' Nu en niet later. Zeg het, Anna, zeg het nu, beval ik mezelf, maar in plaats daarvan legde ik mijn hand op zijn hand die op mijn wang rustte, verschoof die lichtjes naar mijn mond en kuste zijn handpalm. Toen zijn pols, zijn onderarm, zijn lippen. Ik weet niet goed wat ik deed, maar ik kon niet ophouden. Ik voelde zijn hand op de naakte huid van mijn rug en begon zijn hemd open te knopen, mijn lippen hunkerden naar elke centimeter van zijn huid. Zijn beide handen gleden opwaarts over mijn rug om mijn beha los te maken. We waren allebei even medeplichtig aan wat we deden en lieten gebeuren. Het was niet dierlijk, maar het voelde wel instinctmatig aan, alsof onze lichamen gemaakt waren om met elkaar te versmelten. We vreeën op de vloer van zijn kantoor, dat hij nog net op tijd op slot had gedaan, en deelden het genot in stilte, al schreeuwden onze lichamen het uit.

Achteraf vroeg ik me af hoe we dat hebben kunnen doen, zomaar waar zijn collega's in de naburige kantoren ijverig aan het lezen, schrijven of hun lessen aan het voorbereiden waren; of waar ze hun studenten bijles gaven, terwijl wij ons in elkaar verloren en vonden. Hoe kon ik me zonder enige angst of terughoudendheid op zijn lichaam hebben gestort? Hoe kon hij dat? Was het de eerste keer dat hij dat deed? Dat leek me bijna niet anders te kunnen, maar zeker was ik niet. Ik besloot het te vragen, maar elke keer dat ik bij hem kwam, begonnen we elkaar te ontkleden nog voor we begonnen te praten. Er werd niet veel gepraat maar wel veel gezegd.

'Bedankt, Anna', en hij kuste mijn neus en legde zijn hoofd op mijn buik met zijn oor tegen mijn navel en bleef zo een tijdje liggen. Ik streelde dan zachtjes over zijn rug en in zijn haren en zo kwamen we op adem. In het begin vond ik het vreemd dat hij mij bedankte na het vrijen, maar later bedankte ik hem ook.

*

De chronologie van hoe het verderging tussen Bernard en mij en tussen professor Vernon en mij staat me minder scherp voor de geest. Maar het was me gelukt om met Bernard een soort veilig, haast zuiver vriendschappelijk plateau te bereiken, zonder hem te kwetsen en zonder hem volledig weg te hoeven duwen. Ik zei dat ik me niet wilde binden aan iemand in Amerika, omdat ik nog voor de zomer terug naar Europa zou gaan. Hij begreep het wel, maar wachtte nog steeds op mij, dat kon ik niet veranderen. 'Nu ik je gevonden heb, laat ik je niet zomaar gaan, al moet ik nog tien jaar wachten of zelfs naar Europa verhuizen.' Ik voelde me altijd schuldig om de vriendschap waarmee hij me overstelpte, en dat schuldgevoel werd elke week zwaarder om te dragen.

Met professor Vernon, die ik Ray was gaan noemen, had ik een onuitgesproken akkoord bereikt over onze relatie, een akkoord dat elke keer weer stilzwijgend met onze lichamen bezegeld werd. Ik kan me niet herinneren hoe we precies tot zo'n regeling waren gekomen, maar ik kwam drie keer per week bij hem langs op momenten die het veiligst waren, zowel voor hem als voor mij. Hij doceerde twee vakken, elk twee keer per week. Zijn spreekuren waren verdeeld over zijn week in vaste blokken van telkens twee uur en daartussen maakte hij tijd voor mij. We lunchten samen op donderdag, want dan zagen we elkaar tijdens zijn middagpauze. Meestal werd er dan niet veel gegeten. 'De smaak van je lichaam volstaat,' zei hij nadat zijn tong mijn lichaam had verkend. Op maandagen hadden we zo weinig tijd dat ik hem niet volledig uitkleedde. Die dag deden we het meestal op zijn werktafel, waarna hij me nog snel de tekst voorlas die hij geschreven had of de les die hij zou geven snel voor me samenvatte. Op dinsdag hadden we bijna drie uur voor elkaar. Wat er op die dagen gebeurde, varieerde het meest. Op die dagen zochten we de grenzen van ons verlangen op tegen de muur, op de vloer, tegen zijn tafel, op zijn bureaustoel. Ik denk niet dat er een bereikbare hoek was in die kamer die we niet ontdekten. Na het vrijen, dat nooit kon wachten, las hij ook iets van mijn werk na. Mijn essays legde hij dan op mijn lichaam en bij elke fout die hij onderstreepte of bedenking die hij maakte, kuste hij eerst mijn borsten en tepels alsof hij daarmee de kritiek die hij uitte probeerde te verzachten.

We konden natuurlijk geen drie uur aan één stuk door doen alsof de wereld achter de deur van zijn kantoor niet bestond. Die wereld kon altijd komen aankloppen. We kleedden ons weer aan. De tijd die ons restte brachten we zittend door, hij op zijn bureaustoel, ik op de aftandse, antieke eenpersoonszetel in de hoek. Op de achtergrond speelde de radio – altijd WCRB. We luisterden, we lazen, probeerden iets te schrijven, maar steeds weer zochten onze ogen elkaar, intens en tegelijk haast verstild in het ogenblik.

'Dat is *Bahn Frei*,' zei hij op een voor hem ongewoon enthousiaste manier, waarmee de verstilling meteen doorbroken werd. 'Van Strauss. Edward. Weet je hoe je de polka danst?'

Nog voor ik kon antwoorden stond hij op uit zijn bureaustoel en reikte me de hand. Ik stond ook op en smeet het boek dat ik aan het lezen was op de zetel achter me.

'De beginpositie is die van een klassieke ballroomdans.' Hij legde zijn rechterhand op mijn linkerschouder. 'Je moet me gewoon spiegelen: een stap, halve stap, halve stap. Twee tellen en hop, een halve draai.' Terwijl hij het zei maakte hij een wat onhandig sprongetje, maar we hernamen dezelfde beweging. 'En hop, een halve draai.'

Het zag er stuntelig uit, maar dat leek niet te deren. Meestal lag in Rays doen en spreken een zekere ernst, maar nu schitterde een onschuldig en speels plezier in zijn ogen. Het duurde alles samen nog geen minuut. Even snel en onverwachts als die speelsheid was opgekomen, verdween die weer achter Rays kenmerkende houding die in niet mis te verstane bewoording aangaf dat het leven een veel te serieuze aangelegenheid is om lichtvoetigheid, laat staan lichtzinnigheid, toe te laten.

'Het was een Schnellpolka,' zei hij toen we weer zaten. 'Die is niet ideaal om de basisstappen te leren. Maar ik hoop dat je die dans op een dag toch onder de knie krijgt. Dansen is zoveel meer dan dansen alleen.'

Hij keerde zich terug in zichzelf, geheel in gedachten verzonken. Ik wist niet waar hij aan dacht, maar dat stoorde niet. Het was goed, zo kon ik ook even in mezelf verzinken. Enkele minuten later kruisten onze blikken weer. De begeerte die we nu in elkaars ogen lazen wakkerde het verlangen aan.

Hij stapte op me toe, boog zich voorover en kuste mijn hals.

'Wil je je trouwens niet meer parfumeren als je hier komt?'

'Vind je mijn parfum dan niet lekker?'

'Je laat een geurspoor achter, hier in de kamer en op mijn lichaam. We moeten voorzichtiger zijn.'

'Ik dacht al dat je me niet lekker vond ruiken.'

'Natuurlijk ruik je heerlijk, met of zonder parfum. Maar laat me om zeker te zijn nog eens nagaan of dat klopt.' Hij snuffelde achter mijn oren en ging naar mijn hals, met zijn neus een spoor volgend. 'Heerlijk.' Hij knielde en knoopte mijn blouse open en snoof tussen mijn borsten verder. 'Nog beter.' Hij ritste mijn broek open, ik hief mijn heupen lichtjes op zodat hij met een enkele, vlotte, maar trage beweging mijn broek en slipje naar beneden trok. Hij likte mijn beide liezen. 'Anna, op haar best.' Het genot dat volgde was zo intens dat de stilte bijna scheurde.

De weken gingen snel in elkaar over en voor we het goed en wel beseften hadden we het grootste deel van het tweede semester al achter ons. Tijdens de derde of vierde Exiles-bijeenkomst was het mijn beurt om iets te presenteren. Over het algemeen probeerde ik op de achtergrond te blijven en zei ik weinig, omdat ik bang was dat ik me zou verspreken en 'Ray' zou zeggen in plaats van 'professor'. Maar op een gegeven moment kon ik er niet meer onderuit en iedereen wachtte nog op een bijdrage van me. Ik ging akkoord op voorwaarde dat

Bernard zijn trompet zou meebrengen en ook voor ons iets zou spelen. Dat was een strategische zet, zodat we het gesprek een andere richting uit zouden kunnen sturen, mocht dat nodig zijn. Ray gaf altijd uitgebreide feedback op de presentatie, maar ook hij riskeerde zich te verspreken, niet zozeer door wat hij zou zeggen, maar hoe hij het zou zeggen. Zou hij mijn bijdrage kunnen analyseren zonder te denken aan wat er allemaal tussen ons was gebeurd? Zou hij zijn gelaat strak kunnen houden zodat hij niets zou prijsgeven over wat er zich in zijn hoofd afspeelde? Ik wist het niet zeker, het intermezzo trompetmuziek was een reddingsvest dat we zouden kunnen aandoen, mochten we in het verlangen naar elkaar dreigen te verdrinken.

Ray was ook wat zenuwachtig en opvallend stiller dan tijdens andere bijeenkomsten. Tijdens het spreken keek ik amper op van het schriftje waarin ik allerlei aantekeningen en geheugensteuntjes had opgeschreven, maar wanneer ik opkeek, zag ik Bernard breed glimlachen en Ray met zijn wang op zijn hand leunend, zijn mond daardoor deels bedekt, afwezig voor zich uitstaren. Ik legde uit waarom de kritiek dat Emily Dickinsons gedichten geen afgewerkte producten zijn maar slechts probeersels, geen steek houdt. De discussie kwam na mijn voordracht moeizaam op gang.

'Laten we hier nu wat leven in blazen,' zei ik om de ogen en aandacht van me af te leiden. 'Bernard heeft, zoals jullie vast wel kunnen zien, zijn trompet mee.' Uit een koffertje pakte hij zijn instrument.

'Schitterend,' zei Eric. 'We hebben je er al zo vaak over gehoord, maar hebben je nog nooit horen spelen.' Iedereen viel Eric daarin bij.

Bernard draaide een demper op zijn trompet en deed ondertussen ademhalingsoefeningen, wat voor de andere Exiles om de een of andere reden een bron van hilariteit was. Het scheen Bernard niet te storen, en bij de eerste noot van het adagio van Marcello's *Concerto in C minor* werd het muisstil.

Ray glimlachte naar me en bleef daarbij iets langer kijken, voor het eerst die avond, misschien omdat alle blikken op Bernard gericht waren en Bernard zelf naar zijn vingers keek. Het stuk was snel voorbij, waarna iedereen opstond om Bernard te feliciteren. Ik wilde Bernard een oppervlakkige knuffel geven, maar hij was zo opgewekt dat hij me stevig en lachend in zijn armen nam.

Ook na Bernards intermezzo bleef Ray stil en niet veel later maakte iedereen aanstalten om te vertrekken.

'Normaal geeft hij meer feedback,' zei Rupert in de pub nadat we Converse Hall al achter ons hadden gelaten. 'Vinden jullie ook niet? Hij was zo zwijgzaam vandaag.'

Iedereen stemde in. Ik durfde niets te zeggen, maar hoopte dat ze snel van onderwerp zouden veranderen. 'Misschien had hij een zware dag. Hij is ondanks alles ook maar een mens,' verdedigde Eric Ray.

'Of misschien was Anna's bijdrage zo perfect dat er niet al te veel aan toegevoegd diende te worden,' zei Bernard waarbij hij zijn hand op mijn schouder en nek legde, een gebaar dat hij vaak herhaalde als hij iets over mij zei.

'Ik denk dat hij zo snel de bespreking van mijn voordracht achter de rug wilde hebben om naar Bernard en zijn trompet te kunnen luisteren. Dat was toch het toppunt van de avond,' zei ik maar gauw om de aandacht te verleggen. Er werd niet meer op teruggekomen.

*

Pasen viel uitzonderlijk vroeg dat jaar, op de laatste dag van maart 1991. Ray zou me in de week voor Pasen niet kunnen zien. Hoewel ons samenzijn altijd harmonieus verliep, trad door het vooruitzicht van een stille week een eerste dissonantie op.

'Ray, denk je vaak aan me als we niet samen zijn?'

'Ik denk altijd aan je. Jij, je glimlach, je lichaam, ze zijn altijd aanwezig. Ze staan op het netvlies van mijn innerlijk oog.' Hij zei het traag en rustig, zonder zich naar mij te draaien.

'Ook als je 's avonds naast je vrouw in bed kruipt om te gaan slapen?' Er school veel verdriet in mijn stem en hij hoorde het ook, misschien omdat het een verdriet was dat hij ook in zich droeg. Hij hief zijn hoofd van mijn buik en keek me recht aan. 'Wat voel jij als je bij Bernard bent, jullie zijn toch een koppel?'

'Dat is niet eerlijk, Ray. Bernard en ik zijn niet getrouwd. We zijn goede vrienden, en de buitenwereld neemt ook aan dat we een koppel zijn. Heb je het daar moeilijk mee?'

'Ja, ik wil je niet delen. Niet met Bernard, met niemand. Ik wil je alleen voor mezelf.'

'Hoe durf jij dat te vragen? Je hebt een vrouw, een kind, een huis waar je elke dag naartoe gaat.'

'Ik vraag eigenlijk niets, ik zeg gewoon hoe ik me voel. Ik wil je niet delen, ik wou dat je alleen van mij was. Het is vreemd om Bernard je hand te zien vastpakken of zijn arm om je heen slaan als jullie hier zijn. Dan kan ik niet anders denken dan: doe het niet, Bernard, dit is mijn hand, mijn schouder. Zij behoort mij toe. Ik voel me niet prettig als ik jullie samen zie.'

'En hoe denk je dat ik me voel? Denk je dat ik me prettig voel als ik weet dat je straks naar huis gaat? Ik heb je laatst op straat met je dochter gezien. Mijn hart stond even stil. Het deed pijn. Pijn omdat je niet van mij bent, dat je een gezin hebt en zelfs een kind van een andere vrouw. Pijn omdat ik me een slecht mens voel. Net de slang in de Hof van Eden.'

'Anna, zeg dat niet. Je bent geen slang. Je bent mijn...' Ray zocht naar het juiste woord. 'Je bent mijn... anagnorisis, iets waarvan ik niet eens geloofde dat het buiten de literatuur bestond, maar toen je het klaslokaal binnenkwam, voelde ik door mijn lichaam een bliksemschicht snijden die een storm aankondigde, maar toch meteen gevolgd werd door zonlicht in mijn ziel toen je naar me keek... Ik begrijp het nog steeds niet, maar ik bevind me in een kluwen van gevoelens en feiten die ik moeilijk overzie maar waar ik niet onderuit kan. De dingen zijn nu eenmaal zoals ze zijn, ik kan de klok niet terugdraaien. Ik ben bijna veertig jaar ouder dan jij. Het is een feit: ik ben getrouwd en vader van Lizzie, en dat wist je voor we iets begonnen.'

'Dat ik iets met Bernard had, wist je ook vóór onze eerste kus. Dus dan is het goed zeker?'

'Zo bedoelde ik het niet. Ik heb gewoon al erg lang geleefd voor je in mijn leven kwam.'

'Ik weet niet hoe je het bedoelde, maar denk niet dat jij de enige bent die het moeilijk heeft. Ik weet soms niet meer wat ik moet denken. Heb je gewoon graag seks met me, of is er meer? Wat wil je eigenlijk van me? Ben je blij dat ik deze zomer terug naar Europa ga, is het daarom dat je iets met mij begon, omdat het veilig was, omdat ik straks toch weg ben?'

'Integendeel. Nee, eerlijk gezegd, ik denk er liever niet aan dat je aan het eind van het semester de oceaan oversteekt.'

'Soms wil ik dat het stopt en wil ik er een punt achter zetten. Zeker nadat ik je met je dochter hand in hand had zien lopen. Ze was zo gelukkig, jouw dochter. Mocht het uitkomen, wat ik doe, wat wij doen, dan zou het geluk van haar gezicht meteen verdwijnen. Dat meisje heeft alle redenen om mij te haten. En ik voel me een slecht mens, en ik begrijp het niet, want het enige wat ik doe, is je beminnen en meer van je willen. Ik wil je vaker zien, ik zou voor je willen koken, samen de afwas doen na het eten, ik wil zien hoe je je tanden poetst en hoe je 's avonds in slaap valt. Ik wil de hele nacht nacht in jouw armen liggen en bij het ontwaken je lichaamswarmte voelen...'

9

Kleinood in woorden

Misschien had haar vader wel gelijk toen hij zei dat een citaat net een bonbon is die je langzaam op je tong moet laten smelten om er ten volle van te kunnen genieten. 'Je moet woorden proeven, niet verorberen en al helemaal niet zonder nadenken inslikken.' Hij kon zich ergeren aan mensen die hun woorden niet zorgvuldig kozen: 'Wie zijn taal niet verzorgt, verzorgt zijn gedachten niet. En wie zijn gedachten niet verzorgt, laat zijn ziel in lompen lopen.'

Elisabeth is wakker geworden van de kou en denkt aan die woorden terug, die ze misschien voor het eerst probeert te proeven. Het is nog maar midden november en buiten is het al stevig begonnen te vriezen. Ze knipt de leeslamp aan en haalt een extra deken en gaat daarna in bed zitten, met opgetrokken knieën, met haar rug tegen het gewatteerde hoofdbord, waardoor ze zonder een extra kussen in haar rug toch nog comfortabel rechtop zit. Ze kijkt een tijd lang naar de lege muur voor zich en beseft dat ze niet meteen weer in slaap zal vallen. De koude kan ze niet zomaar van zich af rillen. Met haar handen probeert ze haar voeten op te warmen en ze trekt de dekens die haar lichaamswarmte nog moeten opnemen tot aan haar oksels op. Ook al heeft ze niet veel zin om iets te lezen, ze neemt een van haar vaders citatenboekjes die naast het bed op de grond liggen. Sinds enkele dagen bladert ze er af en toe door en leest het citaat waar haar blik toevallig op valt. Ze geniet ervan – ook al beseft ze het niet, of laat ze zichzelf niet toe te beseffen dat ze het beseft – om haar ogen over de sierlijke letters te laten gaan. Haar vader had een uitzonderlijk handschrift; bijzonder klein, maar altijd goed leesbaar.

Ze had hem er vaak in zien schrijven en ze wist dan met zekerheid dat hij met zijn citaten bezig was, omdat hij daar enkel de pen met donkerbruine inkt voor gebruikte: geconcentreerd en traag pende hij dan het citaat van de dag neer. Nooit had ze er veel aandacht voor, maar nu begrijpt ze waarom hij na het schrijven het citaat nog aan haar wilde voorlezen: het balde de dag die ze samen hadden doorgebracht voor hem samen. Toen kon haar dat niet erg boeien, ook al had hij haar nog maar net meegenomen naar een middagvoorstelling van *De Toverfluit*, in een bewerking voor kinderen. *Muziek zit niet in de noten maar in de stilte ertussen* – Mozart.

'Niet doen. Als ik iemands wijze woorden wil gebruiken, dan zoek ik die zelf wel op. En ik spreek toch liever met mijn eigen woorden dan met die van een ander.'

'Door te citeren, worden andermans woorden ook de jouwe.'

'Misschien, maar het blijft wel de wijsheid van een ander waarmee je aan de haal gaat.'

Elisabeth dacht dat ze daarmee een goed weerwoord had gegeven, maar haar vader antwoordde glimlachend: 'De kunst van het citeren schuilt niet in het gebruik van andermans woorden, maar in het wijze gebruik. Het juiste citaat op het juiste moment.'

'Met andere woorden, stop nu maar met dat voorlezen van citaten, want het moment vraagt er niet naar.'

Haar vader pende in stilte verder en ondernam zo nu en dan nieuwe pogingen om zijn dochter wat voor te lezen of te vertellen, of het nu citaten waren of gedichten. Het is nooit een succes geworden en hoe vaker hij het probeerde, hoe meer weerstand Elisabeth bood. Als de citatenboekjes niet zo mooi waren geweest, had ze die nu misschien ook geen aandacht meer geschonken, maar de lederen kaft en de met een monnikenprecisie volgeschreven pagina's vroegen om aangeraakt, bekeken en gekoesterd te worden, als een uit aaneengeregen en geleende woorden opgetrokken kleinood.

Liefde is als het leven – louter langer staat in het groot midden op een pagina om zo een nieuw deel in te luiden. Er staat vreemd genoeg geen datum bij, geen persoonlijke reflectie, ook geen oorsprong van het citaat. Elisabeth bladert niet verder, maar klapt het boekje dicht en smijt het voor zich uit zodat het bij haar voeten belandt. Dat net hij dat moet schrijven. Wat wist hij daar nou van? Ze draait zich op haar zij en door haar benen te strekken, valt het boekje van het bed. Liefde die langer duurt dan het leven zelf? Stokoud is hij geworden en hoeveel jaar zou hij mama liefgehad hebben? Nog niet eens vijftien. De grapjas. Op zijn liefde stond een onuitwisbare vervaldatum gedrukt.

Gedachten als deze maken het nog moeilijker om in slaap te vallen. Hoe kan de liefde nu langer dan een mensenleven duren? Je moet toch leven om lief te hebben, en is de liefde dan niet net zo begrensd als het leven zelf? En naast begrensd is die liefde ook beperkt, want je hebt liefhebben en liefhebben. Je kat heb je op een andere manier lief dan je dochter. Of soms kan je iemand haten juist omdat je hem liefhebt. In haar praktijk ziet Elisabeth het vaak, mensen gaan dikwijls gebukt onder de slechte gevoelens die ze koesteren voor de mensen die ze liefhebben. Het laat haar altijd onbeslist achter: hebben ze nu lief of niet? De vraag die ze zich ook stelde als ze haar moeder over haar vader hoorde praten. Kwam haar woede nu voort uit haat of uit liefde? Haar ingehouden tranen vorige week nog, nadat ze kalkoen met veenbessensaus gegeten hadden, kwamen die voort uit jaren van opgekropte haat en het gevoel van vernedering dat haar na de scheiding was blijven achtervolgen, of uit de restanten van liefde die ze nog voor Ray voelde en uit verdriet dat hij er niet meer was? Is dat het langer dan het leven liefhebben, dat mensen na je dood nog van je blijven houden? Maar dan hangt dat liefhebben nog altijd af van degene die leeft, dus in zekere zin is de liefde niet langer dan het leven, maar even lang als het leven van de langstlevende die liefheeft... De gedachten die haar aanvankelijk uit haar slaap hielden, putten Elisabeth zo uit dat ze uiteindelijk in slaap valt.

*

De kofferbak van de wagen krijgt ze amper dicht door de hoeveelheid boeken erin. Hoewel dozen met boeken ook de hele achterbank en de passagiersstoel en beenruimtes in beslag nemen, is het nog niet eens de helft van haar vaders collectie die Elisabeth op het punt staat aan Frost Library te schenken. Voor de ingang van Converse Hall heeft ze afgesproken met Eric, die haar verder zal helpen om de boeken op hun juiste bestemming te krijgen. Erics kantoor kijkt uit op Boltwood Avenue en een van de kleine meenten van de stad. De bomen waren vorige maand op hun mooist, maar van het overweldigende herfstgewaad waarvan ze zich in de alsmaar kouder wordende dagen en nachten gestaag hadden ontdaan, blijft nu nog nauwelijks wat over.

Toen Ray op emeritaat ging, mocht hij zijn bureau nog enkele jaren houden, zolang hij nog achter de schermen actief bleef en zo nu en dan eens een gastlezing gaf. Er waren tenslotte genoeg alternatieven om nieuw personeel en beginnende academici van werkruimte te voorzien. Aangezien zijn kantoor zich meteen naast de lawaaierige lift bevond, was ook niet meteen iemand happig om daar intrek in te nemen. Vijf jaar geleden kreeg Ray te horen dat hij er moest wegtrekken, maar Eric wist het kantoor over te nemen, meer uit sentiment dan uit comfort. Hij stelde Ray voor om er ook nog gebruik van te maken, maar die bedankte ervoor. 'Het is welletjes geweest, lijkt me. Ik troost me met Seneca: *Elk nieuw begin volgt op het einde van een ander begin*. Ik ben hier vele decennia geleden begonnen. Ik ben blij dat het einde daarvan een nieuw begin voor iemand als jij kan zijn.'

Aan het geluid van de lift wende Eric na enige tijd, en wat hij in de plaats kreeg, was het bureau waar hij decennia geleden zelf nog als student aanklopte om op spreekuur bij professor Vernon te gaan.

Al jaren voor Rays dood wist Elisabeth dat Eric haar zou helpen en dat hij ook boeken voor zichzelf mocht houden. Het was een soort erfenis voor zijn enige intellectuele nakomeling. Meer dan twintig jaar werkten ze samen; Ray steeds in de rol van mentor in de carrière van Eric. Geen enkele stap ondernam hij zonder eerst met Ray te overleggen; ook niet toen Eric zelf tot professor was benoemd en zijn academisch werk, naar hedendaagse maatstaven, succesvoller werd dan dat van Ray ooit was geweest.

Anders dan Ray bezit Eric de vaardigheid om zijn eigen gedachten steeds weer te herkauwen en onophoudelijk artikelen te schrijven die allemaal slechts variaties op hetzelfde thema zijn; artikelen die door slechts een handvol experts gelezen worden en waarvan de grootste verwezenlijking is dat er in een ander artikel, dat eveneens maar door een handvol experts wordt gelezen, naar verwezen wordt. Die vaardigheid is een synoniem voor academische competentie geworden, maar was voor Ray een synoniem voor een schrikwekkende verarming van de academische wereld. Een hedendaags academicus moet meer schrijven dan denken, maar iets zinnigs schrijven, zonder voldoende voorafgaand denkwerk, is een onmogelijkheid.

Eric is het daarin altijd met Ray eens geweest; ook hij is van mening dat het de eerste en voornaamste taak van een professor is om kennis en de liefde voor kennis aan een nieuwe generatie over te dragen. In dat opzicht weet Eric heel goed dat hij Ray nooit heeft kunnen evenaren. Hij moet al blij zijn met vijf tot tien studenten die interesse in zijn vakken tonen, terwijl steeds een overvloed aan studenten zich wilde inschrijven voor Rays vakken en Ray bij aanvang van ieder semester opgescheept zat met de onaangename taak om studenten, van wie velen uit andere colleges speciaal voor hem waren overgekomen, af te wijzen. Zijn leslokaal zat helemaal vol, ongeacht welk vak hij doceerde en welk aspect van de Duitse muziekgeschiedenis, literatuur, architectuur of schilderkunst hij behandelde. 'Al besteed je een hele cursus aan de geschiedenis van Duitse naaimachines, de studenten zullen nog steeds massaal blijven toestromen,' zei Eric ooit.

Elisabeth kon zich niet herinneren dat Eric ooit geen deel uitmaakte van haar vaders leven, en dus van het hare. Ze kende hem al haar hele leven en in die zin dus goed, al kenden ze elkaar amper omdat de gesprekken die ze voerden nooit langer dan een paar minuten duurden en nooit iets substantiëlers betroffen dan het uitwisselen van hun – afhankelijk van het seizoen – goed- of afkeuren van het weer en de weersvoorspelling. Eric kwam zo geregeld over de vloer dat hij zich er niet meer voor schaamde om zonder te bellen via de porch en de keuken binnen te komen en te vragen of Ray thuis was. Nadat hij een ongemakkelijk, maar kort gesprek met Lizzie had gevoerd, trok hij zich met Ray terug in de hoop richtingwijzers te krijgen voor zijn eigen denken. Altijd kwam hij langs met een fles bordeaux, zodat Elisabeth hem de 'Bordeaux-man' was gaan noemen.

'Komt de Bordeaux-man nog weleens langs?' vroeg ze haar vader de afgelopen jaren zo nu en dan, wanneer ze zich tijdelijk herinnerde dat ze bang was dat hij in Farview Way te veel aan het verkommeren was.

'Hij is vorige week nog langs geweest...'

*

Nog voor ze de auto geparkeerd heeft, ziet ze Eric al vanuit het raam van zijn kantoor op de hoogste verdieping zwaaien. Hij is makkelijk te herkennen, met zijn kale schedel, stoppelbaard en snor. 'Ik kom naar beneden,' zegt hij, ook al weet hij dat Elisabeth in de wagen hem onmogelijk kan horen. Dan verdwijnt hij uit het zicht. Elisabeth blijft staren naar de voorgevel van het bruinrode bakstenen gebouw, met zijn vaalgele lijsten en kalkstenen colonnade van zes zuilen, waarop de architraaf met opschrift Converse Memorial Library steunt. Het gebouw doet al sinds midden jaren zestig geen dienst meer als bibliotheek en de naam ervan was inmiddels in Converse Hall veranderd, maar het in kalksteen gebeitelde opschrift is een blijvende herinnering aan de oorspronkelijke bestemming ervan.

Nog geen minuut later zwaait de grote, houten deur van het gebouw open en stapt Eric energiek naar buiten. Zo is hij al in haar vroegste herinneringen: ondanks zijn kleine gestalte, tengere bouw en bleke, soms wat ziekelijk aandoende huidskleur gingen van zijn bewegingen steeds optimisme en vitaliteit uit. Waarschijnlijk is het de eerste keer dat ze hem zonder wijn in de hand ziet. En ook begint hij voor een keer niet over het weer.

'Dag Eric, alles goed?' Zonder op een antwoord te wachten gaat ze verder. 'Het zijn veel boeken. We zullen een paar keer heen en weer moeten, en dat is nog niet eens alles.' Ze klikt de kofferbak open.

'Ik zal alvast één doos nemen en daarmee de deur van de lift blokkeren. Dan proppen we de lift vol en gaat alles in één keer naar boven. Dus we hoeven niet eens zo gek veel met dozen te sleuren.'

'Ik had je beter de selectie van tevoren laten doen. Nu heb ik de boeken in dozen gestopt, moet jij ze er weer uit halen om ze te bekijken om ze vervolgens weer in dozen naar de bibliotheek te brengen. Ik had eraan moeten denken.'

'Het geeft niet, je had de afgelopen tijd genoeg aan je hoofd. Ik zal anders langskomen voor het andere deel van de boeken. Dat bespaart je dan toch een beetje tijd. Blijf nu maar even hier wachten. Ik draag de dozen wel naar de lift.'

Elisabeth slaat het voorstel in de wind en loopt met de eerste doos mee naar de lift. Eric had wel kunnen vermoeden dat ze hem niet zou toelaten de klus alleen te klaren. Ray had hem meermaals gezegd dat Elisabeth een zelfstandige ziel was die andermans raad zelden opvolgde. Met die zelfstandigheid verklaarde hij de echte reden weg waarom hij zijn dochter minder vaak zag dan hij wilde. Omdat Eric haar echt wil sparen na de inspanningen die ze al geleverd heeft om de boeken naar hier te brengen, stelt hij Elisabeth voor dat ze hem de dozen beneden aan de trap voor de ingang van het gebouw aanreikt.

Met elk nog een laatste doos in de armen stappen ze samen naar de smalle lift. Eric heeft de dozen netjes opgestapeld, zodat ze nog net allebei mee naar boven kunnen. 'Veel van de boeken gaan terug naar hun eerdere bestemming. Wat zeult een mens toch af in zijn leven,' zegt Eric terwijl hij de bovenste doos met zijn vlakke hand twee korte klopjes geeft. Hij denkt terug aan de dag dat hij Ray had geholpen om zijn kantoor leeg te maken en alles naar Farview Way te brengen. Elisabeth ziet dat hij aan haar vader denkt.

'We zijn er,' zegt ze, wanneer de lift te kennen geeft dat ze de derde verdieping hebben bereikt. Ze stapt meteen uit om het verhaal dat zich in Erics herinnering afspeelt niet te hoeven horen.

'Water?' Eric haalt een fles bruisend water uit de kleine koelkast die zich rechts onder zijn bureau bevindt. 'Is dat nog die van Ray?' vraagt ze verbaasd terwijl ze naar de koelkast kijkt.

'Zulke maken ze niet meer.' Met enige trots kijkt hij naar de meer dan twintig jaar oude koelkast.

Het kantoor is veel veranderd, maar het uitzicht is nog steeds hetzelfde. Ze gaat voor het raam staan en kijkt naar buiten, dan voelt ze die vreemde aanwezigheid van haar vader weer opduiken die ze zo vaak tegen haar wil in voelde toen ze zijn huis aan het leeghalen was.

'Ik moet er bijna weer vandoor.' Ze kijkt Eric, die haar het glas water aanreikt, niet eens aan.

'Ik heb je na de begrafenis niet meer gezien, maar heb wel veel aan je gedacht. Hij wordt erg veel door ons gemist.' Eric hoopt Elisabeth, die opeens een droeve blik in haar ogen heeft, enige troost te bieden met die woorden.

'Ons?' Eric was getrouwd, maar voor zover Elisabeth wist kwam hij altijd alleen, zonder vrouw en kinderen, bij haar vader op bezoek.

'Door mij... Bernard en de rest van de Exiles.' Hij zucht om te tonen dat haar vader echt gemist wordt. 'We zijn nog eens samengekomen, drie weken na de begrafenis. Zo stom dat we nooit eerder aan een reünie hebben gedacht. Hij is met ons allen contact blijven houden, wist je dat?'

Er komt geen reactie van Elisabeth, ze drinkt haar glas verder leeg alsof ze gehaast is.

'Eerst met brieven, dat was niet met elk van ons zo'n succes, maar toen internet de wereld veroverde, is het contact met iedereen hernieuwd en is hij met ieder van ons blijven schrijven. Hij had het vast geweldig gevonden om ons allemaal samen terug te zien.'

'Je bedoelt samenkomen met jullie Exiles-clubje?' Ze zegt het op een minachtender toon dan ze wil en zet haar lege glas op de vensterbank.

'Ja, met ons clubje. Misschien laat ik ze allemaal ook een boek kiezen uit Rays collectie, als je het goed vindt. Ik denk dat we allemaal wel een aandenken aan hem willen en ik denk dat jouw vader het ook goed zou hebben gevonden, maar de beslissing ligt volledig bij jou.'

'Doe maar. Zolang het merendeel maar in de Frost Library belandt, is het mij best. Het is tenslotte zijn schenking. Met z'n hoevelen zijn jullie?'

'Met z'n zessen. We zijn altijd met zes Exiles geweest.' Na een korte stilte vervolgt hij: 'Of nee, niet altijd, heel even waren we met zeven, toen Anna erbij kwam. Maar dat heeft niet lang geduurd, één semester, misschien zelfs korter. Dus een echte Exile was ze niet.'

'Zes. Geen probleem dan. Ze mogen allemaal twee, drie boeken uitkiezen, als ze willen. Waarom zijn jullie daar eigenlijk mee begonnen, met die bijeenkomsten?'

'Omdat we eindelijk oud genoeg waren om wijn te drinken en geen gelegenheid voorbij wilden laten gaan.' Hij lacht. Dat heeft hij duidelijk al vaker als bestaansreden van de Exiles opgegeven, maar hij merkt dat hij er nu niet mee weg kan komen. 'Geen idee eigenlijk. Of toch wel. Je vader was zo'n geweldige leraar, hij kon begeesterend vertellen. We klampten hem na de les steeds aan en ook voor de spreekuren was het aanschuiven. Vooral Bernard en ikzelf eisten steeds meer van zijn tijd op. Bernard wou alles te weten komen over de muziek van de Duitse romantiek, ik over esthetiek. We zaten allebei in ons derde jaar en hadden het gevoel dat we ondanks het verscheiden aanbod in ons lessenpakket toch nog iets essentieels misten. Iets van een algemene ontwikkeling, iets wat, al was het maar vaag, zou lijken op het humanistisch ideaal van de renaissancist. En jouw vader was zo'n wandelende encyclopedie. Hij was ook bezig met de grote dingen des levens in zijn lessen. Op elke vraag had hij een antwoord; niet noodzakelijk een juist antwoord, maar wel altijd een goed antwoord. En elk antwoord riep meer vragen op, dus ja, we hingen aan zijn lippen. Misschien was het bij momenten wel een beetje gênant dat we beiden zo achter hem aan zaten. We zogen ons als bloedzuigers vast in zijn woorden en gedachten en lieten niet los tot we ons met voldoende nieuwe kennis gevoed hadden. Ik kan me nu, zelf professor zijnde, best wel inbeelden dat we het hem lastig maakten, maar hij heeft ons altijd geduldig te woord gestaan. Ik denk dat zijn collega's op de gang met enige jaloezie keken naar de processie van komende en gaande studenten op dagen dat hij spreekuur had. Misschien had hij daarom voorgesteld om 's avonds laat in meer ontspannen sfeer met ons af te spreken op zijn kantoor. Het was eigenlijk toen pas, in die ongedwongen context, dat we hem ook als mens leerden kennen, en wanneer je hem eenmaal op die manier kende, had je hem lief voor het leven.'

'Liefhebben voor het leven. Niet langer dan dat?' Het naamloze citaat van vorige nacht zorgt ervoor dat Elisabeth die gedachte onbedoeld hardop uitspreekt.

'Ik zie hem nog steeds graag, als het dat is wat je wilt weten. Hij was als een tweede vader voor me.'

Eric is zichtbaar aangedaan bij die laatste woorden. Hij neemt zijn bril even af en, alsof hij daarmee ook de emotie van zich probeert af te wrijven, poetst de brillenglazen op met een stukje verkreukt hemd, dat door het sleuren met de dozen omhoog was gekropen en daardoor wat slordig over de broeksriem was komen te hangen.

'Ach ja, je weet beter dan eender wie hoe hij was. Dat hoef ik je niet te vertellen. Maar zo is dus de bal aan het rollen gegaan. Eerst waren het enkel Bernard en ik, toen bracht ik iemand mee, toen hij. Op hun beurt brachten zij ook iemand mee van wie ze dachten dat ze de bijeenkomsten interessant zouden vinden. Halverwege het semester waren we met zes. Ray heeft het toen een halt toegeroepen en gezegd dat er nu niemand meer bij kon. Hij had er ook letterlijk geen ruimte en stoelen meer voor in zijn kantoor. Dit kantoor. Het zag er wel wat anders uit, toen...'

*

'Voor je weggaat. Er is nog wat post voor je vader.' Eric geeft een stapeltje brieven die op een grotere envelop liggen aan Elisabeth. 'Theresa, de secretaresse, legde zijn sporadische post altijd in mijn vakje omdat ze wist dat ik hem nog regelmatig een bezoekje bracht. Het meeste ervan is deze keer voor jou.' Ze bekijkt de brieven vluchtig. Er zitten inderdaad enkele condoleances bij voor haar, in de grote envelop waar al de post op ligt, zit waarschijnlijk een tijdschrift of een of andere aanbiedingsfolder. Ze draait de envelop om die afgesloten is met bruin plakband, het soort om dozen mee dicht te plakken. Er staat geen afzender op.

Ze legt de brieven naast zich op de passagiersstoel en nadat Eric haar een kus op de wang geeft die ze niet heeft zien aankomen en die haar onnodig verlegen maakt, rijdt ze weg. Hij was als een tweede vader voor me. Dacht Eric nu echt dat hij me met die woorden zou troosten? Hij was nog niet eens in staat voor zijn echte en enige dochter behoorlijk vader te zijn.

10

Balmy May

Ray vroeg me om de bus naar Springfield te nemen en aan wie me zou kunnen missen te laten weten dat ik voor drie dagen weg zou zijn. Sinds de spanning om Bernard en Susan waren onze ontmoetingen in een bepaalde somberheid gehuld. Het viel niet te loochenen dat we elkaar niet geheel toebehoorden en geen van ons beiden leek blij met de waarheid die we kenden. De waarheid is vaak leefbaar totdat ze hardop verwoord wordt. Zolang we haar ergens in een achterkamer van ons geweten weten te houden, kunnen we om de waarheid heen.

Aan Julia en Bernard had ik laten weten dat ik voor twee nachten naar Boston zou gaan en dat ik de stad in mijn eentje wilde verkennen. Mijn vader zei ooit tijdens een van zijn vele reisverhalen dat je een stad nooit echt leert kennen als je er niet in verdwaald bent geraakt, dus plande ik er zogezegd urenlang in rond te dolen tot ik mijn weg zou verliezen. Ook herinnerde ik hen eraan dat ik stilaan afscheid moest nemen van Massachusetts en dat zo'n citytrip mij daarbij zou helpen. Beiden hadden meteen begrip en drongen niet aan om me toch te vergezellen. Over Boston zou ik snel wat kunnen bedenken, mochten ze achteraf vragen hoe het geweest was. Ik zou enkel de radio moeten aanzetten om het weerbericht te beluisteren en dan zou ik de rest wel kunnen verzinnen en veinzen. Omdat je voor Boston ook eerst een bus naar Springfield moest nemen, bracht Bernard me naar de bushalte en was ik gerust dat hij verder niets vermoedde. Hij gaf me een knuffel voor ik instapte en stopte me een papieren zakje met daarin een donut toe. 'Een Boston Cream. Voor tijdens de rit, maar wacht er niet te lang mee. Het is zo warm dat de crème en chocolade snel zullen smelten.'

Ik wist niet wat Ray tegen zijn vrouw had gezegd, maar hij reisde vaak voor zijn werk zodat ze hem wel van niets zou verdenken.

In Springfield stapte ik uit, liet het onaangename station achter me en ging naar de straatkant waar Ray mij zou komen oppikken. Zijn donkerblauwe Mercedes viel me niet meteen op, al stond zijn wagen als eerste in de rij geparkeerd. Ik stapte in en Ray startte meteen de motor zonder me eerst te begroeten met een kus. Pas op de snelweg vroeg hij me: 'Alles goed?'

'Mag ik nu weten waar we precies naartoe gaan?'

'Naar een heel bijzondere plek, waar we voor even ongestoord onszelf kunnen zijn.'

Ik kuste zijn hand, die ik al een tijdje vasthield. 'Ik kijk ernaar uit.' Veel meer zeiden we niet tijdens het eerste uur van de autorit. Ray was een rustige, hoffelijke chauffeur. Hij reed zonder haast, misschien omdat we niet meteen ergens verwacht werden, of misschien omdat de autorit zelf al een belangrijk deel van ons ongestoord samenzijn was. Af en toe keek hij even naar me. Zijn ogen glimlachten en vertelden me dat de man die door die ogen keek zich verheugde op de komende uren. Op de achtergrond speelde zacht pianomuziek, die ik niet meteen herkende. Op het cassettedoosje las ik dat het Franz Liszts *Weihnachtsbaum* was.

'Kerstboom. Als kerstmuziek klinkt het niet bepaald. Of misschien een beetje, hier en daar.'

'Die cassette zit er al sinds begin december in. Ik vergeet hem steeds te verwisselen voor ik de wagen start en dan is het te laat om het al rijdend te doen.'

'Kerstmuziek in mei, waarom ook niet?' Even vreesde ik dat het een teken van vergeetachtigheid was, veroorzaakt door zijn leeftijd. Maar Ray vervolgde dat hij het stuk zo mooi vond dat hij het iedere keer niet over zijn hart kreeg om het af te zetten. Het leek hem een vorm van heiligschennis om zoiets moois te onderbreken.

'Maar je mag hem verwisselen. De doos met cassettes zit in het handschoenenvakje.'

Toch wou ik de volledige cassette uitluisteren na Rays uitleg erover. Het was de eerste solo-opname van Alfred Brendel en daarbovenop de eerste keer dat dit stuk van Liszt een opname kreeg. Nadien pas zocht ik iets anders uit. Een doos vol klassieke muziek, op één cassette met kinderliedjes na. Ik slaagde er niet in om een zucht te onderdrukken. Ik wilde niet herinnerd worden aan zijn dochter, niet op het moment dat ik voor even probeerde te geloven dat we elkaar volledig toebehoorden.

'Ik keur niet goed dat Lizzie daarnaar luistert,' zei hij. 'Maar ik keur zoveel dingen niet goed, zoals speelgoed of snoep. Maar dan verlies ik de strijd, zoals elke ouder.' Nu zuchtte ook hij. 'Misschien ben ik al bij al niet zo'n goed mens. Als ik al half zo goed zou zijn als jij me ziet, dan zou ik tevreden zijn.'

Ik zei niets, omdat ik niet goed wist wat te zeggen zonder over zijn vrouw en dochter te beginnen en dat wilde ik niet. Ik koos Schuberts liederen en stak de cassette in de speler. Ik spoelde het bandje tot ik bij het juiste nummer uitkwam. *Sei mir gegrüßt*, zei ik terwijl ik hem een kus op zijn wang gaf.

Hij luisterde zonder zijn blik af te wenden van de auto die voor ons reed. 'De muziek van Schubert op een gedicht van Rückert gezongen door de sopraan Elly Ameling, zeg eens Anna: is dat niet de definitie van objectieve en onbetwistbare schoonheid? Is dat niet even vatbaar voor subjectiviteit als de natuurwetten van Newton?'

Ik kuste nogmaals zijn hand en glimlachte naar hem.

We passeerden ondertussen Hartford en bleven op Route 91 in de richting van New York rijden. Gingen we daarheen? Ik vroeg het niet, maar luisterde naar de liederen en genoot ervan dat Ray naast me zat. Ik had gedacht dat we zoveel meer zouden praten, maar blijkbaar is samen stil kunnen zijn een even kostbaar iets als een goed gesprek. We veranderden naar Route 95 en reden The Bronx binnen. De borden gaven steeds vaker New York City aan.

Ray parkeerde zijn wagen in Midtown Manhattan aan Gramercy Park. 'We zijn er.' Hij draaide zich naar me toe en gaf me voor het eerst een kus die dag. Hij kuste me met toegewijde traagheid en liet zijn tong langzaam met de mijne dansen.

Het was een ongewoon hotel waar we incheckten. 'Dit is geen hotel, Anna. Dit is The National Arts Club. Hier kan je niet zomaar een kamer krijgen. Je moet lid zijn.'

Ik luisterde maar half naar wat hij zei, omdat ik me op weg naar de kamer de ogen uitkeek: een ruimte vol schilderijen, een gang met foto's van New York in de sneeuw, een Steinway in de hoek, al deze harmonische en zelfs huiselijke elementen deden me vergeten dat ik me in het centrum van New York bevond.

'Dit is ons huisje voor de komende dagen, of beter: voor de komende uren. Of alleszins voor hoelang het duren zal.' Ray opende trots de deur van onze kamer. Ik zei niet hoe goed het aanvoelde dat hij over ons huisje, onze kamer sprak. Was er dan werkelijk iets tastbaars in deze wereld dat enkel hem en mij toebehoorde? Misschien waren het alleen maar die enkele uren die in het verschiet lagen, maar voor zolang het duurde, verschafte het me een zeldzame vreugde.

Ik keek rond in de kamer. Het eerste wat ik opmerkte waren de twee eenpersoonsbedden en de grote ruimte – op zijn minst anderhalve meter – ertussen.

'Is dit hoe je wil slapen?' vroeg ik, niet in staat om de lichte teleurstelling in mijn stem te verbergen.

'Niet echt. Ik had gehoopt dat ze me de kamer ernaast zouden geven, zoals de laatste keer.'

'Kom je hier dan vaak?'

'Nee, slechts enkele keren per jaar. Als ik in New York moet zijn om een lezing te geven en de organisatie laat het aan mij over waar ik verblijf dan geniet The National Arts Club altijd mijn voorkeur. Geef toe, het is een bijzondere plek. En we hebben een keukentje daar achter de hoek, dus ik kan vanavond iets voor je klaarmaken.' Terwijl hij het zei, begon hij me uit te kleden; eerst rustig, dan haastig. Het ongeduld kwam van beide kanten en we vreeën op het bed dat het dichtst bij de deur stond met onze nog onaangeroerde tassen ernaast. Zijn blik was recht op de mijne gericht toen hij mijn benen naar voren bracht om mijn kuiten op zijn schouders te leggen.

Hij dankte me en kroop dicht tegen me aan, voor één keer niet met zijn hoofd op mijn buik, maar op mijn borstkas rustend. 'Tomaten, sla en iets van vis moeten we hebben. En olijfolie, want dat is het geheim achter lekker eten.' Hij zei het op zo'n ernstige toon dat ik erom moest lachen. 'Romanticus! Ja, laten we meteen olijfolie halen, want dat kan op een moment als dit echt niet wachten.'

*

We wandelden naar Union Square's Greenmarket en kochten citroen, scampi's, zalm, sla, vleestomaten en vers brood. Meestal liepen we niet hand in hand. Soms stonden we onszelf toe om elkaars hand aan te raken of even in elkaars hand te knijpen als teken van affectie. Wanneer we bediend werden, werden we dat wel als koppel. Eenmaal keek een marktkoopman bedenkelijk, twijfelend of we nu vader en dochter, of minnaars waren. Ik liet mijn hand over Rays rug glijden om er geen misverstand over te laten bestaan. Dit is mijn man en ik ben er trots op met hem te zijn, zei de hand die nonchalant van zijn staartbeentje naar zijn nekwervel gleed. Ray was zich bewust van het spel en onderging het gewillig.

Wanneer ik naar hem keek, zag ik zijn leeftijd niet. Hij kon mijn vader zijn – sterker nog, mijn vader was tien jaar jonger dan hij – en de geleefde jaren waren op zijn gezicht goed leesbaar, maar door zijn manier van bewegen en door zijn postuur maakte hij een veel jongere indruk. Ik vergat zijn leeftijd, zijn rimpels, zijn grijze haren, de huid die overal aan strakheid had ingeboet, het buikje dat met de jaren was ontstaan. Ze waren er wel, ik zag ze en tegelijk zag ik ze niet.

Terwijl we wandelden begon hij een uiteenzetting over wat volgens hem het grootste probleem van moderne architectuur was: een obsessie voor horizontale lijnen. Een mooi gebouw wordt door verticale lijnen gedragen, zo meende hij, en hij wees ondertussen naar enkele gebouwen die we passeerden.

'Als je het niet interessant vindt, dan zeg je het maar en dan hou ik erover op.'

'Hoe kom je daarbij?'

'Niet iedereen vindt dat even fijn. Ze vinden dat ik niet praat, maar doceer.'

'Ze?'

'Ze... Ik wil geen namen...'

'Bedoel je Susan?'

'Onder anderen.'

'Je dochter ook?'

'Ja, Lizzie ook. Ik merk wel dat ze meestal niet geïnteresseerd is wanneer ik over iets begin te vertellen, maar dan laat ik niet merken dat ik het merk. Omdat ik haar niet wil kwetsen, of mezelf niet nog meer.'

'Het is zo gek niet dat een kind van haar leeftijd niet happig is op een uiteenzetting over bouwlijnen of Duitse cultuurgeschiedenis.'

'Dat heb ik nog te horen gekregen. Daardoor ben ik het zelf als een afwijking gaan zien. Een vorm van beroepsmisvorming.'

Het was gewoon hoe en wie hij was: iemand die soms hardop nadacht, zijn gedachten en kennis deelde, niet om te doceren of te beleren, maar eerder om niet alleen met die gedachten te zitten.

'Zijn het niet vreselijke gedrochten, die betonnen torens daar.' Hij wees naar de drie University Village appartementen. 'Deze daar heet 505 LaGuardia Place en die twee zijn de Silver Towers. Daar huizen studenten en professoren die hier lesgeven. Dat zij nog kunnen denken in zo'n gebouw heeft me altijd verbaasd.'

Ik lachte en bekeek de torens. Ze waren inderdaad erg lelijk. 'Vreemd toch dat er mensen zijn die dat mooi vinden.'

'Ik twijfel eraan of iemand het mooi vindt. Zelfs de architecten, James Freed en I.M. Pei, verdenk ik ervan dat ze het zelf niet mooi kunnen vinden, als ze toch tenminste iets van een artistieke ziel in zich dragen. Alhoewel ik ze misschien te veel eer aandoe door die verdenking. Hoe kan iemand die echt weet wat schoonheid is ervan overtuigd zijn dat een piramide van glas het meest compatibele gebouw is bij de daken en gevels van het Palais Royal dat het Louvre herbergt? Heb jij het Louvre al bezocht? Ik heb het gelukkig nog gezien voor dat glazen ding er stond. Dat glazen onding.'

'Vorige zomer met mijn ouders. De piramide is nogal een trekpleister.'

'Dat zal wel, alles wat makkelijk te begrijpen is, trekt massa's aan en wat is er nu moeilijk aan vier vlakken die van één punt naar beneden uitlopen.'

'Het is wel wat imposanter dan hoe je het nu voorstelt en ik denk dat zo'n constructie toch wat verstand vergt. Ze is meer dan twintig meter hoog en dertig meter breed. Ik herinner me de details niet meer vanbuiten maar er is zo'n driehonderd ton metaal voor gebruikt en zeshonderd en nog wat ruitvormige glazen. Die constructie uitwerken alleen al, is best wel knap.'

'Maar vond je de piramide mooi?'

'Mooi, dat niet meteen, maar ik denk wel dat Pei verstand

heeft van architectuur als hij vierhonderdvijftig ton glas en beton weet hoog te houden, dat is alles. Hij is slimmer dan je doet vermoeden.'

'Natuurlijk is hij slim. Dat is het probleem met intelligentie: het gaat niet altijd samen met goede smaak of een goed hart. En de combinatie van slechte smaak en domheid heeft over het algemeen minder kwalijke gevolgen dan de combinatie van intelligentie en slechte smaak. En over smaak gesproken: hier moeten we zijn.'

Ik was zo in het gesprek opgegaan dat ik pas opmerkte dat we voor een wijnwinkel stonden, toen Ray de deur al openzwaaide. 'De Franse wijn is hier goedkoper dan in Frankrijk zelf. Dus nu weet je waar je wijn moet kopen, als je nog eens in New York bent.'

Hij bekeek de flessen die in de koeler stonden opvallend vluchtig en vond meteen wat hij zocht. Bij de flessen rood bleef hij langer staan. 'Zie je dat label? Dat betekent dat het een tweede wijn is.'

'En een tweede wijn is?'

'De grote châteaus hebben meestal een overproductie aan druiven. Maar om de prijs hoog te houden, willen ze helemaal niet meer flessen produceren van hun *grands vins*. Die moeten exclusief blijven. Maar doordat de geoogste druiven die niet in deze dure wijnen worden verwerkt vaak van dezelfde wijngaarden komen en met dezelfde zorg zijn geplukt als deze van hun grote en duurdere broer, hebben de wijnboeren van Bordeaux in de achttiende eeuw het tweede etiket bedacht. Kijk, deze hier: Les Forts de Latour, 1989, Pauillac is zo'n deuxième vin. Waarschijnlijk heeft die gewoon een wat korter vinificatieproces doorlopen dan zijn grote broer, maar het team van verantwoordelijke oenologen is hetzelfde. Topkwaliteit dus voor een fractie van de prijs. *Une bonne affaire*, zoals ze het daar zelf zeggen.'

Met een fles witte en een fles rode wijn stapten we de winkel uit. We wandelden terug in de richting van The National Arts Club. Het gebouw zag er vanbuiten bijna even indrukwekkend uit als vanbinnen. Het was een kleine doolhof waarin Ray met gemak navigeerde. Hij verbleef hier duidelijk niet voor het eerst. Eerst enkele trappen naar beneden, dan door twee of drie kamers vol schilderijen om door een lange gang te stappen die aan het einde naar links draaide in de richting van de liften. De lift was de eerste veilige plaats waar ik hem kon kussen. 'Heb je de tegels bekeken, zijn ze niet bijzonder?'

Ik schoot in de lach. 'Je bent echt wel een romanticus.'

'Het spijt me. Zie je nou dat het beroepsmisvorming is.'

Ik richtte mijn blik naar beneden: 'Nee, het zijn inderdaad echt bijzondere tegels. Weet je wat nog meer bijzonder is?' Ik wachtte niet op een antwoord, maar kuste hem in zijn hals en liet mijn hand over zijn borst naar beneden glijden.

Enkele ogenblikken later lagen we weer op het bed, dat we niet hadden opgemaakt voor we waren vertrokken. Anders dan de vorige keer was het besef tot ons doorgedrongen dat we de liefde konden bedrijven zonder ons genot het gebod van de stilte te moeten opleggen. In ons kreunen en hijgen klonk een van alle bijzaken ontdane en bevrijde lust; het verlangen, de opwinding en het genot putten ons helemaal uit. Dichter kunnen twee lichamen niet bij elkaar zijn.

*

'Zin om voor het eten beneden iets in de bar te gaan drinken? Het is hier te mooi om niet elk hoekje van het gebouw te verkennen.' Hij nam een boek onder de arm, dus ik deed hetzelfde. Ik was *Breathing Lessons* van Anne Tyler aan het lezen. Hij keek naar de kaft van mijn boek terwijl ik tegen de spiegel van de lift leunde en de lift ons naar beneden bracht.

'Vind je dat ze verdiend de Pulizer gewonnen heeft?'

'Wat is terecht een prijs winnen? Winnaars zijn volgens jullie, Amerikanen, toch altijd verdiend, niet? *You can't argue with success.*'

'Het is goed dat eens een vrouw gewonnen heeft. Schrijfsters krijgen veel te weinig erkenning.'

'Dat is zo'n feministische opmerking van je, Ray.'

'Is dat zo?'

'Het zou er toch niet toe mogen doen of het een man of een vrouw is die wint, zolang het boek maar goed is.'

'Mensen hebben rolmodellen nodig, mensen kijken op naar andere mensen, en juist omdat ik geloof dat mannen en vrouwen even goede boeken kunnen schrijven, wil ik dat een vrouw wint. We hebben nog behoefte aan rolmodellen die dát gaan bewijzen.'

'Alsof vrouwen nog iets te bewijzen hebben. Wie dat denkt, bevestigt het stereotype dat ze toch nog een trapje lager staan. En door te zeggen dat je blij bent dat een vrouw wint, herleid je de Pulizer tot een paternalistisch schouderklopje. Een schouderklopje dat vergezeld gaat van de woorden: "Zie je wel dat jullie het ook kunnen." Voor mij doet het geslacht van een schrijver er hoegenaamd niet toe.'

'Je moest eens weten hoeveel mensen er nog van overtuigd zijn dat mannen inderdaad creatiever en intelligenter zijn dan vrouwen. Ik denk dat je de ernst van dat probleem een beetje onderschat. Misschien ben je nog te jong om dat ten volle te begrijpen.'

De deur van de lift ging open. Ik stapte uit en ging verder de gang op zonder op hem te wachten.

Van de balie die zich meteen rechts van de hoofdingang bevond, namen we een kleine trap naar boven. Aan de bar werden we opgehouden door een groepje soldaten, uitgedost in een uniform dat ze enkel droegen bij speciale ceremonies. Er werd een minuut stilte gehouden, de man achter de bar stopte zelfs met het afdrogen van de glazen, ging kaarsrecht staan en legde zijn rechterhand op zijn hart. We maakten plaats voor de ceremonie en hielden tijdens de minuut stilte onze ogen op de soldaten gericht, Ray legde zijn hand ook op zijn hart. Ik niet, al voelde ik me er wel een beetje schuldig om. Ik zou me een emo-toerist hebben gevoeld als ik had meegedaan aan die ceremonie, zeker nu de Golfoorlog voorbij was en de Amerikanen met verse pijn in het hart de tientallen in lijkzakken teruggekeerde soldaten herdachten. Doordat iedereen met een diepe ernst de stilte bleef vasthouden, voelde de ruimte voor even aan als een tempel waar gesneuvelde halfgoden werden aanbeden.

'Twee glazen chablis, alstublieft,' zei Ray tegen de barman, die meteen na de minuut stilte verderging met het drogen van de glazen. Ray keek me aan: 'Ik neem aan dat je ook zin hebt in een glas witte.' Nog voor ik kon zeggen dat ik vanwege de hitte misschien liever eerst een glas spuitwater had, vervolgde hij: 'Is het niet een prachtige traditie, onze Memorial Day? Het zal slecht aflopen met Europa als ze hen die bereid zijn voor haar te sterven niet op handen leert dragen en ze niet deftig haar doden begint te herdenken. De manier waarop je met je doden omgaat, zegt iets over hoe je in het leven staat.'

De barman gaf ons onze glazen. Ik nam een flinke slok, niet al te elegant, vrees ik, maar de dorst en de kleine spanning in de lift deden me naar het glas grijpen. Ik had zoveel wijn in mijn mond dat ik mijn hoofd lichtjes naar achteren bracht om te slikken, waardoor ik het plafond van de bar zag. 'Ray, je moet naar boven kijken!' Hij richtte zijn blik opwaarts.

'Inderdaad, dat Tiffanyplafond is een van de mooiste dingen hier. Is de Club niet een geweldige plek? Die combinatie van roodbruin zandsteen en al die fijne elementen van de victoriaanse gotiek... Hoe komt het toch dat we verleerd zijn om schoonheid te bouwen?'

We gingen aan een tafeltje aan het raam zitten, met onze ruggen tegen de muur, zodat we naar de mooie ruimte voor ons konden kijken. We lazen wat, niet veel, spraken over het nieuws, vooral over de toespraak die Queen Elizabeth II voor het Amerikaanse Congres had gehouden. De politieke macht van koningshuizen in Europa was voor Ray een onbegrijpelijk iets. Hij vond het niet goed voor de democratie. Ik, als Belgische, had daar wel een heel lange, maar weinig effectieve uitleg over.

'Natuurlijk kun je een democratie hebben in een monarchie, maar het feit op zich dat zo'n koningshuis er is, vind ik ondemocratisch,' antwoordde hij. 'Privileges zijn goed, soms zelfs noodzakelijk, maar enkel wanneer je ze verdiend hebt en niet geërfd. Zo doen adellijke privileges afbreuk aan de maatschappelijke en individuele vrijheid; meestal van hen die deze privileges ontzegd zijn, maar misschien soms ook aan hen die ervan genieten. Het doet me trouwens denken aan een vroegere student van me. In het begin van elk semester vraag ik aan al mijn studenten wie ze later willen worden in plaats van wat ze hopen bij te leren. Op basis van die antwoorden stuur ik de lessen wat bij. Een keer heeft een student me sprakeloos gemaakt, toen hij antwoordde: "Vorst van Monaco, ik heb niet zoveel te willen."'

'Heb je lesgegeven aan de prins van Monaco?' vroeg ik verbaasd.

'Nee, niet aan de prins van Monaco, wel aan Albert Grimaldi.'

'Ja, maar dat is toch de prins!'

'Kun je ook praten zonder met je handen te zwaaien? Je gaat zo op in wat je zegt. Je handen lijken wel windmolenwieken.'

Dat legde me even het zwijgen op, ik kon zo moeilijk praten zonder mijn handen te bewegen. Ze vertelden altijd het verhaal mee.

'Normaal heb je niet zoveel last van mijn handen.'

'Nu ook niet,' zei hij op lieve toon. 'Het is niet als kritiek bedoeld, maar als advies. Het is een kunst om een goede redevoering te geven. Handen moeten het spreken kracht bijzetten en niet afleiden, en de jouwe leiden me af.'

'En weet je zeker dat dit te maken heeft met mijn gebrek aan retorisch talent?' Niemand kon ons zien. Ik streelde de binnenkant van zijn rechterbovenbeen.

*

Op de kamer was het snikheet. We hadden alle vensters open laten staan, maar het maakte geen verschil. Het was buiten even warm als binnen en de drukkende stadslucht leek nu ook in de kamer te hangen. Ray begon in de keuken, die zich achter de hoek op weg naar de badkamer bevond, de borden en het bestek uit de kasten te halen.

'We hebben geen behoorlijke eettafel, maar misschien kunnen we die schrijftafel naar het midden schuiven zodat we er aan weerskanten van kunnen zitten?'

Terwijl hij de tomaten en het brood sneed, verschoof ik de tafel en de stoelen. De tafel was zo klein dat onze borden, glazen en het broodmandje er nog net op konden staan, maar de flessen wijn en water moesten we op de vloer zetten.

'Ik denk niet dat er vaak in die keuken gekookt wordt. New Yorkers zijn eters, geen koks. Er zijn amper potten en pannen aanwezig. Nog een geluk dat we een koude schotel hebben.'

Ik keek naar Ray die in de keuken de zalm op onze borden verdeelde en raakte doordrongen van het gevoel dat ik door die schijnbaar banale daad nog meer aan hem gehecht raakte. Het belang van het samen voorbereiden en nuttigen van het avondeten was me nog nooit zo duidelijk geworden. Misschien bracht Jezus om die reden zijn apostelen voor het laatst aan tafel bijeen, om samen het brood te delen. Brood en wijn delen; het grootste kleine geluk. Geen wonder dat de Kerk het elke zondag tijdens de eucharistie herdenkt. Ik moest aan mijn vader denken die zei dat je de religie enkel zal kunnen begrijpen wanneer je lief hebt gehad. 'De godsdienstleraar, je ouders, de priester, iedereen zal het je proberen uit te leggen, maar het is enkel je hart dat je inzicht zal verschaffen.' En tijdens mijn eerste avondmaal met Ray dacht ik het Laatste Avondmaal begrepen te hebben. Ik wilde die gedachte met Ray delen, maar het was moeilijk om over mijn relatie tot God te praten met iemand bij wie ik me zo goddeloos gedroeg.

De avond bracht geen verkoeling. Het was historisch zwoel, de warmste mei sinds het begin van de metingen. *The New York Times* noemde het Balmy May. Na het eten hadden we vanwege de warmte nog zin in een avondwandeling om af te koelen, en om onze eerste avond nog wat langer te rekken. We liepen via Park Avenue, waar het uitzonderlijk druk was voor het uur van de dag, richting Madison Square Park. Daar hoopten we een bankje te vinden, maar alles was bezet zodat we nergens konden verpozen. We passeerden vele daklozen. Ze hadden hun ondergrondse slaapplaats in de metro verlaten omdat het daar ondraaglijk warm was geworden en zochten bovengronds een tijdelijke plek om te slapen. Nadat ik een uitleg kreeg over de in neorenaissancestijl opgetrokken gevel van de Flatiron Building vlak bij het Madison Square Park, besloten we via Broadway terug naar E 20 Street te lopen richting Gramercy Park, waar zich de Club bevond. Ons huis.

We gingen eerst samen in een van de bedden liggen, maar de warmte dreef ons uiteen. 'Vind je het erg als ik naar het andere bed verhuis?' Hij vroeg het weigerachtig, niet zeker of hij wel wilde waar hij om vroeg.

'Je hebt morgen een lezing,' antwoordde ik. 'Ik wil dat je uitgeslapen bent. Het is goed, slaap daar maar.' Ik weet niet of het er uiteindelijk veel toe deed, met zo'n temperatuur was alleen ondiep slapen mogelijk.

Nog voor het gloren van de ochtend kroop hij weer dicht tegen mij aan. Hij was eerder dan ik wakker geworden en nog in mijn halfslaap besefte ik dat hij al een tijdje aan het kijken was hoe ik sliep. Hij maakte me langzaam wakker door traag met zijn handpalm over mijn lichaam van schouder tot teen te strelen. Daarna begon hij mijn voeten te kussen en ging traag via mijn kuiten en dijen naar boven.

Toen zijn hoofd op mijn buik rustte, maakten zijn vingers tekeningen op mijn huid, hij leek iets op mijn lies te schrijven.

'Wat doe je?' vroeg ik terwijl ik met mijn vingers door zijn haren streek.

'Ik ben aan het graveren.' Hij richtte zich op en kwam met zijn gezicht voor het mijne. Hij streelde mijn kaak met de zijne zoals bij onze allereerste kus, toen gaf hij een kus op mijn neus en zei: 'Ik ben jouw lichaam en gelaat in mijn geheugen aan het graveren, of eerder in mijn ziel, zodat ik ze steeds dicht bij mij kan hebben. Er rest ons nog maar weinig tijd.'

'Wil je me dan steeds dicht bij je hebben?'

Hij zei niets, maar kuste nu teder mijn voorhoofd.

'Is een gravure in je ziel maken daarvoor de enige manier?'

Hij antwoordde niet. Hij stond op en ging douchen, maakte thee voor ons beiden en begon te werken. Het was nog geen acht uur 's morgens en hij was al notities aan het maken van wat hij zonet gelezen had. 'Ben je de lezing aan het voorbereiden?'

Na enkele seconden keek hij bedrukt op van zijn papier. Een frons tekende zich af op zijn gelaat.

'Die is klaar,' zei hij. 'Maar ik lees nog wat dingen na, mocht ik na afloop vragen krijgen.'

'Ben je dan zenuwachtig misschien?'

'Altijd.'

'Maar je hebt toch al zo vaak een lezing gegeven over de muziekrevolutie die Beethoven in gang heeft gezet. Niemand in de zaal zal er meer over weten dan jij. Ontspan je. Het zal goed gaan, dat weet ik zeker.'

'Misschien, maar het gaat niet om wat het publiek weet of niet weet. Het gaat over hoe ik mijn kennis overbreng. Juist omdat ik zoveel over het onderwerp weet, heb ik altijd het gevoel dat ik de waarheid tekortdoe in het korte tijdsbestek van een lezing.'

We lazen nog zo'n twee uur. Ik zat op het bed en keek zo nu en dan naar hem, naar hoe hij schreef en las, hoe hij af en toe van zijn boeken opkeek en naar buiten staarde om dat wat hij gelezen had te laten bezinken. Ik zou dagen hebben kunnen kijken naar hoe hij daar zat te werken en een vage jaloezie jegens Susan leefde in me op. Die vrouw wist niet hoeveel geluk ze had met zo'n man. Of misschien wist ze het wel en hield ze evenveel van hem als ik. Maar heb je geluk met een man die je bedriegt? Zou hij mij ook bedriegen, als ik zijn vrouw was? Ik onderdrukte die gedachte omdat die me droevig maakte en ik wilde niet droevig zijn op een moment dat Ray mij toebehoorde.

'Wat is er? Je ziet zo bleek, Anna, voel je je wel goed?' Ray keek me bezorgd aan.

'Het gaat. Of toch niet. Ik voel me wat misselijk. Het is te warm.' Ik ging naar het balkon om vergeefs afkoeling te zoeken. Ray bracht me een glas water, wreef over mijn rug en kuste me in mijn nek. 'Misschien moet je wat proberen te rusten als ik mijn lezing geef. Ik ben binnen een uur of drie terug.'

'Oké.'

Ik dronk het glas water leeg en ging op het bed liggen. Ik sliep ruim anderhalf uur, maar de misselijkheid ging niet helemaal weg. Ik miste Ray, ook al zou hij elk moment terugkomen. Ik raakte door een angst bevangen dat ik na deze dagen in New York niet meer zonder hem zou kunnen. Hij was een deel van mijn DNA geworden, hij zat onder mijn huid en zonder hem leek het of ik zou uitdrogen van verdriet. Nooit had ik me zo afhankelijk gevoeld van iets of iemand. Ik beheerste mijn hart niet, mijn hart beheerste mij. Het maakte me bang en de misselijkheid verhevigde.

Ray klopte zachtjes aan en nog voor ik de deur had geopend probeerde hij met een sleutel zelf binnen te komen.

'Ik durfde niet te hard te kloppen, mocht je nog slapen. Voel je je beter? Je hebt wel al meer kleur.'

Ik gaf hem een stevige knuffel. Rays witte hemd kleefde aan zijn rug.

'Ik ben blij dat je terug bent.' Ik snoof zijn zweetgeur op, een geur die me aangenamer scheen dan eender welke andere.

'Ik ben blij om terug te zijn.' Hij deed zijn das af en trok zijn schoenen uit. 'Eindelijk, met dit weer een das dragen is verstikkend.'

'Ray, wat gebeurt er?'

'Wat bedoel je?'

'Dit tussen ons. Ik weet het niet. Ik voel me niet goed bij de gedachte jouw minnares te zijn. Dat voelt fout, maar dicht bij jou zijn voelt goed. Ik wil dit wel, en tegelijk wil ik dit helemaal niet.'

'Je bent geen minnares. Je bent...' hij zocht naar een woord, maar vond niet meteen iets '... veel belangrijker dan dat.'

'Wat is dit dan dat we hebben?'

'Ik probeer het niet te benoemen.'

'Ik wil dat je het benoemt. Als je het niet kan benoemen, kan je het toch ook niet begrijpen. En wat je niet begrijpt, kan je niet ten volle beminnen.'

'Ik weet het niet. Wat ik wel weet is dat ik niet wil dat het ophoudt. Met elke seconde tikt ons samenzijn weg.'

'Maar wat is de definitie van ons samenzijn?'

'Bij jou heb ik het gevoel dat ik mezelf kan zijn, dat ik niet iets hoef te zijn. Dat is een uitzonderlijk iets.'

'Ik zou het gewoon willen weten... Wat is het, naast uitzonderlijk? Ik zou er woorden voor willen hebben. Een betekenis.'

'Misschien moet je aanvaarden dat er geen categorie bestaat waarin je ons kan onderbrengen. Vraag me niet om een

Linnaeus van de liefde te zijn – dat kan niet. Ik denk niet dat je de liefde kan classificeren als planten.'
'Dus je zou het liefde noemen?'
'Een soort van liefde. Dat is het vast. Waarschijnlijk.'
Er viel een stilte waarin we elkaar wat wezenloos aankeken, alsof we in elkaars woorden en onze eigen gedachten verloren liepen. Ik was er liever niet over begonnen, maar erover zwijgen had ik ook niet gekund. Om het moment te doorbreken, vroeg ik hoe zijn lezing was gegaan.
'Door die hitte was er bijna niemand komen opdagen. Maar het was goed om enkele collega's van de universiteit hier terug te zien.'
De avond verliep gelijkaardig aan de vorige. We aten de overschotten van de vorige dag, maar aten zo weinig vanwege de warmte dat we zelfs restjes van de restjes moesten wegsmijten. Na het eten vroeg Ray aan de balie de sleutel van Gramercy Park. Het was een van de twee privéparken van New York waartoe enkel de bewoners rond het park die een jaarlijkse bijdrage betaalden toegang hadden, alsook de leden van The National Arts Club en nog enkele andere uitverkorenen. Zo waren we ditmaal zeker dat we een bankje hadden om op te zitten. Ray opende de deur van het park met de sleutel die de conciërge aan ons had overhandigd, nadat hij vluchtig de regels van het park met ons had doorgenomen en ons zo het gevoel had gegeven twee kleine kinderen te zijn die iets stouts van plan waren, net op een van de weinige momenten dat we ons voorbeeldig gedroegen.
'Niet eten in het park, geen alcohol, niet op het gras lopen, geen bloemen plukken, de eekhoorns niet voederen en zeker de sleutel niet verliezen. De deur sluit zich achter jullie en je hebt de sleutel nodig om het park te kunnen verlaten. En ja,

op tijd terugkomen. Het park mag in het donker niet gebruikt worden.'

In het park, dat omgeven werd door een smeedijzeren hek, was amper iemand. Bijna twee hectare veilig terrein, afgeschermd van de buitenwereld, waardoor ik voor het eerst Rays hand durfde vast te nemen om hand in hand te lopen, en ook al passeerden we niemand, ik zag dat hij zich een beetje onwennig voelde tijdens die enkele meters dat we zo wandelden.

'Denk je dat iemand je zal zien en herkennen?'

'Nee, dat niet, maar ik heb niet meer hand in hand gelopen sinds mijn zestiende.' Hij zei het verlegen.

'Vind je dat dan iets voor tieners?' Ray gaf daarop geen antwoord, maar zei in plaats daarvan: 'Weet je, iemand zei ooit dat dit park een victoriaanse gentleman is die geweigerd heeft te sterven.'

We gingen op een bankje zitten toen, als een teken uit de hemel, net een oud stelletje hand in hand onze richting uit kwam. We wisselden een begroeting uit en zodra ze ver genoeg waren, zei ik: 'Zo wil ik ook oud worden.'

*

De volgende dag stapten we in de auto. We zeiden geen woord, al hadden we beiden meer te zeggen dan ooit tevoren. Zolang we New York niet uit waren gereden, zetten we zelfs de muziek niet op. Pas toen we weer op Route 91 zaten, verbrak ik de stilte door de cassette weer op te zetten. De auto en de leegte in ons hart – een leegte die was ontstaan door het besef dat de tijd ons had ingehaald – vulden zich met de stem van Ameling.

Zum Trotz der Ferne, die sich feindlich trennend
Hat zwischen mich und dich gestellt;
Dem Neid der Schicksalmächte zum Verdrusse
Sei mir gegrüßt, sei mir geküßt!

Ik voelde dat ik mijn tranen niet lang meer zou kunnen bedwingen en keek naar Ray. Enkele tranen rolden over zijn wangen naar beneden. Stilzwijgend reden we verder, ons uiteengaan tegemoet.

11

Rays Lizzie

'Elisabeth, Eric hier.'

'Ja, dat hoor ik.' Ze zegt het droog.

'Stoor ik? Dan bel ik een andere keer terug.'

'Het is goed. Is het voor de rest van de boeken?'

'Ja, en ook om te vragen of alles goed met je gaat.'

'Voor iemand die onlangs haar vader heeft verloren, gaat het goed.' Er volgt een korte maar ongemakkelijke stilte, dan herpakt ze zich en vraagt ze vriendelijker: 'En de boeken, wanneer zou je er om willen komen?'

'Zeg maar.'

'Maakt niet veel uit, je kan elk moment komen.'

Ze kijkt de kamer rond en ziet overal rommel liggen. Een maand heeft ze de stofzuiger niet gebruikt. Overal liggen stofplukjes op de lichtbruine parketvloer. Het zwarte, zachte tapijt in de zithoek waarvan die plukjes afkomstig zijn, is een vreselijke miskoop. Soms heeft ze de indruk dat het ding leeft; een beest in de rui. Iedere keer dat ze stofzuigt, zit de plastic stofbak in een mum van tijd vol met zwarte haren, maar het tapijt lijkt er niet kaler door te worden. Het genereert onophoudelijk stof en Elisabeth kan zich voorstellen dat het een thuis is voor talloze microscopische beestjes. Binnenkort moet ze het beslist weggooien.

Niet dat het er veel toe doet wat Eric van haar denkt, indien hij zou zien hoe ze leeft. Van haar slordigheid heeft ze nooit een geheim gemaakt. Toch vindt ze dat ze tegenover Eric iets hoog te houden heeft door de vriendschap die hij met haar vader had, alsof haar vader nog door de ogen van Eric zou kunnen zien dat ze nog niets aan haar levensstijl heeft veranderd.

'Of nee, vandaag niet. Vandaag kan ik niet.' Een halve dag zou nooit volstaan om haar huis op orde te krijgen.

'Morgen dan?'

'Misschien. Weet je, ik breng ze toch liever zelf naar je toe.'

'Dat is ook goed, maar ik hoopte je te helpen door ze te komen oppikken. De dozen waren nogal zwaar.'

'Het zal wel gaan. Maar laten we pas na Thanksgiving afspreken. Dat is altijd zo'n drukke tijd voor me.'

De commercialisering van die dag van gedwongen dankbaarheid met bijhorend feest lijkt met het jaar steeds vroeger te komen, waardoor de mensen elk jaar ook steeds vroeger om een gesprek bij Elisabeth komen aankloppen. Het is een dag die niet uitnodigt, maar beveelt om samen aan tafel te zitten en dankbaar te zijn voor al het goede dat het afgelopen jaar met zich heeft meegebracht. Die imperatief en het potentaat van het plezier dat die dag van oost naar west over heel het land regeert, zouden ondraaglijk zijn, mocht de wrange smaak ervan niet weggemoffeld worden met die van kalkoen, zoete aardappelpuree, veenbessen en pompoentaart. Voor wie dat laatste niet heeft en alleen is, zo weet Elisabeth, is het een dag waarop de eenzaamheid piekt.

Niet de echte eenlingen, maar vooral zij die ooit een volle tafel hebben gekend, hebben het dan het moeilijkst. Verdriet gaat niet op vakantie, en op die feestdagen hoort ze haar patiënten veelal weemoedig herinneringen ophalen uit hun kindertijd: wie er aan tafel zat, wat er gegeten werd en soms zelfs wie wat aan tafel zei en hoe erop gereageerd werd, de uitslag van het obligate en om een of andere reden memorabel partijtje voetbal. Zelfs de familieleden die uitblonken in het maken van eerder vervelende dan onschuldige opmerkingen over andermans gewicht, vrijgezellenstatus of oude, nog steeds niet vervangen auto worden gemist. Het verdriet is niet in weemoed maar in wanhoop gedrenkt. Ze huilen uit over een pas overleden familielid en hoe Thanksgiving nooit meer hetzelfde kan zijn. Ze willen weten hoe ze weer gelukkig kunnen worden na de leegte, terwijl ze niet in die mogelijkheid geloven. Hoe kan je weer het gevoel van een volle tafel hebben wanneer je niet anders dan aan een voorgoed lege stoel kan denken? Kan je gelukkig zijn voor anderen aan tafel en wat moet je doen om het feest niet door het verdriet te laten overschaduwen? Het kan niet en dus wijzen ze elke uitnodiging af. Elisabeth luistert en geeft raad die ze zelf nooit volgt.

De smaak die Elisabeth associeert met Thanksgiving is vooral die van tranen, de zoute treurnis om wat tussen de vingers is geglipt. Toen ze met haar praktijk was begonnen, besloot ze samen met haar moeder om Thanksgiving niet meer te vieren. Ze zouden wel kalkoen met veenbessen eten op elke willekeurige donderdag wanneer ze er zin in hadden.

*

Elisabeth sleept zich naar de boeken die als tot stilzwijgen veroordeelde wijzen in dozen gestapeld liggen om ze naar haar wagen te dragen. Ze heeft de achterbank neergeklapt en krijgt daardoor meer dozen in de wagen dan de vorige keer. Er lijkt even geen einde aan te komen, tot het einde in zicht is. Terwijl ze de laatste dozen naar de wagen draagt, vraagt ze zich af wat anderen in haar vader zagen dat ze zelf nooit te zien heeft gekregen? Hij was een goede leraar, dat heeft ze vaak gehoord. Ze heeft zelf nooit les van hem gehad, althans niet in een klas of aula. Godzijdank! Ze hield het amper uit tijdens zijn exposés bij het eten. Hij vond altijd wel iets om uit te leggen en er nodeloos lang over uit te weiden. Waar de aardappelen oorspronkelijk vandaan kwamen: een geschiedenis van ontdekkingsreizigers van Peru tot en met de aardappel op haar bord. Het leven van een ster: een geschiedenis van moleculaire stofdeeltjes en gaswolken tot rode reuzen, witte dwergen en zwarte gaten. En als je iets over kunst vroeg – of niet vroeg – kon je evengoed een kopje thee zetten en er gemakkelijk bij gaan zitten, want een kwartier later was hij nog niet klaar.

Een tijd lang heeft ze geprobeerd om geduldig te luisteren naar haar vaders geïmproviseerde colleges die zich ontsponnen terwijl ze met haar hoofd boven haar bord soep hing, of wanneer ze naar buiten keek als ze met de auto ergens heen reden. Ze liet hem altijd praten, hem onderbreken had geen zin, dan verfijnde hij zijn argument en duurde het alleen maar langer. Pas later, toen ze het gevoel kreeg dat zijn exposés zich tegen haar keerden en een excuus voor opvoedkundig advies waren, begon ze hem het zwijgen op te leggen.

Zeker in haar tienerjaren. Ze was veertien en kwam nog om de twee weken bij haar vader logeren. In zijn kleine huis had ze geen eigen kamer en was ze genoodzaakt om in de woonkamer naar haar muziek te luisteren. Wanneer haar vader zich in zijn werkkamer terugtrok en uit haar gezichtsveld verdween, durfde ze het volume van haar discman enkele decibellen hoger te zetten om vervolgens te dansen. Ze wist dat hij door zijn zelfopgelegde discipline zijn werkkamer voor minstens een uur niet zou verlaten. Tot hij dat een keertje toch deed. Elisabeth had hem niet horen aankomen. Wie weet stond hij al tien minuten zijn, in de woonkamer en met gesloten ogen rondspringende, dochter te bekijken. Toen ze hem opmerkte, schrok ze alsof ze betrapt was. Ze zou zich minder schamen, mocht hij haar per ongeluk naakt hebben gezien.

'Heeft een mens geen recht op privacy!' schreeuwde ze. 'Ik mag toch wel even dansen?'

'Ik doe toch niets,' antwoordde Ray.

'Ik ken je wel. Je zegt misschien niets, maar met je ogen onderwerp je me aan een kruisverhoor. Je kijkt alsof je me betrapt hebt op het roken van een sigaret, terwijl ik hier gewoon wat dans.'

'Dansen doe je enkel met iemand, niet in je eentje of naast iemand. En zet die muziek wat zachter, anders verruïneer je je gehoor nog. Ik kan het hier zelfs horen.' Hij beval het haar zonder enige boosheid in zijn stem, maar toch nog met een, door zijn dochters dansstijl veroorzaakte, afkeurende blik.

'Dat is niet waar! Zo wordt er wel gedanst nu.'

'Dat is geen dansen. Dat is naast elkaar je eigen ding doen zonder met elkaar rekening te houden. Bij het dansen treed je als het ware in een dialoog met de ander.'

'Je bent misschien een belezen man, maar toch wel heel

wereldvreemd. Iedereen danst nu zo. Naast elkaar of recht tegenover elkaar', en ze probeerde hem de kamer uit te jagen, waarna ze boos op een stoel ging zitten.

Nog voor hij zich weer in zijn werkkamer terugtrok, ondernam hij een poging om de waarde van de ware dans te duiden: 'Neem nu iets als de Schotse reidans bijvoorbeeld. Dat zouden ze jullie moeten leren op school. Geen wonder dat jongeren tegenwoordig niet zo goed met waarden kunnen omgaan. Tijdens de dans leer je elkaar te benaderen: oogcontact dat gevolgd wordt door fysiek contact, maar altijd ingebed in wederzijds respect voor elkaar en elkaars ruimte. Zoals het bij elke gesofisticeerde omgang in het dagelijks leven zou moeten zijn. Met de teloorgang van de dans staat onze eigen moraliteit op het spel.'

De link tussen dans en moraliteit vond Elisabeth te verregaand en abstract. 'Vind je me dan minder moreel, een minder goed mens omdat ik wat voor de spiegel of in mijn eentje sta te springen, is dat het? Of denk je dat een goede danser geen koelbloedige moordenaar kan zijn?'

'Dat heb ik niet gezegd', en hij wist dat ze niets van zijn uiteenzetting had begrepen. 'Ik bedoel...'

Elisabeth viel hem in de rede.

'Ik wil niet weten wat je bedoelt. Het is nooit goed wat ik doe. Hou nu op met mij te onderwijzen. Ik ben geen student van jou. En trek misschien zelf een kilt aan dan, als je zo'n verheven mens wilt zijn.'

Ze kan zich niet voorstellen dat mensen daar warm van werden – dat onophoudelijke onderwijzen. Toch herinnert ze zich dat ze niet aan haar vaders zijde door het kleine stadscentrum kon wandelen zonder een student van hem tegen het lijf te lopen. Die studenten begroetten hem in de regel met een van sympathie stralend gezicht en uit de kleine conversaties die ze soms voerden, kon Elisabeth afleiden dat de studenten haar vader hoog hadden zitten. Ze konden hun waardering en bewondering moeilijk verbergen – in die mate zelfs, dat Elisabeth zich afvroeg of het niet enigszins geveinsd was in de hoop goede cijfers te behalen. Als kind vond ze het aanvankelijk wel leuk wanneer haar vader door een student aangesproken werd, maar langzamerhand ergerde het haar steeds meer. Zeker nadat hij was weggegaan.

Op de passagiersstoel, waar ze de laatste doos op wil zetten, ligt nog het stapeltje brieven dat Eric haar gegeven had. Ze neemt ze mee naar binnen en kijkt er vluchtig naar, zonder ze te openen. De grote envelop heeft een stempel uit Leuven en op de postzegel staat België – Belgique te lezen. 'Leuven, inderdaad, zijn collega's daar, misschien moet ik die ook nog laten weten dat hij dood is.' Ze smijt de enveloppen terug op elkaar en verlaat het huis.

*

In het centrum van Amherst lijken alle studenten tegelijk hun kamers te hebben verlaten. Met honderden staan ze op straat. Elisabeth rijdt stapvoets achter hen aan tot ze op exact dezelfde plaats parkeert voor Converse Hall als vorige keer. Ze stapt uit en kijkt naar boven naar Erics raam, maar ziet hem deze keer niet zwaaien. Het was dan ook al begin december en te koud om vensters nodeloos te openen. Ze neemt haar telefoon om hem te laten weten dat ze er is, maar nog voor de beltoon is overgegaan, verrast Eric haar door plots naast haar te staan en haar een kus op de wang te geven.

'Sorry voor de vertraging. Ik stond met mijn wagen vast achter een grote groep studenten die *Black Lives Matter* en *No Justice No Peace* scandeerden.'

'Het geeft niet. Je zal net achter de optocht verzeild zijn geraakt. 's Middags vertrokken ze vanaf Regional High, voor Michael Brown. De Ferguson-affaire leeft hier echt. Zelfs in mijn lessen hebben we het erover gehad, terwijl mijn lessen Italiaanse schilderkunst evenveel met politiek te maken hebben als ijsberen met pinguïns. Maar ja, we protesteren bij het minste of geringste. Dissidentie is een onderdeel van de Amerikaanse geest. Vanaf het zeventiende-eeuwse puritanisme tot de burgerrechtenbeweging en de anti-Vietnambeweging van de vorige eeuw en de Occupy Movement en de Tea Party van vandaag: zij die tegen de schenen van de gevestigde orde schoppen en tegen hun tijdsgeest ingaan hebben altijd een even grote inbreng gehad in het schrijven van onze geschiedenis als die gevestigde orde en tijdsgeesten zelf.'

Heel even heeft Elisabeth de indruk dat haar vader aan het woord is, en een uiteenzetting is begonnen waar ze niet om heeft gevraagd.

'Is dat niet een beetje overal zo?' Ze zegt het veeleer ongeïnteresseerd en zeker niet met de bedoeling om het gesprek aan te wakkeren.

'Ik denk het niet. Onze geschiedenis is er een van protest. Dat ligt aan onze liefde voor vrijheid. Waar vrijheid van spreken en denken regeert, kunnen mensen hun meningen makkelijker uiten en zijn dissidente meningen luider hoorbaar dan elders.'

'Misschien hebben we gewoon ook veel om tegen te protesteren. Het verbaast me niet, al die commotie nu. Twaalf keer schieten op een ongewapend kind.'

'Brown was toch al achttien jaar.'

'Een kind dus... Een man wordt pas na zijn twintigste volwassen. Als hij al volwassen wordt. Mocht ik student zijn, dan stond ik op de eerste rij *Black Lives Matter* te roepen.'

'Elk leven doet ertoe, dat zeker, maar wie gerechtigheid wil, kan en zal geen vrede hebben. Gerechtigheid vergt immers onophoudelijke strijd. *No Fight No Justice* is een slogan die veel meer steek houdt dan *No Justice No Peace*. We moeten protesteren en in opstand komen tegen het gebrek aan gerechtigheid. En het is een hele lange weg die daarheen voert. Een hobbelige kronkelweg, geen rechte lijn. *De boog van het morele universum is lang, maar buigt naar gerechtigheid.* Dat zei Martin Luther King ooit.'

'Begin jij ook al je woorden met citaten te doorspekken?' Elisabeth zegt het met milde spot.

'Ik ben altijd een goede leerling geweest.' Eric antwoordt met enige trots.

'Maar zei King dat niet juist in zijn afkeer van geweld en vechten, van de Vietnamoorlog. Hij was toch een pacifist?'

'Ach, pacifisme. Pacifisme is het voorrecht van mensen die over problemen mogen nadenken zonder ze te hoeven oplossen. In de praktijk is pacifisme moreel onhoudbaar.' Eric pakt ondertussen een doos op en verandert daarbij van onderwerp: 'Trouwens, ik heb een verrassing voor je.'

'Voor mij, wat dan?' Elisabeth houdt niet van verrassingen.

'Bernard komt straks! Hij moest voor zijn werk een paar dagen in Boston zijn en is daardoor eindelijk weer eens in de buurt. Eigenlijk zou hij me morgen pas komen opzoeken, maar hij is nu al onderweg. Hij was blijkbaar sneller klaar met zijn werk. Zo kan je hem ook leren kennen.'

Ze zetten de eerste dozen in de lift en beginnen zoals enkele dagen voordien het heen en weer geloop met dozen van auto naar lift. 'Het zijn meer dozen deze keer, niet?'

'Klopt. We zullen alles niet in één keer naar boven krijgen.'

Eric en Elisabeth stapelen in de lift zes dozen op elkaar, halen de lift op de derde verdieping weer leeg en gaan terug naar beneden om hetzelfde proces te herhalen: van de auto naar de lift, van de lift naar Erics kantoor. Eric raakt zichtbaar uitgeput door de inspanning.

'Door het zeulen met die dozen besef ik pas ten volle hoeveel boeken hij eigenlijk had,' zegt hij terwijl hij zich uitrekt. 'En dan zijn het nog stuk voor stuk goede boeken.'

'Het was een van de weinige dingen waar hij zonder gewetensbezwaar veel geld aan kon uitgeven; aan boeken en tickets voor het Boston Symfonisch Orkest.'

'En wijn, niet te vergeten,' voegt Eric er meteen aan toe. 'Al denk ik niet dat hij dat zelf als luxe zag, eerder als levensbehoefte. Zuurstof voor de ziel.'

Die laatste woorden klinken Elisabeth vertrouwd in de oren. Voor zover ze zich kon herinneren kreeg ze op feestdagen die om een geschenk vroegen, van haar vader altijd een boek; jaar na jaar, zelfs wanneer ze uitdrukkelijk vroeg om iets anders dan een boek. Als kind durfde ze, nadat ze het inpakpapier van haar cadeau had verwijderd, haar ongenoegen openlijk te uiten en teleurgesteld te vragen waarom zij niet het speelgoed kreeg dat haar vriendinnen in de klas wel kregen.

'Mama koopt leukere cadeautjes.'

'Speelgoed maakt jullie sloom, terwijl een boek de geest verkwikt. Het is zuurstof voor de ziel.' Hij meende dat mensen hun geluk in de verkeerde dingen zoeken, in dat wat snelle afleiding verschaft, terwijl geluk juist ligt in wat onze aandacht verscherpt en ons tot de kern van het bestaan brengt.

Omdat vertier snel vervluchtigt, zoeken we er steeds vaker en steeds meer van op en worden we er steeds minder gelukkig van.

'Ach Lizzie, we genieten ons droef. We hebben zoveel dat we in al die overdaad niet meer kunnen zien wat echt van waarde is en wat we echt nodig hebben. Leer het kleine en het weinige waarderen. Soberheid is een bekwaamheid en een morele deugd die mensen in staat stelt om gelukkig te zijn.'

Dat, of iets van die strekking, zei hij wanneer Elisabeth andermaal beweerde niet de juiste kleren te hebben en te verlangen naar nieuwe juweeltjes en jurkjes, of wanneer ze de koelkast opende en mopperde dat er weer niets te eten was. 'Dat ik geen kant-en-klaarmaaltijden of snoep koop, betekent nog niet dat we niets hebben. Er is genoeg in huis om een week lang smakelijk te eten.' Niet veel later bracht hij haar een sneetje brood met daarop wat boter, en dunne plakjes tomaat met wat zout erop. 'Hier, kijk eens wat een festijn.' Hij zei het even enthousiast als ernstig.

*

'Ik neem de trap wel, ga jij alvast maar.' Terwijl Eric dat zegt, voelt hij hoe iemand achter hem is komen staan en een hand op zijn schouder legt. Hij draait zich om.

'Bernie!'

Ze omhelzen elkaar hartelijk. Elisabeth, die tussen de dozen in de lift staat en zich moeilijk kan bewegen, bekijkt de elkaar omhelzende mannen. Bernard, die een kop groter dan Eric is, straalt een vanzelfsprekende keurigheid uit. Hij zit strak maar ongedwongen in een donkergrijs maatpak: geen das, de kraag van zijn zwarte hemd niet dichtgeknoopt, de schoenen gepoetst zonder al te veel te blinken, een jeugdig kapsel zonder geforceerd aan te doen, alsof zijn haar niet gekamd is, maar door er enkele keren met de hand over te strijken goed zit.

Elisabeth strekt van tussen de dozen haar hand uit om hem te begroeten. 'Dit is Elisabeth, Rays Lizzie,' zegt Eric.

Rays Lizzie? Zo werd er dus over mij gesproken, denkt ze. Ze glimlacht aarzelend, want met de naam Lizzie wordt ze niet vaak meer aangesproken. Bernard schudt haar de hand en laat de lift dan naar boven vertrekken, nadat hij hoffelijk op de liftknop drukt en haar met een brede glimlach uitzwaait met de woorden: 'Tot zo.'

Boven aangekomen, laat Bernard geen moment van stilte vallen.

'Je lijkt op hem.' Omdat Elisabeth fronst, vervolgt hij meteen: 'In de beste betekenis van het woord. Zo'n doordachte blik in jullie ogen.'

'Dat is een compliment, neem ik aan?'

'Natuurlijk is dat een compliment. Je kon aan de blik in zijn ogen al zien dat je met een buitengewoon iemand te maken had. En jouw vader was toch echt een ongewone man.' Hij kijkt naar Eric: 'Hij heeft echt heel veel voor me gedaan. Misschien weet je dat wel.' Terwijl hij dat zegt, lijkt het alsof zijn naakte ziel in zijn ogen te zien is en Bernard diep in zichzelf laat kijken. De stilte die volgt wordt verjaagd met het heen en weer lopen tussen de lift en Erics kantoor en het zeulen van dozen. Wanneer dat gedaan is, komt Eric op het idee om Elisabeth mee uit eten te vragen. Eric en Bernard hebben al een tafel gereserveerd in Paradise of India. Hij zal bellen om er een reservering voor drie van te maken. 'Dan kunnen we nog wat herinneringen ophalen. Ik heb het gevoel dat we jouw vader onrecht aandoen als we over hem praten zonder er een goed glas wijn bij te drinken.'

Elisabeths onvermogen om nee te zeggen speelt weer op. Ze stemt in. De hele autorit naar huis, versnipperd in zichzelf, vraagt ze zich af waarom.

12

Alles of niets

Door maanden ver van huis te wonen, afgesneden van familie en vrienden, dacht ik te weten wat het was om iemand te missen; tot ik van Ray afscheid had genomen na New York. De uren daarna leek ik een kater in nuchtere toestand te hebben. Ik nam drie slaappillen, maar bleef klaarwakker. Ik at, maar bleef honger hebben. Ik at niet en voelde me voldaan. Ik dronk omdat Julia me een glas water bracht, ik ging vooruit omdat ik mijn voeten een voor een beval een stap te zetten, maar wat ik ook deed, mijn lichaam en hoofd waren elders. De warmte en de misselijkheid bleven aanhouden.

'Zullen we een klein feestje organiseren vrijdag voor je vertrek?'

'Wiens vertrek?'

'Jouw vertrek naar België, dagdromer! Misschien moeten we eens nadenken waar we dat het best organiseren.'

'Is het dan zo'n feest dat ik wegga?' Ik vroeg het somber.

'Maar nee, zoetje, we gaan vieren dat we je hebben mogen leren kennen. En we gaan toosten op de vriendschap die zelfs de afstand niet verbreken zal!' Julia kwam naast me staan en sloeg een arm om me heen. Ik kreeg het moeilijk om aan het afscheid te denken. Hoe zou ik zonder Ray verder moeten gaan? Julia zag de bedruktheid in mijn ogen en op het moment dat ze me wou loslaten, gaf ze me nog een knuffel.

'Niet droevig zijn, zoetje. Bernard en ik gaan er voor jou iets moois van maken, en de volgende zomer zal ik je misschien al komen opzoeken in Europa. Dan maken we een rondreis van Parijs naar Berlijn. En misschien kunnen we onderweg ook nog Rome meepikken. Alles ligt daar toch dicht bij elkaar.'

'Niet voor ons. En ik zal ook zeker nog terugkomen, misschien zelfs nog voor het begin van het nieuwe jaar.' Julia was ontroerd.

Het volstond niet meer dat Ray en ik elkaar drie keer per week zagen. De ingrediënten van ons samenzijn waren nog steeds dezelfde, maar de smaak ervan was veranderd. Na ons onafgebroken samenzijn in New York was alles anders: het spreken, het zwijgen, het bij elkaar zijn en vooral het van elkaar verwijderd zijn. We praatten maar zelden over het nakende afscheid, al restten ons nog slechts drie volle weken. Hij zei wel dat hij een professor had aangeschreven in Leuven in de hoop op een samenwerking. Dat zou hem de kans geven om op zijn minst een keer of twee per jaar naar België te komen voor het werk. We zouden elkaar terugzien, dat was zowel voor hem als voor mij een uitgemaakte zaak. Maar zulke vooruitzichten maakten me meer droevig dan blij, omdat ze het einde van het heden al ingecalculeerd hadden.

Het vrijen was anders geworden: zonder haast, al was er ook geen getreuzel. Onze lichamen kenden elkaar vanbuiten.

Ik wist waar elke moedervlek op zijn huid lag, ik wist precies hoe elk plekje op zijn lichaam rook en smaakte, en welke druk mijn vingertoppen of tong moesten uitoefenen om hem nog meer genot te verschaffen. Als we dicht bij elkaar waren, was zijn lichaam een uitloper van het mijne. En omgekeerd; ook zijn handen en lippen leken over een gelijkaardige kennis te beschikken. Het vrijen was een thuiskomen in elkaars lichaam.

Soms probeerde ik vooruit te denken over hoe onze laatste keer zou zijn, meer nog dan over wat het laatste zou zijn dat we tegen elkaar zouden zeggen. Zouden we het traag en toegewijd doen, waarbij we nogmaals elkaars lichaam centimeter voor centimeter zouden verkennen? Of zou er na zo'n keer toch nog een snelle, haast ruwe keer volgen, om uitdrukking te geven aan ons ongeloof en woede over wat ons onvermijdelijk ontglipte? De tragische schoonheid waarover we vaak spraken in de context van de dichtkunst, zouden we die niet voor het laatst zelf belichamen door onze kleren maar half en bruusk uit te trekken om nog dat beetje lichaam van elkaar op te eisen?

De tijd heeft nooit een antwoord op die vragen mogen geven.

*

Ik deed mijn slipje aan en bukte me om de rest van mijn kleren op te rapen. Het werd even zwart voor mijn ogen. Het duurde maar een fractie van een seconde, maar Ray, die zijn hemd zorgvuldig aan het dichtknopen was, merkte dat ik me onwel voelde. 'Je wordt weer zo bleek, gaat het?'

'Het gaat, maar die warmte is vreselijk. Hoe houden jullie dat vol, een hele zomer lang? Die aanhoudende misselijkheid is uitputtend. Gisteren moest ik er bijna van overgeven.'

'Je bent toch zeker dat het door de warmte komt?'

'Waardoor anders?'

Hij zei niets, maar observeerde mijn gezicht aandachtig.

'Ray, het gaat. Het is geen ochtendmisselijkheid, als je dat bedoelt. Ik voel me meestal alleen wat slechter naar de avond toe.'

Hij knikte en vroeg me of ik al gegeten had. Ik at enkele druiven, meer kreeg ik niet op. Zijn vraag had een zekere onrust in me veroorzaakt. Ik was ervan overtuigd dat de misselijkheid met de hitte te maken had. Julia klaagde er ook over. Maar waarom werd het dan erger naar de avond toe, wanneer het kwik zakte en er weer genoeg zuurstof in de lucht was om comfortabeler te ademen?

*

Bernard had zijn terugkeer naar Californië met twee weken uitgesteld – hij wilde niet weggaan zolang ik er nog was. We zagen elkaar bijna iedere dag. Hij nam me enkele keren mee naar een pub om naar de NBA-finales te kijken. Hij was een fervent supporter van de LA Lakers en de wedstrijden tegen de Bulls waren al historisch nog voor ze gespeeld waren, zo verzekerde hij me.

Veel volk zat er niet in de pub. Na de officiële proclamaties was het stadje weer in hoog tempo leeggelopen. De studenten gingen naar huis en de professoren zochten andere oorden op om hun zomermaanden door te brengen. Na mijn terugkeer uit New York overheerste in Amherst dezelfde rust als bij mijn aankomst in augustus. Ook Julia was al naar huis teruggekeerd, maar ze woonde op slechts anderhalf uur rijden van de universiteitscampus en dus reed ze nog enkele keren met de wagen van haar ouders naar de pioniersvallei.

'Vandaag neem ik jullie mee naar de mooiste boekwinkel van Massachusetts,' zei ze vrolijk tegen Bernard en mij. 'Dat ik er niet eerder aan gedacht heb om jullie die te laten zien. Het is een oude molen, verbouwd tot een tweedehandsboekwinkel.'

Bernard verheugde zich op de uitstap, maar ik kon amper enig enthousiasme opbrengen, omdat ik met mijn gedachten nog steeds bij het gesprek met Ray zat. Onderweg naar Montague ontging me grotendeels wat Julia en Bernard te vertellen hadden. Ik zat op de achterbank. Julia wilde dat Bernard naast haar zat en de kaart bij de hand had, mocht ze verkeerd rijden. Ze had enkel vertrouwen in mannen als het op oriëntatie en kaartlezen aankwam. Wanneer zij en haar moeder er alleen op uit trokken, reden ze altijd verkeerd.

Julia parkeerde de wagen op een tiental meter van de Bookmill, waarvan het dak zich op dezelfde hoogte als de wagen bevond. We moesten een steile weg naar beneden nemen om de ingang te bereiken van de winkel die aan de Sawmill River lag. De vele loof- en naaldbomen zorgden voor schaduw en welkome verkoeling op een warme dag als deze. De winkel bestond uit verschillende kleine en grote ruimtes die in elkaar overgingen, allemaal gevuld met houten boekenkasten en kleine hoekjes met zetels, stoelen en tafeltjes waar je even kon verpozen. Ik zette me in een eenpersoonszetel voor een van de open ramen en bleef naar de rustig voortkabbelende rivier staren en luisteren. Julia en Bernard gingen elk hun eigen weg. Het stromende water en de late namiddagzon die erop weerkaatste waren zo mooi dat ik geen zin had om op te staan en te kijken naar boeken waarvoor ik toch geen plaats had in mijn koffer. En ik voelde me al behoorlijk moe.

'Gaat het, zoetje?' Julia kwam met drie boeken die ze had uitgekozen naast me zitten om ze aan me te tonen. Ik antwoordde niet, maar strekte mijn hand uit naar de boeken en zei, na ze in één oogopslag beoordeeld te hebben, dat ze een uitstekende keuze had gemaakt, al zou ik geen van de door haar gekozen boeken willen lezen.

Niet veel later kwam ook Bernard met een stapel boeken aandraven, onder andere twee delen van een driedelige biografie van Robert Frost. Het derde deel hadden ze helaas niet. Nadat Bernard en Julia hun boeken betaald hadden, gingen we op het terras zitten om samen naar de rivier te kijken. Bernard kon het niet laten om door zijn boeken te bladeren. Julia vertelde over haar plannen voor een rondreis door Europa die ze volgende zomer samen met mij wilde maken.

'Maar tussendoor gaan we schrijven. Tegenwoordig gaan brieven zo snel heen en weer.'

Bernard keek op van zijn boek. 'Ja, maar niet snel genoeg. Ik ga je wekelijks schrijven. Beloofd. En na volgend jaar zal alles anders zijn. Dan ben ik afgestudeerd. Dan ligt heel de wereld voor me open en kan ik gaan en staan waar ik wil.' De hoop waarmee Bernard die woorden uitsprak, maakte me sprakeloos. Op dat moment haalde Julia haar wegwerpcamera tevoorschijn.

'Deze was ik bijna vergeten! *Cheese.*'

Ze maakte allerlei foto's van Bernard en mij, vroeg vervolgens aan Bernard om foto's van mij met Julia te nemen en met nog vijf foto's op het rolletje over vroeg ze aan de eigenaar van de winkel, waarin nu geen klanten meer waren, om foto's van ons drieën te maken.

'Zodra ik ze heb laten ontwikkelen, stuur ik je de mooiste foto's. Maar je zal je adres nog eens moeten geven. Ik weet niet meer waar ik het opgeschreven heb.'

'Bedankt, Julia.'

Het lag misschien aan het geluid van het kabbelende water of de aangename koelte die daaruit opsteeg, maar ik had geen last van de avondmisselijkheid. Die stak pas op wanneer ik alleen was en in bed lag. Julia had eerst Bernard afgezet. Ze kwam nog even binnen in de kamer die we negen maanden lang hadden gedeeld, maar dan reed ze door naar huis omdat ze ervan hield om 's nachts over de lege wegen te rijden met het volume van de autoradio helemaal opengedraaid.

Ik kon de slaap niet vatten. Niet enkel mijn lichaam maar vooral mijn verstand ervoer de intensiteit van die sluimerende misselijkheid. De vraag 'Wat als?' was mijn hoofd binnengeslopen en geen enkele rationalisering of relativering kon de onrust die deze twee woorden teweegbrachten, wegnemen of verzachten. Ik lag op het bed, maar had het gevoel dat ik op een matras van oneindige golven deinde.

*

Die nacht had ik een nachtmerrie waarbij ik als een steen om Rays nek hing. Mijn gewicht sleurde hem het diepe water in. Opeens was ik geen steen meer, maar bevond ik me onder water naast hem, kijkend hoe hij een uitweg zocht. Een baby met een brede glimlach kwam tussen ons in zwemmen. De baby was van ons, we wisten het meteen. Ik moest snel iets doen, Ray begon door een gebrek aan zuurstof te spartelen en ondertussen moest ik ook de baby grijpen zodat die niet in het donkere water zou verdwijnen. Ik dacht eraan hoe Rays leven eruit zou zien, als we eenmaal weer naar boven waren gezwommen. Ik mocht hem niet laten verdrinken. Maar wat moest ik met die vreemde baby? Een jonge vrouw met een kind, daar is niets bijzonders aan. Maar wat met Ray? Hoe zou hij eruitzien, de kinderwagen voortduwend? Hij was al een vijftiger toen hij vader van Lizzie werd, en sommige collega's hadden daarin al een reden gevonden om hem het leven moeilijk te maken. Deze keer zou het nog erger zijn: nog een jongere vrouw en nog veel ouder om vader te worden. De baby bleef maar naar me glimlachen.

Ik ontwaakte en opende de zwangerschapstest die ik gisteren onderweg naar mijn kamer had gekocht. Mijn gedachten waren er niet in geslaagd om die twee woorden – wat als? – uit mijn hoofd te verdrijven; een simpele test zou dat wel doen. De bijsluiter zei dat ochtendurine het meest accurate resultaat opleverde. Het was bijna ochtend.

*

Mijn gezicht had rode plekken en mijn onuitgeslapen ogen waren gezwollen. Toch wilde ik naar Converse Hall lopen. De parking links van het gebouw was bijna leeg, maar zijn auto stond er al. Met zware benen liep ik naar de derde verdieping. Ik klopte aan op zijn deur. Komaan, het is dringend, dacht ik. Ray verwachtte me niet en begaf zich traag naar de deur. 'Wat scheelt er? Kom gauw binnen.'

Zodra hij de deur achter ons gesloten had, drukte ik me dicht tegen hem aan en begon te huilen. Ik krulde in zijn armen als een klein kind. Hij hield me vast, eerst zonder iets te vragen en zonder iets te zeggen. Daarna probeerde hij me zachtjes van zich los te maken. Hij hief mijn kin op, kuste mijn beide ogen en vroeg opnieuw: 'Wat scheelt er, mijn liefste?'

'Je weet het al.' De tranen rolden over mijn wangen naar beneden. 'Jij wist het al.'

Hij drukte me nog steviger tegen zich aan: 'Alles komt goed. Alles komt goed.'

'Hoe dan?'

Ray antwoordde niets.

'Wat gaan we doen? Ik moet binnen een week terug naar België.'

'Sorry dat ik je dat moet vragen, maar toch, ik moet, ben je zeker dat...'

'Je hoeft niets te vragen en je zin niet af te maken. Ik weet wat je denkt en het antwoord op jouw vraag is ja. Denk je nu echt dat ik nog met Bernard kon slapen nadat ik met jou was begonnen? Ik kon het niet meer. Ik heb het je nooit gezegd, omdat je Susan had en misschien dat ik het niet erg vond dat jij leed onder Bernard, omdat ik leed onder Susan. Ik weet het, het is dom. Maar ik wou niet de enige zijn die soms wegkwijnt in jaloezie. Maar ik kon niet met Bernard slapen, dan zou ik het gevoel hebben dat ik je bedroog.'

'Waarom heb je dat niet eerder gezegd?' Ray keek bedroefd. 'Het doet er waarschijnlijk niet veel meer toe, maar ik heb met Susan ook niet...' Hij maakte zijn zin niet af.

Terwijl hij me nog in zijn armen hield, begeleidde hij me naar de eenpersoonszetel in de hoek. Zelf ging hij achter zijn bureau zitten.

'Ben je er echt zeker van?' vroeg hij vervolgens. 'Het is niet zo vreemd dat je wat vaker moe bent en misselijk. Er komt ook veel op je af.' Hij zei het niet verwijtend, maar wel enigszins verontrust. Het besef was doorgedrongen dat de kaarten opeens heel anders geschud lagen en dat hij aan de beurt was.

Ik drukte hem de predictor in de hand. 'Hier, twee ondubbelzinnige streepjes, zie je? Dit kan niet anders geïnterpreteerd worden.'

'Wat is het?'

'Ray, het is een zwangerschapstest. Heb je dat dan nog nooit gezien?'

'Nee, niet echt. Toen Susan...' Hij maakte zijn zin niet af, maar begon na een tijdje een nieuwe: 'Lizzie zou dus...' Hij leek de capaciteit om in volzinnen te spreken te zijn verloren. De ingehouden spanning viel van zijn gezicht te lezen.

We hadden niet vaak over mijn terugkeer naar België gepraat. Het bracht ons allebei te zeer in een sombere stemming en omdat onze momenten samen al schaars waren, wilden we die niet verspillen aan de voorbereiding op een afscheid dat in galop onze richting uit kwam en dat ons vroeg of laat toch in de maag zou stompen.

Eén keer maar hadden we het onderwerp aangehaald. Toen begon Ray me een oude droom te vertellen, die hij als tiener had gedroomd, maar die hem tot op vandaag nog richting gaf.

'Ik droomde dat ik aan het fietsen was op een plaats die ik niet kende, maar waar het aangenaam was. Het was rustig, het fietspad was breed, geen wolkje aan de lucht, de zon scheen helder, maar niet te fel, de vogeltjes floten, en ik fietste en fietste verder en genoot van de geur van het versgemaaide gras en het briesje op mijn gezicht. Opeens begon het fietspad te versmallen, het werd bewolkt, de zachte wind werd koud en schuurde langs mijn armen en benen. Rondom me vergleed de wereld in duisternis. Het leek of ik op een muur aan het fietsen was, met aan beide kanten een afgrond. De muur was zo smal dat ik me moest concentreren op de weg voor me, maar toen hoorde ik iets: het was een andere fietser die recht op mij af reed. Ik probeerde te remmen, maar het lukte niet en dus kwamen we met de seconde dichter bij elkaar. Het zweet brak me uit en op het moment dat ik dacht dat we gingen crashen, sloeg de andere fietser af. Er was plots een pad opgedoken dat ik niet had gezien, omdat ik zo in paniek was geraakt. En nadat de andere fietser weg was, herstelde alles zich. Het fietspad werd weer breder, de zon verdreef de donkere wolken en alles was goed.'

Aan die droom verbond hij een uitleg, dat we moesten wachten tot ik terug in België was. We zouden brieven schrijven, dat om te beginnen, en dan zien hoe het leven zonder elkaar is. Zouden we gebukt gaan onder het gewicht van de oceaan die ons scheidde? Hij nam mijn beide handen in de zijne en zei: 'Je bent nog erg jong, je denkt nu misschien dat ik iemand ben zonder wie je niet zal kunnen leven, maar je zal zien dat je op een dag anders zal denken. Je zal terugkijken op die periode hier in Amherst en je zelfs afvragen wat je in zo'n oude vent als mij hebt gezien. Je zal nog minstens vijfmaal verliefd worden, trouwen, kinderen krijgen, wie weet zelfs verschillende minnaars hebben. Als jij aan de top van de wereld staat, rij ik oud en seniel in mijn rolstoel door de gangen van het rusthuis en komt een verpleegster me verschonen, omdat ik misschien niet eens meer zindelijk zal zijn. En als me nog af en toe heldere momenten gegund zijn, zal ik de herinnering aan ons samenzijn koesteren. Jij hebt nog een heel leven voor je, Anna, het mijne is zo goed als geleefd.'

Ik herinnerde Ray aan dat gesprek. 'Je zal een beslissing moeten nemen. Je kan je niet meer verbergen achter ons leeftijdsverschil en een praatje dat ik nog een lang leven zonder jou in het verschiet heb in Europa. Dat we brieven gaan schrijven en zo. Ik draag jouw kind en het groeit in me elke seconde die jij nadenkt.'

'Hoelang ben je al zwanger, een maand?'
'Wil je dat ik het weghaal misschien?'
'Zeg zoiets toch niet. Ik vroeg alleen maar hoelang je al zwanger bent.'
'Een maand, denk ik.' Ik begon op mijn vingers te tellen, juni, juli, augustus, september, oktober... tot ik de negende vinger bereikt had. 'Het kind zou in februari moeten komen, denk ik, of misschien zelfs iets vroeger. Ik weet het ook niet zeker. Ik ben nog niet naar een gynaecoloog geweest.'

'Februari...' Hij steunde met zijn elleboog op de armleuning van zijn stoel en raakte met zijn lippen zijn knokkels aan. Zo zat hij zeker twee minuten als een marmeren standbeeld voor zich uit te staren.

'Ray.' Ik haalde hem uit zijn verstarring. 'Het kind groeit in me, ons kind... Brieven schrijven, afwachten hoe we ons zullen voelen zonder elkaar, het is allemaal geen optie meer. Tegen het moment dat ik je terugschrijf, begint mijn buik vast zichtbaar te worden. Wat zeg ik dan tegen mijn omgeving? De vader van het kind is aan het nadenken of hij me wel of niet genoeg mist om met me verder te willen?'

Ray nam zijn bril af en wreef met vlakke linkerhand over zijn linkerwang. Vervolgens gleed de hand over zijn voorhoofd, alsof hij de rimpels en zorgen wilde gladstrijken. De vergeefsheid droop van het gebaar, waarna de vingertoppen samenkwamen tussen de wenkbrauwen en Ray met duim en middelvinger over zijn wenkbrauwen streek. Toen pas vond hij woorden.

'Ik weet het, we moeten een beslissing nemen. Maar het leeftijdsverschil baart me zorgen.'

'Denk je dat het beter is dat ik het laat weghalen?'

'Anna, dat zeg ik toch helemaal niet en ik wil ook niet dat

jij zulke dingen zegt. Ik zeg gewoon dat ik bijna veertig jaar ouder ben. Dat is een feit en daar moeten we rekening mee houden. Zowel voor jou als voor het kind. Ik ben bijna drieënzestig, als het kind tien is ben ik drieënzeventig, als het kind twintig is, mocht ik nog leven en dus de gemiddelde levensverwachting van een man overschrijden, dan zou ik drieëntachtig zijn. We moeten over die cijfers niet romantisch doen, want ze gaan jouw leven drastisch beïnvloeden.'

'Wat stel je dan voor dat er gebeurt? Ik ga terug naar België, ik houd het kind, en ik wacht op een teken en brieven van jou. Ondertussen leef je hier je onschuldige Amherstleventje verder alsof er niets is gebeurd tot de dag dat ik beval en dan stuur je zo nu en dan een brief, geld en wat speelgoed dat je afkeurt op naar het kind dat ik in mijn eentje opvoed. Of we houden het kind en voeden het samen op. Of... of ik ga terug naar België en laat het kind weghalen.'

'Zeg dat niet.'

'Waarom niet? We moeten alle scenario's afgaan. Zie je nog een andere optie dan?'

'Laat me even nadenken. Ik...'

Ik onderbrak hem. 'We hebben geen tijd om na te denken. Over een week vertrekt mijn vliegtuig naar Brussel. Ik begrijp dat dit te veel voor je is, maar je moet ook begrijpen dat ik een keuze moet maken. Je kan me tegenhouden, dan blijf ik. Zo niet, dan ga ik terug en laat ik het kind weghalen. Om later van dat leven dat zogezegd voor me in het verschiet ligt te kunnen genieten.'

'Anna...'

'Geen ge-Anna. Ik zou je tijd geven, mocht ik zelf meer tijd hebben, echt waar, maar die is er niet. Een week is niet lang, maar ook niet bijzonder kort. Ik zal op je wachten op de porch van de Evergreens om vier uur 's middags. Kom je, dan blijf ik. Kom je niet, dan sluit ik jou en de hele affaire af. In België laat ik het kind weghalen en dan hoef je ook geen brieven meer te schrijven.'

'Alles of niets. Ik kan in zulke termen niet helder nadenken, Anna.'

'Dat is jammer voor je. Dan kan je op de belangrijke momenten in het leven nooit helder nadenken, want dat zijn altijd alles-of-nietsmomenten. Misschien moet je Jankélévitch toch maar eens grondig lezen en je vooringenomenheid over Franse filosofen van je afschudden. Je leeft je leven of je weigert te leven, er is geen tussenweg. Je kan niet half geleefd hebben. Wie halfslachtig leeft, leeft niet. Weet je, het doet er eigenlijk niet toe wat je zegt. In dit geval is het alles of niets. Ik kan niet half, of bij benadering, de jouwe zijn en de moeder van jouw kind. Het is alles of niets, Raymond Vernon. Alles of niets.' Voor het eerst sprak ik zijn naam volledig uit.

*

De dagen die volgden hoorde ik niets van Ray en ging ik ook niet meer bij hem langs. Ik begreep wel dat hij tijd nodig had om alles te laten bezinken. Weggaan bij zijn vrouw zou een grote verandering met zich meebrengen, de schaamte om te scheiden, en dan nog voor een veel jongere vrouw, de schaamte omdat je een andere vrouw hebt zwanger gemaakt. Het leven zou niet makkelijk voor hem zijn. Maar ons kind had recht op een gezin en een vader, net zozeer als Lizzie. Van waar had ik het recht om een gezin uit elkaar te halen, om er een voor mezelf te stichten? Ik voelde me schuldig tegenover Susan en Lizzie, maar tegelijk hoopte ik al op hun vergiffenis, tenslotte was het enige wat ik deed van Ray houden en wie zou dat beter kunnen begrijpen dan zij twee? Vreemd genoeg moet een mens die vergiffenis wil – het moeilijkste wat er te geven is en waarschijnlijk de altruïstische daad bij uitstek – rekenen op juist hen wie hij het leven zo moeilijk heeft gemaakt door zijn eigen egoïstische motieven.

Het ultimatum was gesteld en baarde me zoveel zorgen dat ik amper kon eten, al had ik constant honger. Het ongeboren kind had al veel te verduren en ik voelde me toen al een slechte moeder. Ik moest iets omhanden hebben om niet kapot te gaan aan het piekeren. De tijd verstreek er niet sneller mee. Ik hield me bezig met het leegruimen van mijn studentenkamer. Met één koffer was ik gekomen, vier zou ik nodig hebben om terug te gaan, mocht ik alles willen meenemen wat ik gedurende de laatste maanden verzameld had. Wat ik niet naar Europa kon meenemen en in goede staat was schonk ik aan Julia's kerkgemeenschap, die net een inzamelingsactie was begonnen. Wat niet in goede staat was, gooide ik weg. Gek wat een mens bijhoudt en denkt nodig te hebben, maar in werkelijkheid gebruikte ik niet eens een kwart van alles wat ik bezat. Ik haalde mijn grote, bestofte koffer vanonder het bed en was vastbesloten om het bij die ene koffer te houden. Zelfs indien ik het vliegtuig zaterdag niet nam en een nieuw hoofdstuk met Ray begon, zou er geen plaats zijn voor mijn studentenspullen. Ik zou binnen enkele maanden moeder worden, want wat Ray ook zou beslissen en wat ik ook had beweerd, ik zou het kind, dat bijna tastbaar stukje Ray dat ik in me droeg, niet kunnen laten weghalen.

Mijn koffer was gepakt en klaar om twee wegen in te slaan: de ene met Ray, de andere naar België. Het zou allemaal goedkomen. Misschien had Ray twee weken geleden zijn leven nog gewoon zonder mij kunnen voortzetten, zich richtend op het hoger doel: het gezin dat hij al had. Nu leek het me ondenkbaar. Ons kind... Met die wroeging zou hij niet kunnen leven.

*

Ik kwam zeker vijftien minuten te vroeg aan. Op de porch van de Evergreens zocht ik beschutting voor de onverwachte regen. Ik plaatste mijn koffer tegen de gevel en ging ernaast zitten. Met opgetrokken knieën keek ik voor me uit naar de tuin en The Homestead, het huis waarin Emily Dickinson vele jaren geleden volhardde in haar kluizenaarsbestaan. De regenvlaag leek alles rondom te verlevendigen: het groen van het gras, de geuren die opstegen van de warme natte aarde, het ruisen van de wind en de regen in de bomen.

Door de bui waarvan de hevigheid voortdurend opflakkerde en dan weer afzwakte was het rustig in de stad. Er passeerden amper wagens door Main Street. Mijn handen trilden door het vooruitzicht hem te zien naderen. Ik wist dat hij zou komen. Om niet voortdurend op mijn horloge te kijken hoe laat het was, begon ik een boek te lezen, al kon ik me er totaal niet op concentreren en herhaalde ik steeds dezelfde passage als een mantra. Het was vier uur, ik probeerde niet te vaak van mijn boek op te kijken. Ik wilde dat hij me al lezend zou aantreffen, dan zou ik het boek kunnen wegleggen en in zijn armen lopen. Vijf over vier. Ik keek op en keerde terug naar het boek. Tien over vier. Ik keek weer op en vond dat hij er al mocht zijn. Kwart over vier. Ik keek meer rond dan nog in mijn boek. Twintig over vier. Waar bleef hij nou? Halfvijf. Ik smeet het boek dicht. Kwart voor vijf. Ik kon mijn tranen niet meer bedwingen. Vijf uur. De tranen rolden vrijelijk over mijn wangen. Halfzes. Ik was gebroken.

's Avonds zou er een afscheidsfeestje voor me georganiseerd worden door Bernard en Julia. Ik had me voorgesteld dat ik daarnaartoe zou gaan, met het idee dat ik eerst mijn koffer bij Ray zou achterlaten en dat ik hun nog niet ging zeggen waarom, maar wel dat de plannen gewijzigd waren en dat ik langer in de vs bleef. Daar kon ik niet meer naartoe. Ik moest nu al weg, er was geen plaats meer voor me in Amherst. De heuvels rond de vallei leken langs alle kanten op me af te komen en me te versmachten. Ik rende naar de halte aan South Pleasant Street zodat ik op tijd in Springfield zou zijn om de laatste bus naar New York te halen. Bij de bushalte, doorweekt en overstuur, smeekte ik de chauffeur of ik met mijn ticket dat eigenlijk pas voor de volgende dag geldig was, vandaag al mocht reizen. Hij pruttelde wat tegen, zelfs toen ik zei dat ik net het vreselijke nieuws had vernomen dat mijn moeder op sterven lag en dat ik vandaag nog in New York moest zijn.

'Heb je zelf kinderen, Lesley?' Zijn voornaam was op een embleem met het logo van Peter Pan Bus op zijn linkerborst gespeld. Hij antwoordde niet, maar aan zijn mondhoeken kon ik zien dat het wel zo was.

'Hoe zou jij je voelen, als een van hen geen afscheid van je had kunnen nemen, omdat een buschauffeur zich aan de regeltjes wilde houden...'

'Oké, oké. Stap maar in. Ik leg het straks aan mijn collega in Springfield wel uit.'

De bus vertrok. Twee uur geleden dacht ik nog aan het begin van een mooi avontuur te staan, nu reed ik de afgrond van de eenzaamheid in. Toch zou ik liever op de luchthaven op mijn koffer slapen en een hele dag in een terminal doorbrengen dan nog een minuut langer in Amherst te blijven.

13

De eerste tranen

Elisabeth maakt zich klaar om te vertrekken naar het restaurant waar Bernard en Eric haar over anderhalf uur verwachten. De zijrits van het jurkje dat ze past kan nauwelijks dicht. Als dat toch gelukt is, herinnert de stof die vooral aan de onderbuik te strak spant haar eraan dat ze de laatste weken te vaak haar toevlucht in ongezonde snacks heeft gezocht. Ze kleedt zich om, maar moet plat op het bed gaan liggen en haar buik intrekken om de broek te kunnen dichtknopen. Daarna trekt ze een loshangende, zwart met beige gestreepte trui aan, een alledaags model dat door de fijne afwerking aan de kraag toch net mooi genoeg is voor minder alledaagse gelegenheden. De trui komt tot halverwege haar bovenbenen; in het ergste geval kan ze haar broek na het eten dus weer even losknopen.

De telefoon rinkelt; het is haar moeder die belt. Ze neemt niet op, ook al had ze beloofd om de komende dagen altijd op te nemen. Maar ze weet dat ze niet zou kunnen liegen, en de waarheid vertellen zou haar moeder meer overstuur maken dan de telefoon onbeantwoord laten. Wat moest ze zeggen? Ik ga eten met Rays vrienden? De hele autorit, terug naar Amherst, vraagt ze zich nog steeds af waarom.

Ze laat haar wagen achter op de parking van de kleuterschool die in een bijgebouw van de First Congregational Church is gehuisvest en waar ze zelf als kleuter had gezeten. De grote, houten speelboot van weleer staat nog steeds op het speelplein. Ze herinnert zich nog hoe ze op de boot klauterde en zich aan het stuur een piraat waande.

Her en der liggen kleine hoopjes sneeuw die niet gesmolten zijn. De eerste winterprik werd gevolgd door enkele warmere dagen, maar nu vriest het weer onafgebroken. De nacht kraakt van de kou, de dag kan zich nauwelijks warmen aan de zwakke zon. Elisabeth wandelt Churchill Street uit en haar tred stokt even ter hoogte van het hoekpand waar de politie haar hoofdbureau heeft. Op een honderdtal passen van het restaurant bedenkt ze dat het nog niet te laat is om weer huiswaarts te keren.

Ze komt op tijd aan, maar de mannen zitten al aan een kleine ronde tafel op haar te wachten. Nadat de wijn is ingeschonken, heft Bernard zijn glas op: 'Op jouw vader, Elisabeth, op de beste professor ooit en op een uitzonderlijke vriend.'

Ze heffen allemaal het glas en drinken. Eric voegt nog 'Amen' aan de eerste slok toe. Verscheidene samosa's worden met puri op tafel gezet. Elisabeths onwennigheid en de vraag wat ze hier eigenlijk doet, verdwijnen samen met het voorgerecht. De mannen stellen haar op haar gemak door over hun kinderen te vertellen en naar haar werk te vragen. Geen van hen vraagt haar uit over haar vader, waarvoor ze aanvankelijk toch een beetje bevreesd was. Bernard schenkt de glazen weer vol waarmee hij te kennen geeft dat hij het woord zal nemen om het gesprek een nieuwe richting uit te sturen.

'Zonder jouw vader,' zegt hij, 'zou ik nooit afgestudeerd zijn. Hij is de reden dat ik niet opgegeven heb. Toen ik in het derde jaar zat, ontmoette ik een meisje. Anna. Ze was uitzonderlijk intelligent. Soms noemden we haar al lachend de vrouwelijke Vernon, omdat ze me qua persoonlijkheid zo aan je vader deed denken. We waren even samen, maar ook niet helemaal. Ze wou zich niet echt binden, omdat ze maar voor een jaar in Amherst verbleef. Ze was een uitwisselingsstudente uit België, zie je.'

'Uit Leuven?'

'Euh, ja, ken je het verhaal dan? Heeft Ray er ooit iets over verteld?'

'Nee, maar ik ben met mijn vader ooit in Leuven geweest. Het is de enige plaats die ik er ken... op Brussel, Brugge en Antwerpen na. Hij ging er bijna jaarlijks heen, als ik me niet vergis. Ze hebben daar toch een prestigieuze universiteit? Ik denk dat hij daar verschillende collega's had met wie hij samenwerkte aan een tijdschrift.'

Elisabeth denkt aan de envelop die thuis nog op de keukentafel ligt. Het spijt haar dat ze Bernard heeft onderbroken. Ze wil haar eigen herinneringen aan Leuven niet bovenhalen, laat staan ze met anderen delen.

'Maar je zei dat je niet afgestudeerd zou zijn zonder hem.'

'Hoewel we niet echt samen waren, lag ze me echt heel na aan het hart. En toen ze...'

Bernard haalt diep adem en ademt vervolgens weer traag uit.

'Het is al meer dan twintig jaar geleden, misschien al vijfentwintig, en ik vind het nog moeilijk om erover te praten. Ik denk dat niemand mij meer gekwetst heeft dan zij.'

Hij neemt een slok wijn.

'Ik denk soms dat zij de vrouw van mijn leven was.' Met de duim en middelvinger van zijn rechterhand begint hij de gouden ring, die een halve maat te groot lijkt, rond zijn linkerringvinger traag rond te draaien.

'Ik weet het. Het lijkt vast vreemd om zoiets te zeggen, nu ik ook gelukkig getrouwd ben. Maar de wegen die we niet genomen hebben, ook daarop kunnen we verdwalen. Anna en ik, ik dacht dat we iets hadden. Ze is weggegaan zonder afscheid te nemen. Ze vond het niet eens de moeite.'

'Waarom denk je dat ze de vrouw van je leven was?'

Elisabeth voelt dat de psycholoog het in haar overneemt. Ze is altijd geïntrigeerd als mensen spreken over de liefde van hun leven. Dan vraagt ze wat ze daarmee bedoelen, en later ook waarop die overtuiging gebaseerd is, in de hoop zelf iets van waarheid in de illusie van de ware liefde te ontsluieren. Meestal krijgt ze als antwoord dat het een gevoel is. 'Als het er is, dan weet je het,' zeggen ze dan. 'Een epifanie, een openbaring die je volledig in de war brengt en die je toch volledig begrijpt.' Is het dan een weten of een voelen? Elisabeth vraagt meestal door, want ze wil echt weten of ware liefde een wetenschap of een gevoel is. Maar wie dat bijzondere gevoel heeft meegemaakt, geeft zijn geheimen zelden prijs. Vaak krijgt ze een antwoord in dezelfde trant: 'Je weet dat je het voelt en je voelt dat je het weet.' En iets dergelijks lijkt nu ook Bernard te willen zeggen.

'Ik wist het eigenlijk meteen, vanaf het moment dat ik haar rug zag terwijl ze met iemand anders stond te praten. Toen wist ik het al, zij is het. Zij is voor mij bestemd. Niet dat ik daarin geloof: dat mensen een vooraf bepaald doel in het leven hebben. Ik ben niet gemaakt om in determinisme te geloven.'

Eric, die net een slok van zijn glas neemt, lacht er kort en wat onhandig om. Een druppel wijn op zijn onderlip die over zijn kin naar beneden dreigt te glijden, veegt hij met zijn duim net op tijd weg. 'Niet gemaakt om in determinisme te geloven,' herhaalt hij. Hij kent Bernard al zo lang dat hij in die gelaagde woorden vlot Bernards soms wat atypische gevoel voor humor leest.

'Ach, de details doen er niet meer toe,' vervolgt Bernard. 'Toen ze wegging, was ik er helemaal kapot van. Zonder jouw vader had ik mijn studies opgegeven. Een hele zomer, en het grootste deel van het eerste semester dat volgde... Ik liep verloren in mezelf. Ik wilde niets meer. Ik wilde weg. Ik wilde niet meer sporten. Ik wilde niemand meer zien, niemand van mijn vroegere vrienden in Californië, en terug in Amherst ook ons groepje niet waarmee we altijd bijeenkwamen.'

'In die periode zette Ray de bijeenkomsten van de Exiles zelfs op pauze,' vulde Eric aan. 'Ik denk dat hij niet bijeen wou komen zonder jou erbij, Bernard. Ik denk dat hij je daarmee wou zeggen dat we je niet konden missen. Dat jij de verbindende schakel in ons groepje was. Als je mensen er weer bovenop wilt krijgen, moet je ze het gevoel geven dat ze belangrijk zijn voor anderen. Dat anderen op hen rekenen. Dat is toch zo, Lizzie?'

Het gebeurde wel vaker dat mensen de hele wereld als een praktijkruimte zagen en Elisabeth om bevestiging vroegen wanneer ze zelf met een theorie op de proppen kwamen die het psychische leed uit de wereld zou moeten helpen. Dat Eric dat nu doet, brengt haar niet van slag. Wel hoe hij haar aanspreekt.

'Jouw vader heeft me er echt voor behoed dat ik de stekker uit mijn studies trok,' vervolgt Bernard. 'En van alle ellende die daaruit zou volgen. Hij zei me dat een gebroken hart het verstand niet mag breken en maande me aan om te blijven studeren. Speel vooral veel muziek, dat was zijn belangrijkste advies. Geef niet toe aan de verlokking om alles te vergooien. Eerst nam ik mijn trompet met tegenzin weer vast. Maar langzaam putte ik er troost uit. Elke keer dat ik speelde, blies ik een stukje van mijn treurnis weg. Maar het heeft lang geduurd en vele uren muziek gevergd.'

'En hij ging zelf door een scheiding in die maanden,' voegt Eric er nog aan toe.

Elisabeth heeft moeite om een gedachte te verbijten: hij was er blijkbaar voor anderen, toen hij er niet meer voor ons wilde zijn.

Geen van de twee mannen aan tafel merkt Elisabeths gekwetstheid op, en Bernard vertelt zijn verhaal verder.

'Ja, het was voor hem ook geen makkelijke tijd. En toch was hij er voor mij. Misschien juist omdat het geen makkelijke tijd voor hem was. Hij was erg meelevend. Eenmaal heeft hij – en dat heb ik nog nooit aan iemand verteld – met mij meegehuild toen ik mijn gebroken hart bij hem kwam luchten, nadat ik begrepen had dat al mijn pogingen om te achterhalen hoe ik Anna zou kunnen terugvinden vergeefs waren. Dat mijn tranen de zijne werden, daar zal ik hem altijd dankbaar voor blijven.'

Eric en Bernard halen nog vele anekdotes boven over Elisabeths vader en vooral Eric, die goed is in het nabootsen van Rays intonatie, geniet zichtbaar van het vertellen. De belangrijkste les, zo vertelt Eric, die hij van Ray leerde, was een les in vriendschap. 'In moeilijke tijden leer je je vrienden kennen, horen we vaak. Maar het omgekeerde is waar: niet in tijden van problemen, maar in tijden van succes leer je je echte vrienden kennen. Ray had me daarvoor gewaarschuwd, toen mijn tweede boek een bestseller werd. Nu ja, een bestseller naar academische normen. Toen zijn inderdaad veel maskers afgevallen; jaloezie, mensen van wie je dacht dat ze het goed met je voorhadden, die je plots het succes niet gunnen... Hij had gelijk: mensen willen dat je het goed doet in het leven, zolang je het niet beter doet dan zij.'

Ook Elisabeth geniet van de verhalen die opgedist worden, maar alleen omdat ze vergeet dat ze over haar vader gaan. Geestig, grappig, zelfs zingend, zo kende ze hem niet. Die kans heeft ze nooit gekregen. Of nooit genomen. Met dat besef doen de verhalen die haar aan tafel in het restaurant nog hebben doen glimlachen, haar thuis luid snikken. De eerste tranen om haar vader.

*

Terug thuis scheurt ze de envelop uit Leuven open. Leuven. Ze was zestien. Het was hun eerste vader-dochtervakantie en ook hun laatste. Elisabeth moest voor die reis schriftelijke toestemming krijgen van haar moeder om als minderjarige met haar vader naar Europa te mogen reizen. Ray wilde het al eerder doen, in de eerste zomer na de scheiding al, maar Susan hield haar dochter altijd tegen, ook al beloofde Ray elke dag vanuit Europa te bellen. Maar toen Elisabeth zestien was, en al veel mondiger, gaf Susan onder druk van haar dochter toe.

Ze gingen veertien dagen naar België en zouden vier steden bezoeken, al werd het hoofdzakelijk Leuven. Ray was zo in zichzelf gekeerd toen hij er door de straten liep, meer voorovergebogen dan Elisabeth gewoon was, en met een vreemde blik in de ogen: afwezig en tegelijk scherp naar iets speurend. Het leek of hij niet van hun vakantie genoot.

'Gaat het? Je bent zo somber.'

'Ik ben niet somber, ik ben aan het denken.'

'Je denkt altijd, ik heb je nog nooit niet zien denken. Je zegt nauwelijks wat.'

'Misschien omdat ik weinig te zeggen heb.'

'Je hebt altijd iets te zeggen. We waren nog niet uit Amherst vertrokken en ik wist al dat ze hier drie officiële talen hebben, zes parlementen en een koningshuis.'

'Je luistert dan toch als ik je dingen vertel. Vind je het mooi hier?'

'Ja, alles is hier zo anders dan bij ons. Vooral de huizen en de straten, maar ook de winkels. En straks gaan we even die winkelstraat in, dat heb je beloofd.' Lizzie wees met haar vinger in de richting van de Bondgenotenlaan.

'Ja, misschien.' Ray dronk zijn koffie verder en zonder naar haar op te kijken, gaf hij het speculaaskoekje aan zijn dochter.

'Ben jij hier wel graag met mij? Ik begrijp het niet. Je vraagt mama al jaren of je me mag meenemen naar hier en nu we hier zijn, ben je zo afwezig. Waarom wou je hier eigenlijk naartoe?'

'Omdat ik het gevoel heb dat een deel van me, dat ik jaren geleden verloren ben, hier aanwezig is en misschien hoopte ik het te vinden. Ik weet het niet.' Lizzie begreep niet wat haar vader zei, maar dat was ze gewend, dus dronk zij haar cola verder.

'Zullen we nu naar die winkels gaan die je zo graag wilt bezoeken? Ik zou niet willen dat je denkt dat ik hier niet graag met jou ben.'

De post is nog het enige waar Elisabeth door moet om klaar te zijn met de nasleep van haar vaders dood. Ze bedenkt dat ze misschien een lijstje moet maken met de namen van mensen die ze nog over zijn dood moet informeren, of danken voor de condoleances. In de dikke envelop zit geen brochure met in het komende academiejaar te verschijnen boeken, en evenmin tien exemplaren van een of ander artikel dat hij geschreven had. De envelop bevat twee kleine enveloppen en een met twee nietjes bijeengehouden bundeltje papier. De enveloppen zijn genummerd – op de ene staat een omcirkelde één geschreven, op de andere een drie. Op het eerste, blanco vel papier van de bundel prijkt een twee.

Elisabeth opent de eerste envelop met een vuil keukenmes. Het is een handgeschreven brief.

14

Laatste woorden

Liefste Raymond,

Ik weet niet of je deze woorden zal lezen, maar dat mag me er niet van weerhouden om ze neer te schrijven. Ik weet niet hoeveel tijd me nog rest, maar ook dat houdt me niet tegen. Integendeel, ik put kracht uit het gebrek aan tijd. Nee, kracht is een te groot woord voor de toestand waarin mijn lichaam zich bevindt. Mijn pen hijgt moeizaam deze woorden uit.

Ik weet niet precies waarom ik je schrijf. Of misschien weet ik het wel. Deze woorden zijn het laatste wat ik je nog geven kan, of het laatste wat ik mezelf nog geven kan. Ik weet dat het restjes zijn, restjes van afgebroken zinnen en onvoltooide gedachten, maar ze zijn me dierbaar.

Ik ben niet meer in staat om een coherent verhaal te vertellen. Het is niet makkelijk om dit te zeggen op een manier die de waarheid verzacht. Toen ik het aan mijn ouders vertelde, probeerde ik duidelijk te maken dat ik er vrede mee heb. Ik gaf er zelfs een vrolijke noot aan en zei dat ze me weldra zouden volgen. Ze konden er niet om lachen. Ik had beter moeten weten; sommige pijn is niet te verzachten. Dus nu kan ik het beter meteen zeggen: ik ben ongeneeslijk ziek.

'Je zal niet meer genezen, maar je hebt nog wat tijd.' Toen de dokter dat vier maanden geleden tegen me zei, stortte mijn wereld niet in. Ik wist dat de ziekte zou terugkeren. Misschien omdat ik al gewend was om te leven tussen de ruïnes van mijn zijn. Van de liefde kan je ook niet genezen. De kanker die zich nu in mij verspreidt, en groeit naarmate deze brief aandikt, voelt misschien daarom niet eens zo vreemd in mijn lichaam.

De dokters weten niet hoelang ik nog te leven heb. Het kan weken duren, misschien maar dagen. Die onwetendheid is goed en ondraaglijk. Ik druk zo dadelijk nogmaals de morfinepomp in. Niet veel later zal ik te suf om te schrijven zijn. Ik schrijf op pijn. Wanneer ik het meest pijn heb, heb ik nog de meeste kracht om te schrijven. De morfine droogt de inkt van mijn gedachten uit. Ik klamp me nog even vast aan het schrijven, als ik nog een zin schrijf, stel ik de morfine weer enkele seconden uit. En nog een zin. Ik wil niet te snel toegeven aan de pijnstillers. Al weet ik dat het precies dat is wat ik uiteindelijk toch aan het doen ben.

Het beeld van jou is me altijd blijven achtervolgen en ik heb me altijd afgevraagd wat er allemaal met je gebeurd is, al die jaren, en ook wat je hebt laten gebeuren. Heb je me nog lang gemist? Of ben je me gewoon vergeten en ben je verdergegaan alsof je me nooit ontmoet hebt. Zei je niet dat de lucht in Amherst voor altijd anders zou ruiken, nu ik er door de straten had gewandeld?

Heb je je afgevraagd wat er met het kind is gebeurd? Werd je geweten gesust met de gedachte dat ik het zou laten weghalen? Dat was het laatste wat ik tegen je zei: 'Het is alles of niets, Raymond Vernon, alles of niets.' Maar geloofde je me toen? Ik denk het niet, want anders was je komen opdagen, denk ik. Voelde je toen al aan dat ik het niet over mijn hart zou verkrijgen om het kind weg te laten halen?

Ik word wakker en zie Jezus. Echt. Ik leef nog en ben niet gek. Mijn bewustzijn strompelt uit zijn morfineslaap. Ik lig in het ziekenhuis, in een kamer voor twee, maar lig er alleen. Op een tafeltje bij de deur heeft mijn moeder bloemen gezet en mijn vader een icoon. Ik heb die icoon zelf gemaakt. Nog in de donkere jaren ben ik beginnen te schilderen. Een mens moet iets doen om te verantwoorden dat hij zuurstof blijft inademen. De eerste techniek die ik mezelf aanleerde was acryl, maar dat bleek niets voor mij te zijn: te veel kleur, te weinig precisie. Daardoor ben ik overgeschakeld op iconen.

In een abdij in Nederland spendeerde ik een week om de techniek onder de knie te krijgen. We waren met tien cursisten. Allen hadden we iets van ons af te schilderen. Yuriy, de leraar, kwam uit het oosten van Oekraïne. De opdracht was een Christ Pantocrator na te maken. 'Het resultaat weet je nooit op voorhand,' zei Yuriy. 'Het is ook voor de schilder een verrassing en een ontdekking. Een zelfontdekking. Het gezicht dat na het voltooien van een icoon verschijnt, toont niet Jezus, maar vooral jezelf. Je legt je eigen ziel op je eerste icoon. En dat zal de basis zijn voor al je latere werken.' Hoewel we allen een week lang hetzelfde origineel stap voor stap nabootsten waren de verschillen enorm. Yuriy legde aan het einde van de week de tien Jezussen naast elkaar. We maakten foto's en vergeleken dezelfde, maar telkens andere Jezus. Sommigen hadden er een halfgod van gemaakt, anderen een gebroken bedelaar die toevallig een aureool rond zijn hoofd kreeg. In de ogen en de handen zaten de meeste verschillen verscholen. Ik begreep meteen waarom Yuriy zei dat je eerste icoon meer over jezelf zegt dan over wie je afbeeldt. Je beeldt een deel van jezelf uit.

Mijn Jezus was kwetsbaar, enigszins droevig, maar niet gebroken. In zijn ogen was er nog steeds dat sprankje hoop, dat licht dat ik ook altijd in jouw ogen zag. Yuriy zei dat mijn Jezus een gebroken hart heeft, dat hij aan zijn ogen ziet dat hij nog steeds het leed in zich draagt, maar ook nog de liefde. Je bent misschien geneigd te denken dat Yuriy iets dergelijks tegen ieder van ons zei, maar mocht je de iconen van onze jongste en oudste cursiste hebben gezien, Els en Kaat, dan zou je begrijpen dat Jezus niet bij iedereen kwetsbaar kan zijn. Els bracht geen Jezus voort, maar een Albanese maffioso, met donkere wenkbrauwen en te veel gel in zijn haar, die dreigend met de vinger wees. 'Of je bent op de vlucht voor iets, of iemand is op de vlucht voor jou. Jouw Jezus bedreigt me.' Yuriy was er niet goed van. Kaat daarentegen had een Jezus die te diep in het glaasje had gekeken, het was niet duidelijk waar zijn ogen op gericht waren, maar de focus was er al lang uit verdwenen en de vinger leek meer opgestoken om nog een glas te bestellen. 'Jouw Jezus is duidelijk een levensgenieter', en nog voor Yuriy zijn zin afmaakte, schoot Kaat in een luide lach en zei: 'Mijn moeder zei altijd dat een mens het voorbeeld van Jezus moet proberen te volgen. Laat ons daar dus op drinken.'

Dit zijn oude herinneringen. Inmiddels heb ik een honderdtal iconen geschilderd en is mijn techniek verfijnd. Het aureool van mijn eerste icoon is niet verguld – vergulden leerde ik later pas – en als ik er nu naar kijk, zie ik veel wat voor verbetering vatbaar is. Maar die eerste icoon heb ik altijd bewaard, omwille van dat sprankje licht van jou dat ik in zijn ogen heb weten te vangen.

Toen je niet kwam opdagen aan de Evergreens, heb ik meteen de bus naar New York genomen. Tijdens de busrit, die langer leek te duren dan de vlucht naar België, bleef ik naar buiten staren in de hoop je auto te zien. Op zoek naar jouw Mercedes die de bus zou doen stoppen en hopend dat je me zou komen redden. Dat je zou zeggen dat het een vergissing was, dat je door de stress het verkeerde uur hebt onthouden, dat je voor mij kiest en dat we dan samen zouden wegrijden. Ik wist dat het niet kon, als je me al zocht dan was het ergens in Amherst zelf, waar Julia en Bernard zich waarschijnlijk al zorgen begonnen te maken. En toch bleef ik naar buiten kijken en de auto's afspeuren, op zoek naar jouw Mercedes.

Misschien heb ik er fout aan gedaan om zo halsoverkop te vertrekken en had ik moeten blijven: nog mijn eigen afscheidsfeestje bijwonen en de volgende dag naar jouw kant van het verhaal luisteren, naar de redenen waarom je niet bent gekomen. Maar ik wist ook dat ik het niet zou kunnen:

jou horen zeggen dat je me niet wilt. Het is ongetwijfeld beter zo, misschien.

Mijn verhaal is er een van vele misschienen. Die twijfel! Met de onwetendheid heb ik leren leven, maar niet met de twijfel. Ik heb aanvaard dat ik niet weet hoe onze levens eruit hadden gezien, indien sommige zaken anders waren gelopen. Maar hadden we echt iets, was er echt iets zoals wij? Of was het een begoocheling? De twijfel aan jou, aan ons, is een bijtend zuur gebleken. Maar misschien is juist dat ook het bewijs dat het echt was. Wat vals is kan nooit zo kwetsen als wat waar is.

Soms denk ik dat ik wel heel erg fout moest zijn geweest, dat je een slechte man was, dat je geprofiteerd hebt van mijn onervaren hart en mijn medeplichtige maar onschuldige lichaam. Dat je niet om me gaf, maar dat je in een midlifecrisis zat en dat ik toevallig verstrikt ben geraakt in het net van je leugenachtige liefde. Dat heb ik me lang proberen te doen geloven, maar het is me niet gelukt. Altijd weer zag ik je voor me, die pure blik in je ogen. Kun je de liefde veinzen? Zou het enkel een vlucht kunnen zijn geweest, weg van het leven dat je leidde? Misschien, maar zo'n goeie acteur was je nu ook weer niet. Je was de man niet die het leven veinzen wou. Je kon niet eens verbergen dat je zenuwachtig was voor je een lezing gaf.

Zo stel ik me gerust, voor even tenminste, en dan steekt de twijfel weer de kop op en vraag ik me af of je niet mij liefhad, maar wel de vlucht. Het gevoel even vrij te zijn van je leven, vrouw en kind. Misschien was je liefde wel oprecht, maar niet op mij gericht. Misschien was ik het niet waar het je om te doen was, maar om alles wat het met me zijn met zich meebracht.

Ik herinner me niet meer hoe ik op de luchthaven geraakt ben en hoe ik er de nacht heb doorgebracht. Een deel ervan slapende op mijn koffer en op bankjes, een deel doelloos heen en weer slenterend. Ik vergat te eten en te drinken want het verdriet schakelde alles uit. Ik voelde geen kou, geen honger, geen dorst. Tot ik op het vliegtuig zat en me steeds slechter voelde.

Ik dommelde wat in en twee uur voor de landing werd ik uit mijn sluimer geschud door pijn. Eerst wist ik niet waar die vandaan kwam, een beetje van overal, zo leek het. Even later werd duidelijk dat de oorzaak in mijn buik lag. Ik ging naar de wc en zag bloed. Niet veel, maar te veel. Ik zocht in mijn rugzak naar de twee predictors, een die ik je had getoond en een andere die ik een dag voor onze laatste afspraak nog had gekocht. Een tweede test, voor de zekerheid. Twee streepjes, op beide predictors.

Waarom dan dat bloed en die pijn, terwijl mijn lichaam boven de wolken met vele honderden kilometers per uur de oceaan over vloog? Kon dit, nog meer verliezen terwijl ik dacht al alles verloren te hebben? Ik suste mezelf dat het niet kon, dat een mens niet meer dan alles kan verliezen. Het zou gewoon wat bloed zijn. Innestelingsbloed, daar had ik al van gehoord. Een bloeding veroorzaakt doordat het kindje zich in de baarmoeder innestelt.

Mijn ouders wachtten me in Zaventem op. In plaats van me te begroeten met tranen van geluk, welde de ongerustheid in hun ogen op zodra ze me zagen. Ik was bleek en bibberde, uitgedroogd en uitgeput. Ze zagen meteen dat er iets niet in orde was. Mijn moeder liet diezelfde dag nog de dokter komen. Ik vroeg om privacy met de dokter en wou niet dat mijn ouders iets van jou of het kind wisten. Toch wist mijn moeder alles al, het stond op mijn gezicht geschreven in een codetaal die alleen moeders kunnen ontcijferen. Ik was zwanger en raakte het kind kwijt.

The road not taken. Niet wat is, maar wat had kunnen zijn, weegt een mens vaak het zwaarst. Wat als? Wat als ik Bernard nooit had ontmoet? Wat als ik niet had toegezegd om een les van je bij te wonen? We hebben een hoge prijs voor ons samenzijn betaald en schulden gemaakt die we niet kunnen aflossen.

Er zit geen charme in perfectie, zei iemand ooit. Geen bekoring. Geen bliksemschichten. Bernard was perfect, dat was zijn enige gebrek. Hij was vriendelijk, knap, intelligent, grappig. Mijn leeftijd ongeveer. Het had in theorie echt iets kunnen worden, misschien. Tot ik jou zag. Of jij mij. En niets leek nog te kloppen. Als God ooit in een verhoorkamer met een lamp in mijn gezicht schijnt en me ter verantwoording roept, zal Bernard zeker ter sprake komen. Gelukkig geloof ik niet meer in God – ik heb mijn handen al meer dan vol aan mijn geweten.

Een hoge prijs voor de liefde… Voor de vrijheid ook. Vrijheid, daar koop je geen plezier mee. We lopen erachter als een hond achter een balletje en als het balletje in de modder of in een vijver rolt, of naar beneden in een diepe afgrond of bodemloze put duikelt, dan duikelen we mee achter die vrijheid aan, recht in de armen van ons eigen ongeluk. Ik duikel nog steeds na mijn sprong achter de vrijheid die ik in jouw armen vond.

De eerste week kwam ik mijn bed niet uit, de eerste maand het huis niet en het eerste jaar heb ik niets anders gedaan dan me afschermen van de buitenwereld. In plaats van na de zomer onderzoek te doen naar Emily Dickinson, werd ik deels wie ze was: mensenschuw en afzijdig. Een gijzelaar die zichzelf gijzelt of de gijzelnemer die zichzelf in gevangenschap houdt. Ik plaatste mezelf onder huisarrest. Nooit heb ik haar gedichten nog gelezen. Aan mijn proefschrift ben ik niet begonnen.

Ik had niet mogen dreigen om het kind weg te laten halen. Ik heb er jaren over gedaan om mezelf dat te vergeven. Ik heb er het onheil mee over me afgeroepen. Ik heb er jaren over gedaan om dat niet langer te geloven.

Het enige wat ik wilde was slapen en nooit meer opstaan, maar telkens brak een nieuwe dag aan, elke dag opnieuw, tot ik uiteindelijk opstond en besloot te leven. Al was het maar voor mijn ouders, en tot de dag van vandaag weet ik niet of het nu een goede beslissing was. Was het beter geweest als het toen was opgehouden? Soms is leven op zich al een moedige daad, maar misschien had Seneca het hier mis. Is sterven soms niet veel edelmoediger? Had ik het wel bij het rechte eind toen ik je zei dat je niet halfslachtig kan leven? Ik denk dat ik precies dat gedaan heb; op de vlucht voor het verleden dat ik niet wilde loslaten en nooit meer helemaal thuis in de tegenwoordige tijd.

Elk jaar heb ik me afgevraagd hoe je er dit jaar zou uitzien. Of je meer rimpels hebt rond je ogen en iets droefs in je blik, net als ik. Of je veel ouderdomsvlekken op je handen hebt, en of de huid rond die handen ruw of juist flinterdun is geworden. Of je haren witter zijn en of je misschien zelfs kaal zou zijn geworden, iets waar je toen geen last van had.

Zouden we elkaar herkennen als we elkaar toevallig zouden kruisen? Zou er nogmaals een bliksemschicht door je lichaam scheuren en het zonlicht je ziel verlichten? Enkele jaren geleden zat ik op de bus in Leuven op weg naar het station. We waren bijna ter plaatse, ik stond op en ging bij de deur staan. Opeens voelde ik een bliksemschicht door mijn lichaam, niet een van liefde, maar van pure schrik. Ik dacht je even gezien te hebben. Mannen die op jou leken kwam ik niet vaak tegen, maar als het gebeurde, het mocht nog het kleinste detail zijn dat dit gevoel teweegbracht, de manier waarop je je bril op je neus duwde, de manier waarop je liep, het weerlichtte nog dagen later in me.

Ik heb het geprobeerd: het liefhebben van anderen. Ik heb mannen ontmoet, maar ik kon het niet. Niet meer. Mijn hart was leeg en nog te vol van jou. Ik ging lang gebukt onder mijn gevoel van liefdeloosheid. Ik heb me jaren maar een half mens gevoeld.

Wat maakt een mens? Wat onderscheidt ons van al het overige in de natuur? Ons zelfbewustzijn? Dat is toch ook maar een begoocheling van onze geest. De rede misschien? Ik tref meer redelijkheid aan in het gedrag van eekhoorns dan van mensen. Hoe ze strategisch hun eikels verstoppen, hoe ze de winterkou al slapend trotseren, hoe ze die eikels probleemloos terugvinden zodra de lentezon hen wakker schudt. Daar schuilt evenveel precisie en vernuft in als in een Zwitsers horloge. Nee, het is niet de rede, maar het vermogen om lief te hebben dat ons tot mens maakt. De mens is toch bovenal gedreven door gevoelens. Dat geldt zelfs voor ronduit haatdragende mensen; haat is verkromde liefde. Uiteindelijk komt alles op liefde neer. Steeds weer. Een dier is wel in staat tot affectie en iets wat op instinctieve onbaatzuchtigheid lijkt. Maar niet tot liefde. De mens is een soort van liefde.

Hoe anders is het gelopen dan hoe jij het voorspelde, weet je nog? Ik zou aan de top van de wereld staan, kinderen hebben, vele minnaars. En jij zou dan in een rusthuis wegkwijnen. Kwijn je nu weg? Ik denk het niet. En mijn top ziet er toch maar erg vlak uit, eerder een dal waaruit ik niet geklauterd raak.

Ik denk dat ik weet dat je nog leeft, maar zeker ben ik niet. Ik zou het gevoeld hebben, mocht het niet zo zijn, denk ik dan altijd. Het blijft bij denken, want de tijd dat ik alleen op mijn gevoelens vertrouwde, is reeds lang voorbij. Toch denk ik dat de wereld plots veel leger zou zijn geworden, mocht je er niet meer zijn, dat zou ik wel gevoeld moeten hebben. Ik voelde jou aan als mijn tweede huid. Elke keer wanneer je met jouw hoofd op mijn buik lag, graveerde ik ook jouw lichaam in mijn ziel. Jouw gezicht kan ik nog steeds voor me halen als een foto uit een album. Ik zie je rug, je buik, borstkas en hals. Ik zie je kin met dat kleine putje, je zachte wangen, neus, je blik. Ik hield ervan als je je bril afdeed bij het vrijen. Jouw ogen hoefden geen brillenglazen om me scherp te kunnen blijven zien.

Vandaag heeft twee jaar oud nieuws weer nieuwswaarde gekregen doordat het op YouTube door meer dan twaalf miljoen mensen is bekeken. Dat op zich is al een merkwaardig fenomeen van onze tijd. Twee geliefden, twee kunstenaars in het MoMA, ze zagen elkaar na tweeëntwintig jaar terug. Het was een happening – iets waarmee moderne kunstenaars verbergen dat ze geen artistiek talent hebben. De kunstenares in kwestie – ik ben haar naam vergeten – zou urenlang aan een tafeltje in het museum zitten. Bezoekers werden uitgenodigd om haar een minuut lang stilzwijgend recht in de ogen te kijken. Bezoekers kwamen en gingen en er gebeurde niets. En toen kwam hij. Ze konden niets zeggen. De tranen rolden over hun wangen. Toen wist ik dat ik je wilde schrijven. Er zou een plaats op de wereld moeten zijn waar verloren gelopen geliefden elkaar terug kunnen vinden. Zij die elkaar zijn misgelopen, zij die elkaar uit het oog zijn verloren om wat voor reden dan ook. Als je geen adres hebt, geen telefoon. Een tafel en twee stoelen. Meer zou er niet nodig zijn. Denk je dat het veel volk zou trekken?

Ik zou ernaartoe gaan, aan het tafeltje gaan zitten en wachten, niet een uur, niet anderhalf uur zoals drieëntwintig jaar geleden aan de Evergreens, maar de hele dag, en als je niet zou komen, dan zou ik de dag erop terugkeren. Ik heb me vaak afgevraagd of ik niet te kort op je heb gewacht. Misschien had je een auto-ongeluk, de kans is klein, maar niet geheel onmogelijk. Wat als je twee uur later, om zes uur, aan de Evergreens stond, of zelfs om zeven uur? Misschien was je door iets belet? Ik denk daar soms aan, maar dan maak ik ook meteen een kanttekening bij al die gedachten dat het toch maar mijn wensen zijn. Dat ik je goed wil praten, dat ik in je liefde wil geloven, omdat ik er nog steeds in geloof. Ik twijfel niet dat je me lief hebt gehad. Maar wel dat je me niet genoeg hebt liefgehad. Ook al weet ik niet wat het is om genoeg lief te hebben.

Genoeg liefhebben. Die gedachte laat me niet los. Zit daar niet een contradictie in? Zou liefhebben niet een element van onbegrensdheid moeten hebben? Kun je liefhebben tot hier en niet verder? Is dat niet hetzelfde als niet genoeg of gewoon weinig van iemand houden? En is dat nog wel liefhebben te noemen? Ik heb veel pijnstillers genomen en mijn gedachten zijn troebel, maar wat duidelijker is dan ooit tevoren, is dat ik ons nooit te boven ben gekomen. Ik ben nooit van jou hersteld. Ik heb me vaak liefdeloos gevoeld, omdat ik niet in staat was een andere man lief te hebben. Maar wiens capaciteit om lief te hebben is het grootst – iemand die een ander zijn hele hart laat vullen, of iemand die er voor velen plaats heeft, ook al is het maar voor even?

Ik heb het ooit van me proberen af te schrijven. Ons verhaal in woorden gegoten, om het woord voor woord te kunnen vergeten, om ons in een lade van mijn geheugen te leggen die ik nooit meer zou openen. Ik wilde met ons doen wat Dickinson met haar gedichten deed. Ons wegleggen, hooguit postuum zou iemand ons weer mogen blootstellen aan het daglicht. Het is niet gelukt, ik heb je niet van me kunnen afschrijven. Daarna ben ik gaan schilderen.

Ik ben aan je blijven denken. Misschien zelfs van je blijven houden. Maar wat is dat, houden van? Wat is dat, liefde? De liefde doet ons voortdurend tekort. Of zijn wij het, doen wij de liefde tekort, weegt ze te zwaar op de frêle schouders van het menselijke hart?

Kan liefde zo onsuccesvol als de onze zijn en toch nog oprecht? *Al gaan geliefden verloren, de liefde niet.* Soms wil ik dat geloven, al heb ik het tegendeel ervaren en zien gebeuren. Al te vaak slaan de golven van de liefde stuk op de golfbrekers van de werkelijkheid.

De optelsom die ik van ons maakte had als resultaat dat ik in de eerste jaren besloot om niet meer van je te houden. Ik voelde me gebruikt, zelfs misbruikt. Mijn lichaam was jouw speeltuin. Je had beter moeten weten: met een onervaren hart speel je niet. Die eerste jaren waren het moeilijkst, daarna werd het langzaam beter, toen ik de zaken ook meer van jouw kant kon bekijken. Het perspectief van de ander is eigenlijk een onmogelijke zaak. Wat je hooguit bereikt, is een perspectief van de ander door je eigen ogen bekeken, dus weer je eigen perspectief op iemands beweegredenen en daden. Maar er is een tijd gekomen dat ik ook weer plaatsmaakte voor jouw liefde in het verhaal. Dat ik toegaf dat ik ook van jouw lichaam een speeltuin heb gemaakt. Dat ik kwam en alles opeiste alsof het me toebehoorde. Dat ook jij grote risico's nam om bij mij te zijn. Zette je niet alles op het spel: je lange carrière aan een topinstelling, de bewondering van je studenten, je huwelijk, je dochter? Als ik toen gezegd had dat ik het niet meer fijn vond wat we deden, was jij dan niet degene die alles kwijt was? Nu zie ik het ook.

De tijd heelt alle wonden, zo wordt gezegd, maar dat is niet waar. Althans, niet altijd. Althans, niet helemaal. Althans, niet altijd goed. De tijd heeft littekenweefsel over mijn hart gevormd. Het is een andere pijn, een ander verdriet. Een mens verhuist in de tijd, weg van de kern van zijn droefenis, naar de periferie van de pijn, naar de leegte van het gemis. Missen is de voorstad van verdriet. Daar woon ik.

Weet je nog wanneer de betekenis en kracht van internet je voor het eerst duidelijk werden – dat je eender wat in een zoekmachine kan intikken en dat het op dat trefwoord zoekt? Weet je nog wat het eerste trefwoord was dat je opzocht? Ik wel: Raymond Vernon. Ik ging naar de stadsbibliotheek – thuis over internet beschikken was toen nog een luxe – en met mijn lidmaatschapskaart had ik een halfuur toegang tot het wereldwijde web. Ik tikte het in het balkje in en drukte op enter. Ik deed het zonder veel nadenken en wist niet zeker of ik de resultaten wel wilde zien. Wat als de zoekmachine jouw foto zou tonen, of misschien een in memoriam. Wou ik dat wel zien en weten? Er verschenen enkele resultaten en zonder ze te bekijken, zette ik mijn computer weer uit. Het was nog niet het moment.

Ik heb er niet van kunnen slapen, weken. Die mogelijkheid. Een mens wil soms niet met de last van het kunnen geconfronteerd worden. Ik werd koortsig bij de gedachte dat ik na al die jaren iets te weten zou kunnen komen. Het enige wat de koorts zou stoppen was de durf aan de dag te leggen en te kijken wat er onder je naam verscheen. Een zestal weken later zocht ik je weer op.
    Raymond Vernon.
    Enter.

En daar was je. Op de pagina van Amherst College. Je leefde dus nog, je woonde nog steeds in de vallei, je gaf nog steeds les. Dit maakte me blij en triest tegelijk. Was jouw leven dan werkelijk niets veranderd? Ik wou dat je nog leefde, maar wilde ik wel dat je het gelukkig en zonder mij deed? Ik weet het niet. In de trein van Brugge naar Gent hoorde ik ooit een meisje tegen een jongen zeggen: 'Ik hou zoveel van je, dat ik wil dat je gelukkig bent zonder mij.' Ik weet niet of ze het uitmaakte met hem, of hij met haar. Het deed er niet toe, maar de zin bleef nazinderen. 'Ik hou zoveel van je, dat ik wil dat je gelukkig bent zonder mij.' Hield ik ook op die manier van je? Nee. Ik wilde niet dat je gelukkig was zonder mij. Met mij of anders niet. Ik denk dat het me troost zou bieden, mocht ik weten dat je ongelukkig bent. Vreselijk, ik ben er me volledig van bewust. Maar het is zoals jij tegen me zei: 'Ik wil je niet delen.' Ik wilde je niet delen, niet toen we samen waren en zelfs niet in ons uiteen zijn.

Op het internet zocht ik naar sporen van jouw verdriet, maar ik vond er geen. Dus je was gelukkig, met Susan en Lizzie. Zelfs 'Elisabeth Vernon' heb ik opgezocht, maar dan voelde ik me ziek. Dus ben ik daarmee opgehouden.

Ik weet niet of je mij hebt proberen te traceren, maar je vond niets. Ik heb me verborgen in de plooien van de verleden tijd. Ik wilde niet gevonden worden.

Waarom schreef ik je niet eerder? Ik kon het niet, ik deed nog te zeer mijn best om je te haten. Nu ik naar mijn Jezus op het tafeltje kijk, weet ik dat dit niet waar is. Ik draag het leed met liefde, en de liefde met leed. Daarom kon ik het niet.

Onlangs herlas ik ons verhaal. Ik weet niet of het klopt. Ik weet zo weinig. Dat ik het zo opgeschreven heb, wil nog niet zeggen dat het zo gebeurd is. Misschien als jij het leest, dat tenminste iemand het begrijpt. Wie ooit, één keer, lief heeft gehad, echt lief heeft gehad, kan geen vrede hebben met alle afschaduwingen ervan. Wie één keer, al is het maar voor kort, de vormenwereld heeft betreden en de dingen in hun idealiteit heeft gezien, kan niet langer in schimmen geloven. Het leven is gevangen zijn in Plato's grot.

*

Ik heb drie dagen niets meer geschreven. Ik lig niet langer in het ziekenhuis. Ik ben thuis, bij mijn ouders bedoel ik. Ik heb de laatste alinea herlezen. Ik ben gelukkig. Ik ben blij dat ik iets anders dan afschaduwingen heb mogen zien. Al was het maar voor een semester, vele jaren geleden. Dat is meer dan de meeste mensen in hun hele leven. Ik heb je lief, al weet ik niet wat ik me daar precies bij moet voorstellen. Wat is het uiteindelijk, liefde?

Het is een dag waarvan ik al op voorhand voel dat hij goed zal eindigen.

Sei mir geküßt.
Anna Gudens

15

Veranderend verleden

Sei mir geküßt. Het staat Elisabeth plots scherp voor de geest. Dat waren de laatste woorden die moeizaam over haar vaders lippen rolden. Hij nam afscheid van een geliefde, of was het een begroeting? Weer kan ze zich niet onttrekken aan een gedachte waar ze niet in gelooft. Kan wie op sterven ligt de doden reeds zien? Was ze dan al dood? Dat weet ze toch niet. Ze kan op dit eigenste moment net zo goed nog stervende zijn, en dus leven. Ik sterf dus ik ben, schiet door haar hoofd. Ze raakt geërgerd door haar eigen gedachtegang. Anna was zijn laatste gedachte. Anna. Haar naam galmt na in Elisabeths hoofd. Hoe kan het dat ze nooit iets van haar bestaan heeft geweten? Op een manier die ze niet kan duiden, klinken Anna's naam en bestaan haar vreemd en vertrouwd in de oren. Alsof ze er altijd is geweest.

De hele nacht heeft ze doorgelezen, tot iets na vieren. Ze was verward na het lezen van de handgeschreven brief, waar ging dit over? Ze draaide het eerste blad van de aan elkaar geniete papieren om en begon te lezen: 'Het begon met een kater...' Ze heeft het gevoel dat ze al een deel van haar verwarring weggelezen heeft, maar ze is nog te verward om dat te begrijpen.

Elisabeth heeft al die uren geruisloos in de keuken gestaan – de enige bewegingen die ze had gemaakt, bestonden uit het knipperen van haar ogen en het omdraaien van bladen. Het vuile mes waarmee ze de post heeft geopend, ligt nog steeds binnen handbereik. Ze draait zich naar het medicijnenkastje op zoek naar kalmeerpillen. Haar vingers zijn stram van de kou. Het groene flesje staat vooraan op het onderste schap, maar blijkt leeg te zijn. Nu pas beseft ze dat ze de afgelopen weken te vaak haar gemoedsrust heeft laten afhangen van 10 milligram melatonine. Ze zet water op om een pot melissethee te maken, terwijl ze de papieren bundel nog steeds niet loslaat.

Ze staart naar de waterkoker en wil huilen en lachen tegelijkertijd. Is het de uitputting die haar besluiteloos maakt over de emotie die ze nu zou moeten voelen? Sommige patiënten zeggen weleens dat ze niet precies kunnen uitmaken wat ze op gegeven momenten moeten voelen; dat twee, haast tegenovergestelde emoties tegelijk in hen opborrelen, waardoor ze op het kruispunt van verschillende mogelijkheden in het niet-kiezen blijven steken. Ze lijken emotieloos terwijl de grootste emoties in hen aanwezig zijn. Het is hysterie vermomd in apathie, zei een van hen. Verstarren, omdat je uit jezelf zou kunnen scheuren. Nu houdt ze zich apathisch en ze hoopt dat de thee zal voorkomen dat ze scheurt.

Zou ze nu contact moeten zoeken met haar, Anna? Leeft ze nog? Ze bekijkt de grote bruine envelop nogmaals grondig, maar er staat geen afzendadres op. Misschien weet Eric meer.

Misschien moet ze hem bellen. Ze neemt haar telefoon, maar nog voor ze zijn nummer intikt, ziet ze dat het nog te vroeg is. Zou haar moeder iets van die affaire hebben geweten? Waarschijnlijk niet. Deze brief en hun verhaal, daar mag ze nooit iets van te weten komen. Ze besluit haar moeder er volledig buiten te houden. Ze heeft nooit vrede genomen met het feit dat ze tweede keuze was, denkend dat zijn carrière zijn eerste was, maar met de waarheid zou ze al zeker geen vrede kunnen nemen.

Ze is te moe om alle mogelijkheden stap voor stap te doorlopen. In haar hoofd botsen verschillende gedachten en denkbare scenario's, als stuifmeelkorrels en watermoleculen volgens de browniaanse beweging, tegen elkaar aan. Ze naderen, botsen, verwijderen zich van elkaar en verdwijnen uit beeld; chaotisch en zonder patroon, zonder gericht op een duidelijk doel af te gaan. Misschien moet ze haar moeder toch bellen? Ze heeft recht op de waarheid. Misschien put ze er iets van troost of begrip uit? Maar dan hoort ze haar moeder weer zeggen: 'Ik wil niets van Ray. Nu niet meer.' Die gedachte brengt haar tot de overtuiging dat het beter is haar moeder in onwetendheid te laten leven. Inderdaad, de waarheid is vaak enkel onuitgesproken leefbaar. We willen allemaal de waarheid kennen, maar kunnen amper de leugen aan die zachter is.

De keuze die ze voor haar moeder moet maken, bedrukt haar en met roterende bewegingen masseert ze haar borstkas. Ze neemt voorzichtig kleine slokjes van de hete thee en denkt aan Anna. Als ze nog leeft, moet ze haar dan proberen te vinden, of haar rustig laten sterven? Dan ziet ze de kleine envelop liggen.

'Nummer drie nog.' Ze schuift de inhoud eruit, traag, want ze vermoedt dat daarin een deel van de vragen die ze zich stelt beantwoord zal zijn. Het is een doodsprentje. Het is in het Nederlands geschreven, maar om de essentie van de dood te kunnen begrijpen, hoef je geen vreemde talen te kennen.

Anna Gudens, op 28 augustus 2014 overleden te Huldenberg.

28 augustus. Kan er zoveel toeval bestaan?

Ze wil Eric bellen, maar besluit tot negen uur te wachten. Ondertussen belt ze Sarah op, omdat ze weet dat die door de baby na zes uur toch niet meer slaapt. Zonder haar te begroeten zegt ze: 'Ik kan niet komen werken vandaag.'

'Elisabeth, wat scheelt er, je klinkt zo triest. Alles goed, ziek of is het de klap?'

De klap, zo spreekt Sarah over uitgesteld verdriet dat dan een inhaalbeweging maakt. Ze heeft Elisabeth ervoor gewaarschuwd. Als ze zich niet voldoende tijd zou geven om te rouwen, als ze zou voortrazen in de ontkenning van wat de dood van een ouder met zich meebrengt, al meende ze niet bijzonder veel om hem te geven, dan zal vroeg of laat de dood je als een klap in het gezicht slaan op een moment dat je het niet verwacht.

'Misschien.' Elisabeth zucht op een even betekenisvolle manier als haar moeder zou doen, maar Sarahs oor is niet getraind om de boodschap van de zucht ten volle te begrijpen.

'Ga liefst ook naar de dokter. En maak je geen zorgen over het werk, ik heb alles onder controle. Neem enkele dagen voor jezelf. Het is geen raad, maar een bevel, Elisabeth.'

'Bedankt. Ik heb de hele nacht niet geslapen, maar gelezen, ik moet...' Elisabeths stem breekt.

'Huil maar goed uit. Dat lucht op. Na het werk ga ik Noah van de crèche ophalen, maar later op de avond kom ik bij je langs. En je kan maar zien dat je de deur opendoet, ik ken je wel.'

Met haar telefoon in de hand denkt ze de hele ochtend aan Eric zonder hem te bellen. Wat kan ze hem vragen zonder te veel te vertellen? Ze wordt zich andermaal de last van het weten gewaar. Onwetendheid is in vele gevallen te verkiezen boven onzekerheid. Wat moest ze met deze kennis aanvangen? Ze wilde weten wat hij wist, maar door vragen over Anna aan Eric te stellen, zou ze mogelijk al te veel vertellen. Eric zou dan weten dat er iets was dat geweten kon worden.

Nog voor ze de knoop heeft doorgehakt of het wel een verstandig idee is om Eric te bellen, belt hij haar in de vroege namiddag zelf op.

'Hallo Lizzie, ik bel eens om te horen of je gisteren goed thuis bent geraakt. Bernard en ik hadden zo'n leuke avond en ik wou je nog eens bedanken voor je komst.'

'Ja, ik ben goed thuisgeraakt.'

'Gaat het? Je klinkt wat zwakjes.'

'Nee, ik ben niet ziek. Maak je geen zorgen.'

'Ik heb echt een mooie avond gehad, maar vanochtend zat ik er een beetje mee. Je vond het toch niet vervelend dat we constant over je vader spraken en dat ik zo nu en dan zijn manier van praten nadeed? Misschien was het niet zo tactvol van me, maar weet dat ik alleen maar de beste bedoelingen heb en niets dan bewondering voor hem.'

'Nee, ik vond het niet vervelend. Je hebt er trouwens een talent voor.'

'Voor wat?'

'Hem imiteren.'

'Na een kwarteeuw vriendschap mag dat ook wel zeker. We kenden elkaar door en door.'

'Is dat zo, Eric? Hoe goed kenden jullie elkaar echt?'

*

Elisabeth haalt haar vaders citatenregister boven in de hoop puzzelstukjes van het verleden terug te vinden. Na het gesprek met Eric wist ze dat haar vader zijn pijn in eenzaamheid droeg. Dat deel van de puzzel was gelegd. Maar de reden waarom hij niet naar de Evergreens was gereden, bleef nog steeds onduidelijk. Wat hield hem tegen? Waarom koos hij niet voor een nieuw leven met Anna, om vervolgens ook niet meer voor zijn vroegere leven te kiezen? Ze speurt vervolgens een van zijn citatendagboeken af.

'Ik woon nu zes maanden alleen. Lizzie komt enkel in het weekend langs. Voor het slapengaan las ik haar *Alice in Wonderland* voor. Alice vraagt aan het witte konijn: *Hoelang is voor altijd?* Het konijn antwoordt: *Soms is het maar een seconde.* Het deed me huilen, maar ik wachtte tot ze in slaap was gevallen. Het kind heeft al te veel tranen gezien.'

Ze bladert enkele bladzijden naar voren. Terug in de tijd.

'*Van wat onze zielen dan ook gemaakt mogen zijn, de zijne en de mijne zijn dezelfde* – Emily Brontë. Ik weet niet of ik nog een ziel heb, wel dat de mijne geen geheel meer vormt.'

Ze bladert nog verder de verleden tijd in.

'Ik heb nooit willen geloven dat er zo iemand als zij in deze wereld rondliep die me met haar zoete adem de mijne zou ontnemen.' Dat was zijn eigen gedachte, omdat er geen auteur bij stond. Elisabeth vindt het mooi nu ze zich kan inbeelden dat het geen holle woorden zijn.

Ze vindt de breuklijn van waar het geluk ophield, maar niet waarom het is opgehouden. Uitgerekend toen hield hij op met het sprokkelen van een citaat voor de dag. Pas na de scheiding begon hij er weer mee. *Wroeging is de echo van een verloren deugd* – Sir Edward Bulwer-Lytton.

Waarom is hij niet naar haar toe gegaan? Was het de angst om te scheiden? Nee. Een auto-ongeluk heeft hij nooit gehad. Ziek was hij amper – en nooit in dergelijke mate dat zijn werk eronder leed. Zijn afspraken kwam hij altijd na, zeker die met studenten. Haar vader kwam nooit te laat, tenzij Lizzie voor een verwaarloosbare vertraging zorgde. Maar die keer zou hij haar toch niet meegenomen hebben. Wat hield hem dan tegen? Het moest een dag in juni zijn in 1991. Maar juni is altijd een rustige maand: de examens zijn nagekeken, de punten gegeven, de diploma's uitgereikt. Ray kon makkelijk het huis verlaten, altijd. Ze hadden een oppas, Vivianne, die een straat verderop woonde. Nooit werd hij opgehouden, behalve die ene keer dan... 'Minka, Minka, Minka toch!' hoort ze Viv nog zo zeggen.

*

Tien dagen zijn voorbijgegaan, tien dagen van tegengestelde emoties. Het verleden is niet meer wat het was. Langzaam beginnen haar herinneringen te vervormen en sijpelt liefde binnen in het beeld dat Elisabeth van haar vader heeft. Kon hij ook niet meer met de afschaduwing leven, en scheidde hij daarom van haar moeder? In hoeverre kon ze hem dat kwalijk nemen? Anna had gelijk, ze hebben een hoge prijs voor hun liefde betaald. Maar zij niet alleen. Misschien verwachten we te veel van de liefde, of te veel van onszelf?

Elisabeth stapt het antiquariaat van Bill Frenzel binnen. Hij is in gesprek met een andere klant. Waarschijnlijk draait hij zijn verkooppraatje af; de klant knikt weinig overtuigd terwijl de antiquair aan het woord blijft. Zonder begroeting en tegen haar gewoonten in, onderbreekt ze hun eenrichtingsgesprek.

'Heeft u de piano al verkocht?'

'Euh, goeiemorgen Elisabeth. Zo heet je toch?'

'Ja.'

'Nee, nee. De piano is er nog, zoals je daar verderop kan zien.'

Elisabeth kijkt rond in het antiquariaat, maar er staat zoveel in de toonzaal dat ze de piano, die in de verste hoek half verborgen achter twee grote Chinese balustervazen staat, eerst niet opmerkt.

'Ik heb vorige week nog nieuwe toetsen besteld, misschien kan ik hem dan sneller van de hand doen.'

'Niet doen. Ik koop hem van u terug, met de afgebroken toetsen.'

'Dat mag je doen, maar wat moet ik dan met de nieuwe toetsen? Ik weet niet of ik die bestelling zomaar kan annuleren. Het was geen Yamaha waar je vader op speelde. Dit is maatwerk, iemand is langsgekomen en heeft alles opgemeten. Dat heeft me al flink wat gekost.'

'Dat begrijp ik. Ik zal dat vergoeden. Maar misschien zijn ze niet meteen aan het nieuwe klavier begonnen. Kan u dat annuleren, mocht dat nog gaan? En zoals gezegd, die opmetingen vergoed ik wel.'

'Ja, maar de piano heeft hier intussen al een tijd gestaan en daardoor heb ik minder toonzaalruimte gehad. Ik kan de piano niet tegen dezelfde prijs aan je terugverkopen, dat begrijp je hoop ik wel.'

'Dat begrijp ik.'

'En ook, de transportkosten om de piano van je vaders huis naar hier te brengen. Ik heb daar speciaal mensen voor moeten inhuren.'

Na enige tijd bereiken ze een overeenkomst. De antiquair kan zijn tevredenheid niet verhullen, al probeert hij te veinzen dat hij Elisabeth een dienst heeft bewezen. Zachtjes hoofdschuddend glimlacht hij. Voor Elisabeth doet het er weinig toe. De piano was er nog en nu is hij van haar – dat was het enige wat telde, al had ze naar haar vader moeten luisteren en had ze moeten weten dat ze met die vlerk beter geen zaken kon doen.

Bill Frenzel stelt meteen een factuur op en vraagt een flink voorschot. Terwijl Elisabeth een cheque uitschrijft, fonkelen de ogen van de antiquair.

'Toch van gedachte veranderd dus?'

'Ik wil weer gaan spelen.'

'Ah, liefde voor muziek. Dat is belangrijk.'

'Ik weet het niet. Wat is dat, liefde?' Elisabeth richt die vraag niet tot de antiquair, maar vertwijfeld tot zichzelf. De antiquair heeft dat niet door en zoekt naar een antwoord.

'Zo'n serieuze vraag en dat op een maandagochtend. Ik weet het zo ook niet meteen. Ik heb mijn ouders wel altijd als het toonbeeld van liefde beschouwd. Meer dan zestig jaar getrouwd waren ze. Zo lang samenleven, dat kom je niet vaak tegen.'

'Misschien is niet alleen samenleven maar ook samen sterven een toonbeeld van liefde.'

*

Ze gaat op de pianokruk zitten, een wankel houten onding waarvan de hoogte maar met moeite versteld kan worden. In de kandelaars van de piano, die nu in de woonkamer staat en waarvoor ze haar televisiekast heeft moeten verschuiven, branden twee verse kaarsen. Elisabeths handen liggen op het klavier. Voor ze begint te spelen, kijkt ze naar het schilderij dat op de piano staat en dat ze morgen aan de muur boven de piano zal hangen. Een landelijk tafereel met een jachthond.